ROGER BOYES

Ossi forever!

Ein Roman aus der Provinz

Aus dem Englischen
von Kristian Lutze

Ullstein

Besuchen Sie uns im Internet:
www.ullstein-taschenbuch.de

Mix
Produktgruppe aus vorbildlich bewirtschafteten
Wäldern und anderen kontrollierten Herkünften
www.fsc.org Zert.-Nr. GFA-COC-001278
© 1996 Forest Stewardship Council
FSC

Dieses Taschenbuch wurde auf FSC-zertifiziertem Papier gedruckt.
FSC (Forest Stewardship Council) ist eine nichtstaatliche, gemeinnützige
Organisation, die sich für eine ökologische und sozialverantwortliche
Nutzung der Wälder unserer Erde einsetzt.

Originalausgabe im Ullstein Taschenbuch
1. Auflage Juli 2010

Umschlaggestaltung und Gestaltung des Vor- und
Nachsatzes: Sabine Wimmer, Berlin
Titelillustration: © Isabel Klett
Satz: LVD GmbH, Berlin
Gesetzt aus der Excelsior
Papier: Munken Print Cream von Arctic Paper
Mochenwangen GmbH
Druck und Bindearbeiten: CPI – Ebner & Spiegel, Ulm
Printed in Germany
ISBN 978-3-548-26784-5

Kapitel 1

Silvester in Berlin ist wie Bürgerkrieg; 365 Tage angestaute städtische Wut, konzentriert an einem Abend voller dumpfer Explosionen und flackernder Lichter. Die Kids von Neukölln stellen ihre Raketen in leere Flaschen und feuern sie auf die Kids auf der gegenüberliegenden Straßenseite. Zwischen den Gebäuden steigt Rauch auf. Ein bengalisches Leuchtfeuer schießt himmelwärts, verharrt kurz und gießt in einem strahlenden Moment grünen Funkenregen über der Stadt aus, der die Gesichter erleuchtet und glättet, als hätten sie keine Geschichte, keine Probleme.

Was kann man tun? Sich unter dem Bett verkriechen vielleicht. Aber dort hockte schon mein Hund, ein West Highland Terrier mit den stählernen Nerven eines Bio-Hühnchens. Oder man duscht, zieht sich schick an, zahlt 500 Euro und tanzt ins neue Jahr. Aber ich tanze wie ein Zombie, wie einer, der gerade aus seiner Krypta befreit worden ist. Selbst meine Sekretärin gibt zu, dass ich als Tänzer eine öffentliche Peinlichkeit darstelle, und das, obwohl ich ihr Gehalt bezahle.

Als Lena also vorschlug, essen zu gehen, beklagte ich mich nicht. Ich wies nicht einmal darauf hin, dass es irgendwie typisch deutsch war, im November einen Tisch für den Silvesterabend zu bestellen. Lenas Gespür für den nationalen Jahresrhythmus war makellos, wie mir in unseren zwölf gemeinsamen Monaten klargeworden war, und ich hatte gelernt, mir auf die Zunge zu beißen. Am 11. November, dem Martinstag, isst man Gans mit Rotkohl und Klößen und beginnt den langen Prozess der bis Weihnachten andauernden Selbstverfettung. Am 12. November trifft man Verabredungen für den Silvesterabend, und am 13. November fängt man an, den Sommerurlaub zu planen. So ist es deutsche Art: nichts dem Zufall überlassen, denn über ihn führt der Weg in den Untergang.

»Gute Idee«, sagte ich und gab ihr einen Kuss auf die Wange, als sie an mir vorbei zur Arbeit hastete.

»Ich bestelle uns einen Tisch im Borchardt's, vielleicht haben sie noch was frei.«

»Nimm den Klo-Tisch«, schlug ich vor.

»Du bist so romantisch«, sagte sie und steckte das beinahe vergessene Blackberry ein, das bereits blinkte wie ein Geigerzähler in Gorleben.

»Ich freu mich schon drauf, mich mal wieder mit dir zu unterhalten.«

Sechs Wochen auf ein richtiges Gespräch zwischen zwei Liebenden warten zu müssen hört sich vielleicht lang an, aber meine Bemerkung war wirklich nur ganz leicht übertrieben. Anfangs war unsere Romanze mir schier grenzenlos vorgekommen, außerhalb aller Zeit. Aber dann wurde sie zwangsläufig nach und nach an unsere beruflichen Terminpläne angepasst. Oder besser gesagt: um sie herum komprimiert. Lena war Innenarchitektin, und die Branche boomte. Die Weltwirtschaft mochte ins Trudeln geraten sein, aber es gab nach wie vor ein Segment der Gesellschaft, das genug Geld auszugeben hatte: die abgelegten Gattinnen von Deutschlands verunsicherten Wirtschaftsbaronen. Lena nannte sie den DAX-Frauen-Club. Die laufenden Kosten der DAX-Frauen waren höher, als es sich ihre prekär wohlhabenden Ehemänner leisten konnten; Steuerberater rieten ihren unglücklich verheirateten Mandanten zu pseudogroßzügigen gütlichen Einigungen (»Gib ihr eins der unverkäuflichen Stadthäuser, die schneefreie Skihütte in Gstaad, das spritfressende Cabrio – und dann raus.«). Das schien allemal besser, als die Rechnungen für lebenslange Botox-Behandlungen, Zahn-Bleaching, Lavasteinmassagen und Personal Trainer zu bezahlen. Und was wollten die DAX-Frauen, nachdem sie es sich in ihren neuen Residenzen bequem gemacht hatten? Eine Innenarchitektin, die ihren neuen Lebensraum umgestaltete. (»Lena, Schätzchen, lass mich frei und unabhängig wirken.«) Zurzeit dekorierte Lena gerade eine Unterkunft in Palm Beach, und allmählich merkte man ihr das Langstreckenpendeln an; die Frau, in die ich mich vor einem Jahr verliebt hatte, war locker, entspannt und begeisterungsfähig gewesen. Jetzt sah ich, wie sich unter ihren Augen dunkle Ringe bildeten, und hörte ihr müdes Nuscheln, wenn ein weiterer mitternächtlicher Anruf aus dem Exil in Palm Beach einging. »Komm zurück ins Bett«, sagte ich dann, und wir liebten uns sanft, ich schläfrig, sie aufgedreht und den Kopf voller Dinge, die sie am nächsten Morgen zu erledigen hatte. Das war keine Lösung, ich hasste es zuzusehen, wie sie ihren Esprit verlor. Das Leben reduzierte sich auf Arbeiten-Essen-Schlafen. Die Schlafenszeit wurde immer kürzer, das Essen immer fettiger und hastiger, und die Arbeit machte keinen von uns beiden glücklich. Unsere Liebe war belastet.

Der Silvesterabend war feucht und kalt, aber Lena trug aus irgendeinem Grund keinen Mantel. Ich konnte durch das Fenster des Restaurants sehen, wie sie bei jedem Schritt die Füße anhob, um überfrorene Pfützen zu meiden, wie ein Schaf im Desinfektionsbad.

»Du bist pünktlich«, begrüßte ich sie mit gespielter Überraschung und rieb ihr wärmend den Rücken. Genau genommen war sie zehn Minuten zu spät, aber ich wollte kein Pedant sein. Ich wusste, dass sie in ihrem Büro um die Ecke in der Friedrichstraße gewesen war, wo sie einen neuen Kostenvoranschlag für die Immobilie in Florida vorbereitet hatte.

»Mein Magen hat mich hergetrieben. Ich könnte eine ganze Kuh vertilgen.«

»Lass ihnen noch Zeit, die Hörner abzuschneiden.«

Lena hungrig war eine Naturgewalt. Ich mochte ihre Gefräßigkeit. Freunde, die erfuhren, dass wir ein Paar waren, meinten, wir würden perfekt zueinander passen. Was sie damit meinten, war, dass Lena aus Hamburg kam und ich aus England. Hamburg heißt feucht, trübe, Nachmittagstee und Tweedjacketts. England heißt trübe, Tweed, teebesessen und feucht. Hamburg ist gleich England. Quod erat demonstrandum. Dabei hatte ich mich gerade wegen ihrer unhanseatischen Eigenschaften zu Lena hingezogen gefühlt. Sie hatte ein oder zwei Tropfen italienisches Blut in den Adern, neigte zu Jähzorn, konnte kein Geheimnis für sich behalten und hasste Labskaus. Wenn sie Hunger hatte, ließ das Magenknurren ihren ganzen Körper zittern und beben wie eine Gardine im Wind. Von ihrer italienischen Großmutter hatte sie den Teint, eine Haut wie ein gesprenkeltes Ei.

Als wir am Klo-Tisch Platz nahmen – der mir tatsächlich der liebste war, weil jede Berliner Berühmtheit mit einer schwachen Blase früher oder später vorbeikommen musste –, streifte sie ihre Kostümjacke ab. Die feinen Härchen auf ihren braunen Armen sahen aus wie haftender Rauch.

»Du siehst gut aus«, sagte ich und meinte es ernst.

»Vielleicht sehe ich besser aus, als ich mich fühle.«

»Das tun alle.«

»Was«, sagte Lena, »sogar Angela Merkel?«

Ich blickte mich um, um zu sehen, ob die Kanzlerin an einem Nachbartisch ein Schnitzel verputzte, aber sie war nirgends in Sicht. Wahrscheinlich guckte sie zu Hause *Dinner for One*.

Das Restaurant füllte sich. Ein Starlet bellte Anweisungen für sein Kindermädchen ins Handy. Ein verheiratetes Ehepaar, Alt-68er, saß händchenhaltend beieinander. Neben uns hatten sich an einem Sechsertisch drei Generationen einer Familie versammelt. Ein etwa sieben Jahre alter kleiner Junge, der lange aufbleiben durfte, bohrte sich in der Nase und rollte den aus der Tiefe geborgenen Schatz zu einem Kügelchen zusammen, das er in Richtung der Kellner schnippte. Seine nickelbebrillte Mutter tat so, als hätte sie dieses frühe Talent für Recycling nicht bemerkt, dem Grundsatz folgend, dass ein stiller widerlicher Junge besser war als ein laut quengelnder widerlicher Junge. Der Wohlstandsbauch des Großvaters schmiegte sich an die Tischkante.

»Wenn du ernsthaft hungrig genug bist, eine ganze Kuh zu essen, solltest du das Kobe-Rind nehmen«, sagte ich.

»Was ist denn das?«

»Köstlich. Die Japaner massieren die Rinder, damit sie zarter werden, und füttern sie außerdem mit Bier.«

»Klingt wie Homo bavaricus«, meinte Lena.

»Aber essbar.«

Danach setzte Lena zu einer langen Tirade gegen ihre Kunden an: deren irrationale Vorliebe für Gold, die neueste Marotte mit Erkerfenstern, Whirlpools für ihre Schoßhündchen. »Wenn ich noch einmal den Auftrag kriege, eine Schlafzimmer-Suite in Leopardenfell zu machen, streike ich«, schäumte sie und erwürgte dabei fast unsere Weinflasche. »Ich sag einfach, ich bin Vegetarierin.«

Ich hörte das alles natürlich nicht zum ersten Mal; sie liebte ihren Beruf, aber nicht ihre Kunden. Und ich hatte sie im Laufe der Zeit lieben gelernt und empfand ihr gegenüber eine nie zuvor gekannte Zärtlichkeit; trotzdem hatte diese Liebe weder Zeit noch Raum zu wachsen. Auch sie mochte mich, dessen war ich mir sicher, aber sie sah mich nur am Ende des Tages oder von einer Reise heimkehrend, wenn sie zu erschöpft war, ihre Gefühle zu entwickeln und zu erden. Was wir brauchten, war ein drittes Herz, ein zusätzliches Organ, damit das Blut in unserer Beziehung wieder leidenschaftlich pulsieren konnte.

»Ihr braucht ein gemeinsames Abenteuer«, hatte mein bester Freund Harry mir einige Wochen zuvor erklärt. »Frauen müssen wissen, ob du in der Lage bist, Stress zu bewältigen, oder ob du kneifst, wenn's knifflig wird. Das diktieren ihnen die Hormone: Sie müssen testen, ob du ein geeigneter Vater für ihre zukünftigen Kinder bist. Deshalb müsst ihr ein gemeinsames Projekt finden, das mehr ist als, na ja, zur Arbeit gehen und darüber streiten, wer das Klopapier kauft.«

Darüber hatte ich eine Weile gegrübelt, während Harry ein weiteres Bier bestellte. Er war mein Guru in Frauenfragen, mein Östrogenanalytiker, der Clausewitz des Geschlechterkriegs. Manchmal war er durch und durch zynisch und irrte – »Alle Frauen sind gleich, wenn sie sich erst das Gesicht gewaschen haben« –, und manchmal war er durch und durch zynisch und hatte recht.

»Wir könnten vielleicht um die Welt segeln«, sagte ich skeptisch und dachte, ich würde seekrank werden.

»Du würdest seekrank werden«, sagte Harry. »Warum fährst du nicht den Amazonas hinauf und entdeckst einen Pygmäenstamm?«

Ich nickte langsam. Und dachte: Sie werden uns mit Giftpfeilen töten.

»Oder ihr könntet in einer arktischen Wetterstation gemeinsam die globale Erwärmung beobachten. Da oben im Norden kann es ganz kuschelig sein, da gibt's nicht nur Iglus.«

Und zum Frühstück Walfleisch mit Baked Beans? Zum Mittagessen Walfleisch mit Pommes frites? Zum Abendessen Walfleisch-Sushi?

Harry sah mich zögern.

»Ach, denk dir doch selbst was aus! Du musst einen Traum haben, den du gemeinsam mit Lena verwirklichen kannst. Du musst sie überraschen! Frauen mögen es, überrascht zu werden. Bis Silvester hast du doch noch ein bisschen Zeit. Recherchiere ein wenig. Und denk dabei an Abenteuer, nicht an Romantik – Lena ist zu intelligent, um auf sentimentalen Kitsch hereinzufallen.«

Ich mochte das Borchardt's. Es war die reinste Scheune, und die Schnitzel für 19 Euro waren bei C-Promis und ihren Frisören ein wenig zu beliebt, trotzdem atmete es einen Hauch von Geschichte: Einst ein Treffpunkt der Hugenotten, war es später das Lieblingsrestaurant von Hermann Göring, ein durchaus geeigneter Ort, um darüber zu sinnieren, ob Kanonen der Butter vorzuziehen sind oder umgekehrt. Und natürlich ein Restaurant für meinen Chefredakteur, der von Nazis wie Trüffeln gleichermaßen fasziniert war.

»Alles in Ordnung?«, fragte Lena, die von der Speisekarte aufblickend meine verzerrte Miene bemerkt hatte.

»Ich hab nur gerade an meinen Boss gedacht.«

»Tu's nicht«, sagte sie und beugte sich vor, um meine Hand zu berühren, »du musst versuchen, dich auf das positive Karma zu konzentrieren. Ein neues Jahr, ein neuer Anfang und so.«

Aber so leicht war das nicht. Ein paar Monate zuvor hatte ich naiverweise gehofft, dass meine Redaktion nun offiziell das Ende des Zweiten Weltkriegs erklären würde. Es gab einen neuen Chef. Der alte hatte ein Gesicht wie rissiger Beton und im Büro einen Kalender an der Wand hängen, der die Tage bis zum Beginn des Vierten Reichs herunterzählte. Der Verleger hatte ihn durch einen Mann ersetzt, der so jung war, dass er mein illegitimer Sohn sein könnte. Ich fuhr nach London, um ihm die Neuigkeit zu übermitteln, dass Hitler mittlerweile endgültig tot war.

»Nett, Sie kennenzulernen«, sagte der Neue und versuchte, sich an meinen Namen zu erinnern. Er hatte einen Bart, genau wie seine drei Stellvertreter. In seinem Konferenzzimmer fühlte ich mich, als würde ich mit einer Schar von Höhlenbewohnern das Ende der Eiszeit abwarten.

»Online ist die Zukunft«, dröhnte er, und wir nickten alle, die Bärte und ich. »Deshalb erwarten wir von unseren Korrespondenten, dass sie neue Leserschichten erschließen. Unsere Umfragen haben ergeben, dass die populärsten Geschichten aus Deutschland die über …« Er blickte auf ein Blatt Papier. »… über Eisbären sind. In Deutschland gibt es Eisbären?«

Er schien ehrlich verblüfft.

»Nur ein paar«, sagte ich, »in Zoos. Einer von ihnen ist ein Star geworden.«

Der Chefredakteur starrte mich an und wusste offensichtlich nicht, ob ich ihn subversiv hochnehmen wollte.

»Gut«, meinte er schließlich. »Halten Sie sich an die Bären! Die Leser lieben sie.«

Er ging seine Liste weiter durch.

»Kein Boris Becker mehr, bitte. Aber Freaks nehmen wir gerne, deutsche Freaks sind wahnsinnig beliebt. Kannibalen, Babys in Tiefkühltruhen, Inzest-Familien.«

Ich tat so, als würde ich mir Notizen machen. »Das war in Österreich«, sagte ich, »die Inzest-Familie. Nicht in Deutschland.«

Der Chefredakteur rieb seinen Bart, und seine drei Stellvertreter taten es ihm nach.

»Das sagen die Deutschen doch immer, oder? Apropos: Mehr Nazis, bitte! Hitler ist der Darling des Internets, der absolute Liebling. Adolf sells.«

Er hatte natürlich recht. Die ungesunde Faszination der Briten für Hitler war nicht mehr nur eine historische Sonderbarkeit, sie war Gegenstand statistisch fundierten Marketings geworden. Ein Volk, ein Führer, ein Klick. Ich hatte den falschen Beruf gewählt. Ich hätte Präparator werden und alte Diktatoren einbalsamieren und ausstopfen sollen.

»Ich würde gern ein Sabbatjahr nehmen«, erklärte ich den Bärten. »Zeit zum Nachdenken, verstehen Sie.«

Der Chefredakteur bohrte sich mit einem Stift im Ohr, stets ein sicheres Anzeichen dafür, dass er gereizt war.

»Geht es Ihnen nicht gut, irgendwelche gesundheitlichen Probleme? Er sieht gut aus, oder?« Der Chefredakteur blickte zu seinen Claqueuren. Einer von ihnen hatte seinen Bleistift genommen, und ich wartete darauf, dass er es seinem Chef nachtun und ihn in eine seiner Körperöffnungen stecken würde. »Ja«, sagte er, »für einen Auslandskorrespondenten sieht er prima aus.«

»Das höre ich gerne«, sagte ich. »Das ist wahrscheinlich das letzte Stadium vor dem Burn-out. Sie wissen ja, genau wie mit Steaks: blutig, medium, gut durch – und Holzkohle. Ich bin jetzt bei gut durch. Äußerlich betrachtet sehe ich okay aus, aber noch ein paar Minuten und ich bin ungenießbar.«

Der Boss wechselte Blicke mit den anderen Bärten, als wollte er sagen: Der Mann ist wahrhaftig am Rande des Wahnsinns.

»Ja, durchaus. Nun, ich denke, wir können Sie eine Weile gehen lassen. Aber sehen Sie zu, dass Sie erfrischt und voller Ideen zu uns zurückkehren.«

Anstatt den Zusammenbruch seines Manns in Berlin zu riskieren, gewährte mir der Chefredakteur also sechs Monate unbezahlten Urlaub, beginnend am 1. Januar. Ich musste mir nur noch ein Projekt ausdenken, das meine Fähigkeiten als Auslandskorrespondent in irgendeiner Weise bereichern würde. Wie die Arbeit in einer psychiatrischen Klinik zum Beispiel. Oder in einem Zoo. Lena hatte sich für mich gefreut, aber ich wusste, dass sie sich Sorgen machte, wir könnten uns voneinander entfernen, sie mit ihrem alles verzehrenden Job und ich auf der Flucht vor meinem unsinnigen Beruf. Tatsächlich hatte ich noch keine Idee für mein halbes

Jahr in Freiheit. Zum ersten Mal in meinem Leben hatte ich keinen Plan.

Als gerade das Kobe-Steak mit jener besonderen Sorgfalt serviert wurde, derer sich Kellner befleißigen, wenn sie das teuerste Gericht auf der Karte auftragen, kam am Nebentisch Unruhe auf, Stühlerücken und Räuspern. Lena lächelte den Kellner dankbar an, und wir spitzten beide die Ohren, um das Geschehen am Nebentisch mitzubekommen. Die Deutschen sind eine Nation von Restaurant-Lauschern, vielleicht wegen der Neigung von Restaurantbesitzern, Tische zur eigenen Profitmaximierung möglichst eng zusammenzustellen, vielleicht auch wegen der Stasi-Gene. Wie auch immer, mittlerweile teile ich diese Nationalleidenschaft der Neugier. Ich verdanke einige meiner größten journalistischen Scoops meinen Radarohren.

Der Großvater klopfte mit der Dessertgabel an ein Weinglas. Um den Tisch wurde es bis auf ein leises Pfeifen still: Der rebellische Junge blies auf einer leeren Colaflasche.

»Pssst!« Seine Mutter entriss ihm das provisorische Instrument. »Opa möchte eine Rede halten.«

»Ich will Opa aber nicht zuhören, er ist alt.« Die Mutter fing meinen Blick auf und warf mir ein entschuldigendes Lächeln zu.

»Es war ein gutes Jahr für unsere Familie«, verkündete der Großvater, und ich sah, wie die diversen Verwandten ihre Mienen für den langen, obligaten Jahresrückblick zurechtrückten: Erfolge des Familienunternehmens, eine Silberhochzeit, eine glückliche Schwangerschaft, die Beförderung des Schwiegersohns. Opa bezahlte für den Abend im Borchardt's, und dem musste der Rest der Familie Tribut zollen.

»Ich muss auf Toilette«, sagte der Junge.

»Warte«, sagte seine Mutter.

»Und im Juni«, sagte Opa, der sich tapfer weiter durch den Kalender kämpfte, »hatten wir eine herrliche Zeit bei der Regatta in Kiel.«

»War das nicht im Juli?«, fragte der Schwiegersohn, vielleicht in der Hoffnung, die Rede damit zu beschleunigen.

»Toilette«, sagte der Junge. Ich begann mich zu fragen, ob er am Tourette-Syndrom litt.

Ohne ihn zu beachten, dozierte der Großvater gebieterisch weiter. »Im August hat Emmas Garten geblüht …«

»Wir hatten auch ein gutes Jahr, oder?«, übernahm Lena Opas Leitmotiv.

Und das hatten wir: ein Jahr, in dem wir mehr voneinander erfahren und unsere Neugier befriedigt hatten. Aber wir spürten beide, dass uns etwas zu entgleiten drohte.

»Natürlich hatten wir das. Weißt du noch, die Fahrt durch die Weinberge, Monte Mare, die kleine Kirche?« Das war in unserem Sommerurlaub in Norditalien gewesen, auf der Suche nach Lenas entfernten Vorfahren, die sich als etruskische Grabräuber entpuppt hatten.

Lena strahlte jetzt, als hätte sie beim Schwelgen in Erinnerungen einen Strahl der Mittagssonne erhascht.

»Und dann die Reifenpanne?«

»Und wie der Dorftrottel versucht hat, dich anzumachen, während ich im Schweiße meines Angesichts den Reifen gewechselt habe?«

»Und erinnerst du dich, wie du gesagt hast, dass das alles ist, was du dir wünschst?«, fragte Lena. »Ein Plätzchen auf dem Land an der Seite der Frau, die du liebst?«

»Vage.« Wir hatten uns bei der Reparatur des Wagens schmutzig gemacht und beschlossen, im Dorf ein Zimmer zu nehmen, um uns zu waschen und auszuruhen.

»Klar erinnerst du dich. Wir haben darüber geredet, wie wir wirklich leben wollen, nicht in einer Stadt, nicht an Abgasen ersticken. Du wolltest das Fenster aufreißen und den Gesang der Lerchen hören …«

»… bevor sie von italienischen Jägern abgeschossen werden«, ergänzte ich.

»Das Getrappel der Pferde hören und Tau an deinen nackten Füßen spüren …«

»Das war deine Idee«, korrigierte ich. »Ich hasse nasse Füße.«

»… bevor du die frischen Eier zum Frühstück einsammelst.«

»Ich hasse Eier zum Frühstück.«

»Das ist nicht wahr.«

Es hatte eine leichte Urlaubstristesse gegeben, in der wir irgendwann über die Wege nachdachten, die wir eingeschlagen und verworfen hatten. Ich klagte über meinen sinnlosen Job als Auslandskorrespondent, sie überlegte, dass sie ihren Beruf überall auf der Welt ausüben konnte, vorausgesetzt, es gab einen Internetanschluss und einen Flughafen in der Nähe. Warum sollte man in einer heruntergekommenen, subweltstädtischen Kapitale leben, die sich cool gab, obwohl sie in Wahrheit lauwarm war?

»Das war dummes Gerede«, sagte ich, »peinlich das Ganze. Zu viel Sonne und zu viel Chianti.«

»Aber du wolltest doch ein Haus auf dem Land, richtig?«, beharrte Lena.

»Nun ja, natürlich wollte ich das. So wie alle Zwölfjährigen Wimbledon gewinnen, alle Siebzehnjährigen mit Beyoncé schlafen, alle Dreiundzwanzigjährigen die Welt retten, alle Vierzigjährigen einen Porsche haben und alle Fünfzigjährigen sich liften lassen wollen – es bedeutet nicht, dass es auch geschieht. Manchmal ist es sogar besser, dass es nicht geschieht. Manche Träume sind toxisch.«

Ich hielt inne. Lena sah mich eigenartig intensiv an, wie ein Scientologe, der ein neues Mitglied werben will. »Warum fragst du?«

»Weil wir jetzt eins haben«, sagte sie, sichtlich erleichtert – ihre Gesichtszüge erschlafften schlagartig –, die Worte ausgesprochen zu haben.

Die japanische Kuh blieb mir auf halbem Weg im Hals stecken.

»Ist das dein Ernst?«

Sie beugte sich vor und fasste mein Gesicht mit beiden Händen, um darin nach Spuren von Betrug zu suchen. Vielleicht wollte sie auch Erste Hilfe leisten, weil ich an einem Fleischstückchen im Wert von circa zwölf Euro würgte.

»Selbstverständlich«, sagte sie. »Das ist die deutsche Art, ernst ist sexy.«

Langsam sackte das Drama des Augenblicks in mein Bewusstsein, und ich spürte, wie mein Mund sich zu einem breiten Lächeln verzog.

»Wir-haben-ein-Haus-auf-dem-Land?«

Lena nickte so ernst, als würde sie einen Eid ablegen.

»Wo?«, schrie ich beinahe und rüttelte kurz am Tisch. »Nein, warte, sag es mir nicht – es ist Todi in Umbrien, stimmt's? Oder – nein, ich weiß, die alte etruskische Siedlung! Das alte Herrenhaus mit den Zitronenhainen! Du hattest diesen besonderen Blick in den Augen.«

Der Kellner räumte die Teller ab, damit ich sie mit

meinen windmühlenartig rudernden Armen nicht zerbrach.

»Nein«, sagte Lena, »noch besser. In gewisser Weise. Ich meine, keine Zitronen oder so. Es ist ein wenig anders ...«

»Wo?«

»Alt-Globnitz.«

»Alt-Globnitz.« Mir wurde schlagartig kalt.

»Alt-Globnitz. Ein wirklich schönes Örtchen. Du wirst es lieben.« Sie klang nicht besonders überzeugt. »Ich habe das Haus meiner Uroma geerbt.«

»Wo genau liegt dieses Alt-was-auch-immer?« Ich brauchte eine Zigarette.

»In Brandenburg, Richtung polnische Grenze. Mach nicht so ein Gesicht.«

Was für ein Gesicht? Aber natürlich war ich verwirrt. War ihre Uroma nicht schon seit Jahren tot? War nicht jedermanns Uroma tot?

»Es ist fast perfekt. Das Dorf hat einen kopfsteingepflasterten Platz – im Grunde eine Piazza –, und in dem Haus hat Uroma gelebt, als sie frisch verheiratet war. Es gibt einen Garten, in dem du schreiben könntest, und jede Menge Platz, und Berlin liegt nur achtzig Kilometer entfernt, und es ist einfach sehr, sehr romantisch. Wer braucht schon die Toskana? Die ist sowieso überlaufen von deutschen Professoren mit Sonnenbrand und Sozialdemokraten, die sich vor ihren Wählern verstecken.«

»Nun, die Gefahr eines Sonnenbrands ist in Brandenburg wahrscheinlich eher gering«, meinte ich.

»Okay, okay, es ist nicht Italien. Aber du solltest die Lindenalleen sehen, den Frieden des Ortes spüren. Nach der ganzen Hektik ist es genau das Richtige.«

Lena zog drei Fotos aus ihrer Handtasche.

Das erste zeigte ein großes zweistöckiges Haus, erbaut etwa Mitte des 19. Jahrhunderts. Im Erdgeschoss gab es hohe, elegante Fenster, die auf hohe Decken schließen ließen, sechs geschwungene Stufen führten von der Haustür in einen, wie es schien, großen Garten.

»Es ist sehr imposant«, sagte ich.

»Siehst du! Es ist ein Schloss.«

»Nein, das nun auch wieder nicht«, sagte ich. »So haben die verarmten Preußen ihre Häuser genannt, um eine bessere Partie zu machen.«

»Na, dann eben ein Gutshaus.«

»Noch kleiner, eher eine Villa.« Es sah nicht uninteressant aus, aber irgendwas stimmte nicht. »Das Foto, die Bäume – es ist im Sommer aufgenommen.«

Lena wurde rot. »Die Bilder sind schon ein wenig älter. Ehrlich gesagt sieht es im Moment nicht ganz so aus. Man muss ein bisschen Arbeit investieren.«

Ich zog die Augenbrauen hoch.

»Erinnerst du dich an die Stürme, die über Brandenburg gefegt sind? Davon ist das Dach eingestürzt, das müssten wir reparieren«, sagte sie. »Aber im Frühling nisten dort Störche.«

»Schatz«, sagte ich, »das ist acht Jahre her. Seitdem hat niemand das Dach angerührt?«

Lena schüttelte den Kopf und setzte zu einer kurzen Geschichte des Hauses an, die zu einem kleinen Streifzug durch die gesamtdeutsche Geschichte wurde. Lenas Uroma Elfriede hatte sich in einen unbedeutenden preußischen Adligen verliebt, einen schneidigen Schlingel, der sich auf einem Pferd stets wohler gefühlt hatte als hinter einem Schreibtisch. Kurz bevor er in einen Panzer stieg, um ostwärts zu fahren, schwängerte er seine junge Frau. Er starb irgendwo bei Kursk, während Elfriede mit dem Baby und einem Diener so lange wie möglich in dem Haus blieb, bis schließlich die Russen kamen, worauf sie nach Hamburg floh. Die Russen nahmen alles mit, was nicht niet- und nagelfest war, und verluden es in einen Laster. Nach dem Krieg wurde das Haus als »Junker«-Besitz verstaatlicht und beherbergte zunächst Vertriebene. Danach war es erst als Altersheim und nach der Wende als Umschulungszentrum genutzt worden, bis das Dach einstürzte. Seit Lenas Familie Anspruch auf Rückgabe angemeldet hatte, hatte sich niemand mehr die Mühe gemacht, noch irgendetwas in das Gebäude zu investieren. Es sei ein Haus, erklärte Lena, und eine unhanseatische Träne kullerte über ihre Wange, das einst Liebe gesehen hatte und nun ungeliebt war. Die Botschaft war klar: Sie dachte, wir könnten die Liebe in dieses Haus zurückbringen und es retten. Sie hatte ihr Projekt gefunden, unser drittes Herz.

Ich dachte bloß: Und wer macht die Arbeit? Wie kann man sich ausruhen oder schreiben – und gleichzeitig ein Dach reparieren?

Lena präsentierte das zweite Foto, die Rückansicht. Offenbar gab es zwei später angebaute Flügel sowie eine große Terrasse mit Blick in den Garten.

»Du erkennst, wie schön es aussehen könnte.«

Mir entging vor allem nicht der Konjunktiv. »Wie viele Zimmer?«

»Etwa fünfzehn.«

»Fünfzehn? Was wollen wir mit so viel Platz?« Meine toskanische Traumvilla hätte vier Zimmer, einen Weinkeller, eine Bibliothek und eine Hundehütte für Mac. Mehr brauchte ein Mann nicht.

»Das ist ja gerade das Zauberhafte«, erklärte Lena. »Ich kann das Erdgeschoss zu einem großen Kreativ- und Essbereich umgestalten. Und oben, ich weiß nicht. Wir können es ändern. Wir können alles machen, was wir wollen.«

»Du meinst, alles, was du willst.« Ich konnte nicht glauben, dass wir ein Haus hatten – ein Schloss für Anfänger –, das zu erwähnen Lena bisher nicht für nötig erachtet hatte.

»Ich dachte halt, es wäre nett, dich damit zu Silvester zu überraschen.«

»Nun, das ist dir auf jeden Fall gelungen.« Was sollte ich in einer einsamen Ruine tief im Osten inmitten von Kohlfeldern anfangen?

Lena schob das dritte Foto über den Tisch: irgendein Tümpel. »Das ist der Feuerwehrteich«, erklärte sie stolz. »Die Dorffeuerwehr hat das Recht, Wasser abzupumpen. Damit sind wir gleich von Anfang an Teil der Gemeinschaft von Alt-Globnitz.«

»Sieht aus wie eine Nilpferdtränke.«

»Viel besser«, sagte Lena mit dem siegesgewissen Lächeln eines Menschen, der seine Trumpfkarte ausspielt. »Es ist das größte Froschpaarungsgebiet im östlichen Brandenburg.«

Frösche! Meine Leidenschaft. In diesem Moment wussten wir beide, dass wir dorthin ziehen mussten. Es war beinahe Mitternacht. Ein Ossi-Schloss mit fickenden Fröschen – war das meine Zukunft? Ich brauchte Platz zum Denken.

»Lass uns eine rauchen gehen«, sagte ich zu Lena. Draußen war die Nacht in einem Anfall von Pyromanie zum Tag geworden; es roch nach Schießpulver, ein Martinshorn jaulte. Eine Batterie von Feuerwerkskörpern schoss an uns vorbei wie Katjuscha-Raketen. Der Journalist in mir wünschte sich, dass sie Norman Fosters kitschige Glaskuppel treffen und den Reichstag – noch einmal – in Brand setzen würden.

»Du hast keinen Mantel«, sagte ich.

»Du reichst mir«, sagte Lena und schmiegte sich an mich.

Kapitel 2

Frösche faszinieren mich, seit ich acht oder neun war. Mein bester Freund Barry »Stinky« Cooper und ich zogen regelmäßig mit Netzen und leeren Marmeladengläsern bewaffnet in unser englisches Dorf, um Kaulquappen zu fangen – winzige schwimmende Froschlarven mit langen platten Schwänzen. Sie waren vollkommen reizlos, und für einige Mitglieder unserer Bande bestand ihr einziger sinnvoller Nutzen darin, dass man mit ihnen das andere Geschlecht erschrecken konnte; unter Mädchenkragen geschmuggelte schleimige Kaulquappen garantierten jedes Mal ein befriedigendes Kreischen. Aber Stinky und ich gaben unseren Fang in die Gläser und von dort in Eimer in unseren Gärten, wo wir sie stundenlang beobachteten und darauf warteten, dass sie sich in Frösche verwandelten. Unsere erste bedeutende Beobachtung war, dass ausgerechnet die Kaulquappen, denen am schnellsten Beine wuchsen, gerne von ihren Artgenossen gefressen wurden. Die Lektion daraus war uns sonnenklar: Es war gefährlich, sich zu früh zu entwickeln. Wunderkinder waren dazu verdammt, unglücklich zu werden. Oder als Nahrung für andere herzuhalten. Da wir beide außerordentlich schlechte Schüler waren, hatte diese Erkenntnis etwas Tröstliches. Dann wurden aus den Kaulquappen kleine Frösche, wir warfen sie zurück in den Teich und beobachteten, wie sie fetter wurden und nach Gefährten quakten. Das war eine weitere Lektion für uns: Egal wie hässlich man war, die Weibchen wurden von der Stimme angelockt. Einige Jahre später waren unsere Klassenkameraden – mittlerweile mit Clearasil auf der Nase und Paco-Rabanne-Aftershave in den Achselhöhlen – perplex und neidisch, dass der froschgesichtige französische Sänger Serge Gainsbourg einen derartigen Eindruck auf die Sex-Göttin Jane Birkin machen konnte. Sie sangen sogar gemeinsam »Je t'aime«. Stinky und ich hingegen waren kein bisschen überrascht, wir wussten, wie das lief.

All das hatte ich Lena kurz nach unserer ersten Begegnung auf der Hochzeit meines Vaters erklärt. Mein Vater, der weniger aussieht wie ein Frosch als vielmehr wie ein federloser Bussard, hatte gerade Mechtild Beckenbender geheiratet, eine ehemalige Ostpreußin. Ein in Rente gegangener Bomberpilot der Royal Army Force und eine Heimatvertriebene, die beide auf ihre Art an den Folgen des Krieges litten – auf den ersten Blick ein seltsames Paar, aber die Ehe schien zu funktionieren. Sie hatten sich auf der englisch-deutschen Insel Mallorca gemütlich eingerichtet, wo sie Königsberger Klopse aßen, Bridge spielten und Gin tranken. Gin und Bridge gehörten zu der von Queen Mum und anderen Mitgliedern der königlichen Familie empfohlenen Formel für ein langes Leben: Der Alkohol betäubte die Sinne und war gut für den Kreislauf, während man mit dem Kartenspiel das Gehirn trainierte. Lenas Vater war Frau Beckenbenders Hausarzt gewesen, Frau Beckenbender hatte Lena Nachhilfe in Deutsch gegeben, als die ein Teenager war, und die beiden hatten sich angefreundet. Witzigerweise hatte die alte Frau auch mir

Deutsch beigebracht, als ich nach Deutschland kam, so dass Lena und ich ganz natürlich miteinander ins Gespräch kamen.

»Ich fasse es nicht, dass ich eine deutsche Stiefmutter habe«, gestand ich ihr.

»Warum nicht?«, fragte Lena. »Im Bemuttern sind wir ziemlich gut. Mutti-talentiert sozusagen.«

»Rabenmütter gibt es auf Englisch gar nicht.«

»Hast du Angst, auf dich allein gestellt zu sein, wenn Frau Beckenbender zu ihrer leidenschaftlichen Hochzeitsreise aufbricht? Sie ist über siebzig, und du bist …«

»Alt genug, um in einer Welt verschwindender Frauen alleine zurechtzukommen«, erklärte ich ihr.

»Oje, das klingt gar nicht gut.«

Und so hatten wir, nachdem mein Vater und meine neue Mutter Ringe getauscht hatten, Geschichten getauscht. Von meiner gescheiterten Ehe und meinen unermüdlichen Bemühungen, eine deutsche Braut zu finden. Von ihrer gescheiterten Ehe und dem folgenden Versuch, deutsche Männer zu meiden. Sie lachte gerne und viel, und ich mochte sie so sehr, dass ich ihr erklärte, wie Frösche gemacht wurden und wie sie alles taten, um in den Teich oder See zurückzukehren, in dem sie sich zum ersten Mal gepaart hatten; Frösche seien wahre Romantiker, weshalb sie auch in so vielen Märchen vorkämen. Ihre Hässlichkeit wurde nur übertroffen von ihrem großen Herzen, ihren noch kräftigeren Lungen, ihrem majestätischen Quaken und ihrem Ortssinn.

»Hast du ein großes Herz?«, fragte Lena und ließ sich ihre dunklen Haare ins Gesicht fallen. Die Hochzeitsfeier lag in den letzten Zügen, nachdem das Catering-Personal die Essensreste und Blumen geklaut hatte, die letzten Drinks getrunken und die Musiker bezahlt worden waren.

»Selbstverständlich«, sagte ich, »warum hätte ich dir die Geschichte sonst erzählt?«

Und so küssten wir uns unausweichlich, so wie der Frosch immer geküsst wird.

Mit anderen Worten: Lena hatte die richtige Methode gefunden, mich davon zu überzeugen, dass ihr Haus unwiderstehlich war – ein Ossi-Schloss mit Froschteich für einen hässlichen Prinzen. Aber im kalten Licht des Neujahrstages klang das Ganze für einen alten Zyniker wie mich doch zu sehr nach einem Märchen. Sicher waren wir uns irgendwann einig gewesen, dass es nett, nein, mehr als nett, perfekt wäre, in der Toskana zu leben. Aber im Grunde meines Herzens war ich ein Stadtmensch; ich hasste Berlin, all die Schlampigkeiten, war jedoch gleichzeitig völlig abhängig. Die Toskana war eine interessante Phantasie, weil ich sie mir als Erweiterung und nicht als Alternative zu meinem Stadtleben vorstellen konnte. Freunde und Geschäftspartner, Verleger und Kunden würden mich natürlich dort besuchen, schon wegen der magischen Anziehungskraft dieser Landschaft, ihres Geruchs, ihrer Farben und ihrer Langsamkeit. Es gab ganze italienische Kommunen, die von britischen, amerikanischen und deutschen Medienschaffenden, Designern und Architekten bevölkert waren, die Weinbauer spielten und ernste Sorge um ihre Pfirsichernte heuchelten, während sie in Wahrheit in die moderne Welt der Deals eingestöpselt blieben. Sie telefonierten mit ihren Börsenmaklern, schickten E-Mails nach New York und trafen sich abends zum Essen, zubereitet von einem italienischen Koch, dem einzigen Berührungspunkt mit ihrer

Gastnation. Diese Art Halbexil konnte ich mir vorstellen; zumindest würde mein Gehirn nicht die Konsistenz von zerkochten Rüben annehmen. Aber Brandenburg? Das Antlitz aknevernarbt vom Braunkohletagebau, seine sanft geschwungenen Hügel nichts anderes als Schlackehalden, die für eine Bundesgartenschau mit schnell wachsendem Gras und pflegeleichten Dahlien bepflanzt worden waren. Wie konnte ich Lena die schiere Verkehrtheit der Idee klarmachen, ohne ihr das Herz zu brechen?

Ich schlüpfte leise aus dem Bett, um sie nicht zu wecken. Offensichtlich musste ich über die Sache erst einmal allein nachdenken.

»Wo willst du hin?«, fragte sie mich schläfrig, als ich ins Bad ging.

»Joggen.«

»Du? Joggen?« Sie richtete sich halbwach im Bett auf, ihre Brüste zeigten anklagend auf mich. »Hast du nicht immer gesagt, wenn Gott gewollt hätte, dass der Mensch joggt, hätte er ihm vier Beine gegeben?«

»Guter Vorsatz fürs neue Jahr«, sagte ich, »drei Kilometer jeden Morgen.«

»Ah – zum Bäcker und zurück.« Lena vergrub ihr Gesicht unter der Decke.

Als ich durch die Hinterlassenschaften des Silvesterfeuerwerks trabte bis schlenderte – zu schnell konnte ich nicht laufen, weil Mac das gnadenlose Tempo nicht durchgehalten hätte –, fragte ich mich, wie ich Lena überzeugen konnte, besser einen bescheidenen Scheck zu akzeptieren statt eines Hauses, das uns arm machen würde. In gewisser Weise hatte Lena recht: Ich hatte ein halbes Jahr Urlaub bei der Zeitung, und wir brauchten beide eine Veränderung, ein gemeinsames kreatives

Projekt. Aber sie hatte keinen blassen Schimmer, wie weit meine handwerkliche Inkompetenz ging. Mich ohne fachmännische Begleitung in einen Baumarkt zu schicken war, als wollte man Stevie Wonder zum Kunstkritiker machen. Lena würde ihre Fertigkeiten als Innenarchitektin einbringen, aber was sollte ich tun?

Der Hund nahm Geschwindigkeit auf, als der Bäcker in Sicht kam. Der Besitzer hatte ein paar Edelstahltische an den rostigen Fahrradständer gekettet, um dem Laden ein gewisses Pariser Flair zu verleihen, oder was er dafür hielt. Dort suchten allmorgendlich die Pseudojogger von Grunewald, Berlins grünem und überteuertem Vorort, Zuflucht und genossen fernab des strengen Gendarmenblicks ihrer Gattinnen die erste Zigarette des Tages. Ich genoss meine mit einem Kaffee und einem klebrigen Stück Gebäck, das ich mir mit Mac teilte. Ein Bankier im Ruhestand verteilte Pfefferminzbonbons, um damit den Geruch der Marlboros zu kaschieren, und wir nickten einander stumm zu. In diesen schwierigen Zeiten war es nicht ratsam, beim angeregten Gespräch mit einem Banker gesehen zu werden.

Ich hatte mir sportlich offenbar ein bisschen viel zugemutet, denn nach dem ersten Zug bekam ich einen Hustenanfall, bei dem sich mein Herz zusammenkrampfte. Ein Mitglied der Bäcker-Brigade, ein bankrotter Bauunternehmer, klopfte mir auf den Rücken; ich hätte für ihn das Gleiche getan. Auf mehreren Papierservietten begann ich, die vielen Gründe zu notieren, aus denen ich mich nicht in Ostdeutschland niederlassen wollte:

Toskana	Brandenburg
Tagliatelle con tartuffo	Spreewälder Gurken
Etruskische Grabstätten	Alte Sowjet-Baracken
Nahe gelegene Jetset-Urlaubsorte	Nahe gelegene Wehrmachtsfriedhöfe
Fresken	Frittenbuden
Naturkatastrophen: Schlechte Weinernte	Naturkatastrophen: Überschwemmung des Oderbruchs

Es sah nicht gut aus. Was sollte ich in dem Haus machen? Vielleicht würde ich als sein inkompetenter Hausmeister enden – statt Gefangener meiner Zeitung fortan Gefangener eines Gebäudes, der fortwährend Laub fegte und auf den Klempner wartete. Im Herzen von Lenas Haus schlummerte eine existentielle Frage, und die lautete: Wie wollte ich den Rest meines Lebens verbringen, wenn ich mich von meinem Arbeitgeber trennte? Wie wollte ich die verbleibenden Jahre gestalten? Um das zu beantworten, musste ich in meiner Vergangenheit graben: Hatte ich das Leben gelebt, das ich leben wollte, hatte ich meine Zeit sinnvoll zugebracht? Die Sache war die: Im toskanischen Exil konnte ich diesem Problem entfliehen und den bohrenden Fragen ausweichen. Die Sonne, der schläfrige Lebensrhythmus, die Sinnlichkeit des Ganzen. Während Brandenburg in etwa so sinnlich und anregend war wie, nun ja, ein totes Schaf.

Trotzdem war ich zu positivem Denken entschlossen. Lena war ich es schuldig, mir das Haus wenigstens anzusehen. Und es war immer eine Freude, Frösche zu beobachten. Das Leben hatte mehr zu bieten als Menschen.

»Ich bin wieder da!«, rief ich unnötigerweise, weil die Tür zugeschlagen und Mac auf der Suche nach Futter geräuschvoll in die Küche gerannt war, während gleichzeitig mein Handy klingelte. Es war Harry; er rief immer früh an, um zu hören, ob ich irgendwelche interessanten Storys aufgetan hatte. Ihm zu erklären, dass ich mich vorübergehend aus der Nachrichtenbranche zurückgezogen hatte, war zwecklos. »Du bist nach wie vor in der Gefechtszone«, erklärte er mir einmal, »selbst wenn du zivile Kleidung trägst. Du musst am Ball bleiben! Ohne Nachrichten rund um die Uhr gibt es keine sinnvolle Existenz, das unterscheidet uns von den Affen.« Ich drückte ihn weg.

»Na, vielen Dank für die Vorwarnung«, sagte Lena. »Ich hatte gerade noch genug Zeit, meinen Liebhaber durchs Badfenster nach draußen zu schmuggeln. Wie war das Joggen?«

Sie schnippte demonstrativ ein paar Schweineohrkrümel und Zigarettenasche von meinem Trainingsanzug.

»Erfrischend«, sagte ich. »Solltest du auch mal probieren. Nicht, dass du es nötig hättest«, fügte ich hastig hinzu.

»Nein danke«, sagte sie und nahm das letzte Knuspermüsli aus dem Kühlschrank. »Ich könnte nie mit dir mithalten.«

Sie schlenderte mit ihrem Frühstück vom Kühlschrank zum Sofa. Ich mochte ihren Gang, eine Bewegung mit viel Hüftschwung, eher ein Discotänzeln.

»Hast du über das Haus nachgedacht?«

Ich nickte.

»Und?« Ich sah, dass sie nervös war.

»Ich werd nicht gern so überfallen. Warum konnten wir nicht früher darüber reden?« Ich hockte mich auf einen Sessel mit hoher Lehne, meinen Lieblingssessel, weil man sich darin von dem Rest des Zimmers abkapseln konnte. Ein Fehler. Ich hätte mich aufs Sofa setzen sollen, damit unsere Knie sich berührten.

»Wir hatten nie Geheimnisse voreinander«, fuhr ich fort. »Wann hast du dir das Haus angesehen?«

»Im November. Es war kein Geheimnis. Ich wollte es mir nur ansehen, um sicher zu sein – und dich dann überraschen.«

Lena und ich stritten eigentlich nie ernsthaft. Vielleicht war das ein gutes Omen für das Haus. Ich musste nur gelegentlich an ihr Schuldgefühl rühren, dann ließ sie mir meinen Raum. Davor hatte es so viele Beziehungen gegeben, denen es an Intuition mangelte und die für dezente Hinweise gänzlich unempfänglich gewesen waren. Es gab Zeiten, in denen ich mit beinahe mathematischer Sicherheit wusste, dass ich in eine Frau verliebt war. Und es gab Zeiten, in denen ich mir sicher war, dass Frauen in mich verliebt waren. Irgendwie fielen diese beiden Zeiten jedoch nie zusammen. Aber mit Lena war das anders. Sie hatte sich gerade von einem langjährigen Freund getrennt, und obwohl sie mich, ihren Frosch, geküsst hatte, machte sie keine Anstalten, bei mir einzuziehen, sie schien glücklich mit ihrer Wohnung am anderen Ende von Berlin. Das Ganze sollte, wie sie andeutete, eine Urlaubsromanze ohne Urlaub werden. Wir würden zusammen Spaß haben, zusammen lachen, eine Sonnenschein-Beziehung, die nach ein paar Monaten freundschaftlich enden würde. Manche Männer träumen von einer solchen Beziehung. Sie können sich mit ihren Freunden betrinken oder ihre Jeans auf dem Boden liegen und den Abwasch in der Spüle stehen lassen. Aber für mich war das nichts. Ich mochte eine Frau im Haus, mochte ihre subtile, schleichende Besetzung der Badezimmerregale, ihren Geruch, der den des Hundes irgendwie neutralisierte. Und auch Lena erkannte rasch, dass wir zusammenleben mussten, um eine gemeinsame Basis und gemeinsame Regeln zu finden. Also zog sie schließlich doch in meine Wohnung in Grunewald und erlaubte mir, mein rotes Bordellfundus-Sofa zu behalten, zwang mich jedoch, die beiden braunen Ledersessel rauszuwerfen. Ich gab mich empört, obwohl Mac von dem kalten Leder schon Blasenprobleme bekam, so dass niemand ernsthaft traurig war, als sie in einem Oxfam-Laden landeten. Aber so ordentlich Lena die Wohnung auch hielt, es gab nie genug Platz. Außerdem war es darin für sie zu dunkel zum Zeichnen. Deshalb war das Haus in Alt-Globnitz für Lena nicht nur eine Chance, unserer Romanze mehr Sauerstoff zuzuführen, sondern auch ein Ort, an dem sie sich wiederentdecken konnte.

»Ich möchte im Keller Marmelade machen«, sagte sie, »ich möchte Cello lernen und nur an Projekten arbeiten, die mich wirklich interessieren.«

»Ah«, sagte ich, »das Nach-dem-Atomangriff-Szenario.«

»Es ist einfach irgendwie eine Rückkehr zu den Wurzeln.« Sie nestelte an ihren Haaren. Sie sah müde aus. Lena war Mitte dreißig, ging jedoch meistens für Mitte zwanzig durch. Die Ballettstunden und das Yoga hatten den Alterungsprozess kurzfristig aufgehalten. Aber im falschen Licht und nach einer harten Woche sah man ihr doch ihr Alter an – die größte Angst aller Frauen, der Stoff, aus dem Alpträume sind.

»Du stammst aus einer langen Linie von Marmeladen-Einkochern?«, fragte ich.

»Du weißt, was ich meine. Dieser globale Arbeitsrhythmus ist außer Kontrolle geraten. Flugzeuge, prompte E-Mail-Antworten, mitternächtliche Telefonanrufe, ich verliere das Gefühl dafür, wo und was ich bin.« Sie sprach langsam und ernst, und ich begann zu begreifen, was das Ostschloss für sie bedeutete.

»Dann lass uns zusammen zu dem Haus fahren, und du kannst mich davon überzeugen, dass es der Garten Eden ist.«

Lena wurde rot.

»Ich kann nicht, ich muss noch mal nach Palm Beach.«

Mir klappte die Kinnlade herunter. »Das ist nicht dein Ernst!«

»Guck nicht so verdammt geknickt. Ich muss den Job zum Abschluss bringen – und in einer Woche bin ich zurück. Dann können wir mit allem weitermachen. Warum erkundest du das Haus nicht zusammen mit Harry?«

Ich dachte darüber nach: Vielleicht war es tatsächlich besser, mit Harry dorthin zu fahren als mit Lena. So hätte ich mehr Zeit, mich wegen des Hauses zu entscheiden.

»Aber bitte pass auf, dass Harry in Alt-Globnitz nicht auf Nazi-Jagd geht. Ich will nicht, dass er die Einheimischen verschreckt.«

Kapitel 3

Harry hatte anderes im Sinn, als ich ihn einen Tag später traf.

»Aber wir machen es kurz, okay?«, sagte er. »Ich fahr nicht gern in den Busch mit deiner Schrottkarre.«

Harrys Mercedes war in der Reparaturwerkstatt, wo er für eine weitere Expedition ins deutsche Hinterland fit gemacht wurde. Das war schade, denn in seinem Wagen wäre die Brandenburg-Safari sicher angenehmer geworden. Es gab keine bessere Art, in den Osten zu reisen: hinter getönten Scheiben sitzen, während man aus den Boxen der quadrophonischen Car-Fi-Anlage mit Pink Floyd beschallt wurde und den Rücken massiert bekam wie ein Kobe-Rind. Im Zweifelsfall sollte man lieber in einer Blase reisen. Stattdessen fuhren wir in meinem ramponierten Opel Corsa, den ich von einer leicht verrückten Exfreundin geerbt hatte. Nach unserem letzten Streit hatte sie ihre Kleider und Kosmetika in eine Ledertasche gestopft und verkündet: »Ich verlasse das Land – versuch nicht, mir zu folgen!« Nachdem ich es in der Tat nicht geschafft hatte, ihr auch nur bis zum Flughafen zu folgen, fand ich die Schlüssel ihres Opels und adoptierte das traurige, verwaiste Automobil. Als Erstes versuchte ich mit heißer Seifenlauge, den »Ein Herz für Kinder«-Aufkleber abzukratzen. Die Dinger waren irgendwann kostenlos von der

BILD-Zeitung verteilt worden, bevor sich die Herausgeber daran erinnerten, dass ihre Leser halbnackte Starlets Kindern vorzogen. Das Herz wollte sich jedoch nicht lösen, so dass ich es einfach mit einem »Free Tibet«-Sticker überklebte.

Harry lud einen Kasten Mineralwasser in den Kofferraum, wo sich bereits zwei Decken, zwei Schlafsäcke, eine Notfall-Leuchtpistole, Feueranzünder sowie Kondensmilch und reichlich Dosen voller Baked Beans befanden.

»Du hast die Schrotflinte vergessen«, sagte ich, »und eine Tierfalle aus Stahl.«

»Aber ich habe ein Moskitonetz«, verkündete er stolz und präsentierte ein brandneues Netz mit dem Label des Ladens »Tropical Adventures«. Natürlich wussten wir beide, dass die Moskitos sich im Januar in Brandenburg eher bedeckt hielten, aber ich glaubte den Grund für Harrys Vorsicht zu kennen. Im vergangenen Herbst hatten unser beider Zeitungen uns zu einem zehntägigen »War Zone«-Trainingskurs an der walisischen Grenze geschickt, weil Versicherungsgesellschaften die Teilnahme zur Voraussetzung dafür erklärt hatten, Leben und Gliedmaßen von Auslandskorrespondenten weiterhin zu versichern. Leider galt das auch für solche, die wie wir in einem Land stationiert waren, das in den letzten 65 Jahren nicht viel Krieg gesehen hatte. Die Ausbilder, allesamt abgehärtete Exsoldaten, die rohes Fleisch aßen und aussahen, als würden sie lieber nachts mit dem Fallschirm über feindlichem Gebiet abspringen als glattrasierte, rosige Reporter zu bemuttern, erklärten uns die drei Haupttodesursachen von Kriegsberichterstattern. Nicht Kugeln oder Bomben, sondern erstens Fahrfehler in minderwertigen Fahrzeugen. Zweitens die Benutzung der Bordtoilette auf einem Langstreckenflug, weil dort die medizinisch interessantesten, aber leider auch tödlichen Viren übertragen wurden. Und drittens Moskitostiche. Seither lebt Harry in panischer Angst vor Mückenstichen; jede Fahrt jenseits der Stadtgrenze von Berlin wurde zu einer Dschungelexpedition. Außerdem bestand er darauf, selbst zu fahren. Ich sollte die Karte studieren und ihn früh genug warnen, wenn es nach einem Kannibalenüberfall aussah.

Der Verkehr war zähflüssig und schwerfällig wie ein Leichenzug. Es war Freitagmittag, der Moment, in dem die Berliner ins Wochenende starten, und die große Flucht hatte begonnen. Die Stadt ist achtmal so groß wie Paris, aber viel leerer. In der Frankfurter Allee, in der jetzt die Jungen und Schönen wohnen, die es cool finden, in stalinistischen Wohnblocks zu leben, fegte ein schneidender Wind zwischen den Klötzen hindurch, pfiff an den nicht ganz schließenden Fenstern des Opels entlang und blies einen kalten Luftzug ins Wageninnere. Harry sehnte sich schaudernd nach seinem Mercedes 500. Die Straße war bar jeder Farbe, die sinnlos überdimensionierten Häuser hatten das Aussehen von vergilbtem Pergament, die wächserne Blässe eines kürzlich Haftentlassenen. Ein Spritzer DDR-Rot, *Es lebe der Erfolg des Marxismus-Leninismus!*, irgendwas Gigantisches und Auffälliges hätte der Allee gutgetan. So war sie kaum mehr als eine Schlucht aus Beton. Es folgten in den Endjahren des Sozialismus erbaute Wohnsiedlungen, denen man ihr Alter ansah, danach das städtische Ödland, Alki-Kioske, Autoreparaturwerkstätten, Ein-Euro-Shops, Lagerhäuser, immer weiter, bis das Durcheinander der Vorstadt in das Durcheinander einer kargen Landschaft überging, LPG-Höfe, die wie Fabriken betrieben und dann verlassen worden waren. Schließlich wurden die Gebäude kleiner, das Licht wurde heller, und die Umgebung erstrahlte in ungewohntem winterlichem Glanz. Dann waren wir richtig auf dem Land, Potemkinsche Dörfer, Blumenkästen und in der Hauptstraße frisch gestrichene Fensterläden wie für einen Staatsbesuch; in Hinterhöfen und Seitenstraßen jedoch auch Autowracks und entsorgte Kühlschränke, die eigentlich fremden Blicken verborgen bleiben sollten. Seevögel fern der Heimat und große, fette Krähen, die sich, durch einen Hund aufgescheucht, von einem See erhoben. Alle paar Kilometer sah man am Straßenrand einen provisorischen Schrein, das Foto eines Teenagers mit einem Kranz. Opfer der Brandenburger Variante des Feiglingsspiels: den Fuß auf dem Gaspedal eines Wagens mit frisiertem Motor, der die Landstraße hinunter auf einen anderen Verrückten zurast. Wer als Erster auswich, hatte verloren. Wenn keiner Nerven zeigte, kam es zum Crash. Man konnte verlieren und leben, gewinnen und leben; oder beide Fahrer starben in der Illusion, gewonnen zu haben, während sie ihr Leben in Wahrheit für ein Unentschieden geopfert hatten.

»Es muss doch noch andere Möglichkeiten der Zerstreuung geben«, sinnierte Harry, als wir an dem nächsten Kreuz vorbeikamen. Je gerader die Straße, desto mehr Kreuze. »Ich halte das wirklich für eine schlechte Idee.«

»Ich natürlich auch. Was für eine Verschwendung von jungen Männern. Sie könnten auch Uniformen tragen und Taliban töten.«

»Nein, die Kids meinte ich nicht«, sagte Harry. »Feiglingsspiel ist schon okay, zu meiner Zeit haben wir es mit Messern gespielt.« Er zeigte auf eine blasse Narbe auf seiner rechten Wange. »Ich meinte die Idee, nach Brandenburg zu ziehen. Was zum Teufel willst du hier draußen ?«

Harry missbilligte das Ganze, das wusste ich. Nicht wegen irgendwelcher Vorurteile gegen den Osten, sondern weil er es schlicht für falsch hielt, sich aus dem Journalismus zurückzuziehen. Für Harry hatte der Journalismus einen sozialen Aufstieg bedeutet, eine Möglichkeit, seiner Herkunft aus der Arbeiterklasse zu entkommen – seine Mutter war Kassiererin in einem Supermarkt, sein Vater mit einer jüngeren Frau durchgebrannt –, außerdem verschaffte er ihm einen gewissen Ruhm. Seine Schulkameraden wollten früher Fußballspieler, Punkrocker oder Bankräuber werden, aber einem freundlichen Lehrer war aufgefallen, dass Harry korrekte Sätze bilden konnte, und hatte ihn in Richtung Lokalblatt gesteuert. Nachdem Harry seine Grammatikkenntnisse über Bord geworfen hatte, heuerte er bei einem Boulevardblatt an und gab dort ein paar Jahre lang den Starschreiber. Dem Journalismus verdankte er es, dass er edle Kleidung trug, um die ganze Welt gereist war (häufig auf der Suche nach überlebenden Nazis) und auf fremde Kosten teure Weine schlürfte. Der Journalismus hatte ihn in das Scheinbild eines Gentlemans verwandelt. Sich davon abzuwenden und zu behaupten, die Zunft habe ihre hehren Wurzeln verraten, indem sie Teil der Unterhaltungsindustrie geworden sei, war zu viel für Harry. Für ihn war Journalismus wie ein Priesteramt: Man bekleidete es bis zu seinem Tod, wenn man nicht vorher wegen Pädophilie rausgeschmissen wurde. Außerdem, erklärte er mir, hätten wir einen Beruf, der es uns erlaubte, Narren zu sein und von einer gesellschaftlichen Situation in die nächste zu springen – montags die abgelegte Geliebte eines Ministers zu interviewen und dienstags über die Folgen eines Zugunglücks zu berichten. Für einen Menschen mit schmetterlingshafter Konzentrationsfähigkeit, sagte er und sah mich spitz an, sei es überhaupt der einzig vernünftige Beruf.

Deshalb sei es geradezu eine Negation meiner Freiheit, mich in Brandenburg niederzulassen. Ich würde versuchen, Wurzeln in einem fremden Land zu schlagen, meinte er.

»Ich würde dir das Gleiche sagen, wenn du an die Costa del Sol ziehen oder ein Schloss an der Loire kaufen wolltest«, versicherte er mir, »obwohl man sich in Frankreich wenigstens stilvoll betrinken kann.«

»In Brandenburg gibt es auch Wein.« Wenn es zu einer globalen Erwärmung von einem Grad kam, würde Ostdeutschland das neue Burgund; etwas, worauf man sich freuen konnte.

»Rotwein vermutlich.«

Ich nickte.

»Dachte ich mir.«

Die Felder waren kahl. Der Winter war nicht die passende Jahreszeit für eine Landpartie. Ich wünschte mir, die Landschaft würde von blühendem Raps oder gar wildem Mohn leuchten, irgendwas, was Harry davon überzeugte, dass ich doch kein totaler Vollidiot war. Laut meiner Karte näherten wir uns der Ortschaft Erkner, wo Gerhart Hauptmanns tragischer Held sein Bahnwärterhäuschen hatte. Der gequälte Bahnwärter Thiel verliert seinen Sohn bei einem Zugunglück, tötet seine Frau, schlitzt seinem Säugling die Kehle auf, verliert den Verstand und wird anschließend in die Irrenanstalt der Berliner Charité eingewiesen. Ich beschloss, diese erhebende Geschichte Harry gegenüber nicht zu erwähnen.

»Tust du es aus Liebe?«, fragte Harry.

»Vielleicht«, sagte ich, »na und?« Vielleicht war es das, was Harry am meisten irritierte; eine Frau war in unsere Männerfreundschaft eingedrungen. Harry und ich hatten gemeinsam an einer Menge Storys gearbeitet und waren in unserer Partnerschaft wie zwei *Tatort*-Kommissare: Einer von uns war impulsiv, der andere ein sorgfältiger Ermittler, aber gemeinsam waren wir ein Team, das der bürokratischen Beschränktheit unserer Gesellschaft trotzte, Unrecht ausglich und die Schwachen verteidigte. Wenn es im *Tatort* wie im richtigen Leben etwas gab, was diese erfolgreiche Formel stören konnte, war es der Umstand, dass sich einer der Kommissare in eine Frau verliebte. Im *Tatort* wurde dieser dramatische Konflikt meist dadurch gelöst, dass die Frau eine Kugel in den Kopf bekam, aber ich hatte entschieden, dass das für Lena nicht in Frage kam, weshalb Harry sich ein wenig zurückgesetzt fühlte. Seine Frage war also durchaus berechtigt. Ließ ich mich nur aus Liebe auf das Brandenburg-Abenteuer ein? Ich war mir einigermaßen sicher, dass meine Beziehung zu Lena in den vergangenen zwölf Monaten ziemlich solide geworden war. Unser einziges echtes Problem stellte offenbar die Rolle dar, die unsere Arbeit in unserem Leben spielte: zu aufdringlich und zu kräftezehrend. Trotzdem begann ich zu begreifen, dass Frauen mehr von mir wollten. In der Vergangenheit hatten sie mich häufig verlassen, weil ich nur widerwillig bereit war, mich zu binden. Nun könnte ich dieses Muster durchbrechen, indem ich ein Zuhause schuf. Mein Verstand war nach wie vor bei Harry: Ein Haus in einem gottverlassenen Teil Europas zu restaurieren war in meinem Fall Ausdruck einer Geistesstörung, denn nichts in meinem Leben deutete darauf hin, dass ich diese Aufgabe erfolgreich bewältigen konnte. Aber mein Herz war bei Lena.

Harry unterbrach meinen Gedankengang.

»Ich muss mal«, erklärte er. Wir hielten am Rand der Straße, die eigentlich mehr ein von Weißdorn gesäumter Weg war. Wir schlüpften durch eine Lücke zwischen den Sträuchern und landeten auf einem sanft ansteigenden Acker. Während Harry mit lautstarkem Seufzen seinem dringenden Bedürfnis nachgab, stieg ich auf den Hügel, um zu sehen, ob mein Handy dort Empfang hatte. Brandenburg schien ein einziges dauerhaftes Funkloch zu sein. Frustriert drückte ich auf die Tasten, die mich mit Lena hätten verbinden sollen, aber nichts geschah.

»Scheiße«, schimpfte ich.

»Guck dir das an«, sagte Harry, nachdem er keuchend den Hügel erklommen hatte. »Was für eine phantastische Aussicht.« Ich blickte von meinem Handy auf. Unter uns erstreckte sich ein Flickenteppich aus Feldern, dazwischen ein Birkenhain und eine Anpflanzung von Nordmanntannen für Weihnachten, die wegen der Rezession augenscheinlich nicht verkauft worden waren, dazu schlängelte sich ein Bächlein durch die winterliche Landschaft.

»Genau wie in England«, sagte Harry, und aus seinem Mund gab es kein größeres Kompliment. »Bis auf den Lagerwachturm.«

»Das ist ein Hochsitz«, sagte ich. »Um die Kaninchenpopulation im Zaum zu halten.«

Ich sah, dass Harry nicht überzeugt war.

»Und was ist das da unten?«, fragte er und blickte blinzelnd in die mittlere Ferne.

»Wenn wir uns nicht verfahren haben, kann das nur der Kirchturm von Alt-Globnitz sein.«

»Sieht hübsch aus.«

Und so war es.

Auf dem letzten Stück der Fahrt besserte sich Harrys Laune. Die Landschaft hatte ihn in Bann geschlagen, und seine wachsende Begeisterung steckte auch mich an. Wir hatten Berlin auf der Suche nach Farbe verlassen, und auch wenn es keine mediterrane Explosion von Bougainvillea und azurblauem Himmel war, brachte die Sonne subtile Braun- und Grüntöne zum Vorschein. Den längsten Teil der Stecke war die Gegend flach und menschenleer gewesen. Jetzt erstreckten sich sanfte Hügel – »perfektes Artilleriegelände«, lautete Harrys Urteil –, wir spürten die Nähe der Oder, auch wenn wir sie nicht sahen, und die Straßen wurden belebter. Ein Golf überholte uns, die Kinder auf dem Rücksitz starrten uns an und leckten die Heckscheibe ab.

»Willkommen in Alt-Globnitz«, stand, optimistisch umkränzt von den Sternen der Europäischen Union, auf einem Schild am Ortseingang. »Partnerstadt von Dünkirchen, Agincourt, El Alamein«

»Fällt dir was an dem Schild auf?«, fragte Harry.

Ich war in die Karte vertieft, das Schloss musste irgendwo in der Nähe sein.

»Alles Orte, an denen die Engländer in der Schlacht besiegt wurden«, sagte mein Kumpel. »Hier wirst du bestimmt eine Menge Spaß haben.«

Das Schloss war nicht verzeichnet, jedoch leicht zu finden: Es stand direkt neben der Kirche. Eine niedrige rote Backsteinmauer trennte den Dorffriedhof von Lenas demnächst reklamiertem Familienbesitz. Der Opel holperte unsanft durch eine Toreinfahrt und einen von hohen, massiven Eichen gesäumten Schotterpfad hinunter.

»Ich sehe keine Frösche«, sagte ich.

»Herrgott noch mal, konzentrier dich auf das Haus«, sagte Harry. »Die Frösche können warten.«

Wir stiegen aus, streckten uns und blickten auf. Das Haus befand sich wie befürchtet in einem deutlich baufälligeren Zustand als auf Lenas Fotos. Das Loch im Dach war breit genug für einen Sumo-Ringer. Die Regenrinnen waren von Laub verstopft, was darauf schließen ließ, dass das Haus seit Herbst vergangenen Jahres unberührt war. Vielleicht auch seit dem vorvorigen Herbst. Farbe blätterte von den Fensterrahmen, als wären sie von einer seltenen Hautkrankheit befallen. Eine der Scheiben hatte einen Sprung, die Eingangsstufen waren angestoßen. Zwei verrostete Vorhängeschlösser hielten die Haustür zu. Eine Katze jagte an uns vorbei, als hätte jemand einen Chinakracher an ihren Schwanz gebunden.

»Erstaunlich, was man mit *Photo Shop* alles machen kann«, sagte Harry und rüttelte an der Haustür. »Nach deinen Bildern hätte ich das Haus nie erkannt.«

Der Gestank alter Müllsäcke wehte aus dem Haus. Unter einigen Efeuranken konnte ich einen großen, braunen, feuchten Fleck mit den Umrissen Australiens ausmachen, der sich im ersten Stock ausbreitete.

»Ich guck mal, ob wir durch die Hintertür reinkommen«, sagte Harry.

»Ich versuche, den Hausmeister zu finden.« In Wahrheit war ich neugierig auf die Frösche und wollte den Teich sehen. Ich warf einen weiteren Blick auf die Fassade des Hauses, bemüht, die offensichtlichsten Makel zu übersehen. Das Ganze hatte eine Art vernachlässigte Grandezza; das Haus hatte Krieg und Diktatur überlebt und dafür ein wenig Zuwendung verdient.

In diesem Moment hörte ich einen Knall wie von der Kugel eines Heckenschützen. Ich fuhr herum und versuchte die Geräuschquelle zu lokalisieren. Verborgen hinter einer Gruppe Koniferen entdeckte ich ein kleines Feuer aus alten Ästen, das knackte und spuckte. Geschürt wurde es von einem drahtigen Mann Ende fünfzig, hager wie ein unterernährter Jockey. Er hatte das lange Gesicht eines Nordländers, was durch einen Spitzbart noch betont wurde.

»Sie müssen Frau Bergers junger Mann sein«, sagte er. »Ich bin Lutz.«

Lena hatte mir von Lutz erzählt. Er war früher für die Handelsmarine der DDR zur See gefahren, nach der Wende nach Alt-Globnitz zurückgekehrt und hielt sich seither mit Schreinerarbeiten und Gelegenheitsjobs über Wasser. Das Rathaus bezahlte ihn, damit er ein Auge auf das Schloss hatte und darauf achtete, dass es nicht erschöpft in sich zusammenbrach.

»Freut mich, Sie kennenzulernen«, sagte ich. »Und das ist also der Teich.« Vor uns erstreckte sich eine flaschengrüne, brackige Wasserfläche von der Länge eines olympischen Schwimmbeckens. Direkt dahinter war die Mauer, die das Grundstück vom Friedhof trennte. Der Teich war von Bäumen umringt und lag ein wenig tiefer, was erklärte, warum wir ihn von der Straße aus nicht gesehen hatten. Für einen Nichteingeweihten bot der Teich keinen sonderlich großartigen Anblick. Es gab einen kleinen Steg, an dem ein Kanu festgemacht war, obwohl man sich nur schwer vorstellen konnte, wozu das Boot gut sein sollte: Das Wasser war zu schmutzig und der Teich zu schmal, um freizeitsportlichen oder ornamentalen Zwecken zu dienen.

»Sagen Sie nicht, dass Sie ihn in einen Swimmingpool umwandeln wollen«, sagte Lutz, der meinen Blick falsch gedeutet hatte.

»Er ist perfekt, wie er ist«, sagte ich.

Lutz verstand. »Sie mögen Frösche!«

»Sie sind die Geschöpfe der Zukunft«, sagte ich.

Lutz schüttelte begeistert meine Hand. »Ein Mann nach meinem Herzen. Eines nicht mehr allzu fernen Tages wird die ganze Welt unter Wasser sein, und wir werden wieder Amphibien, Sie werden sehen, und dann ist jedes Jahr das Jahr des Frosches.«

Hinter uns hörten wir Harry an ein Fenster klopfen, von innen! Offenbar hatte er erneut sein Talent als Fassadenkletterer unter Beweis gestellt.

»Er hat es richtig gemacht«, sagte Lutz. »Man muss durch eine der Balkontüren auf der Rückseite rein.«

Auf dem Weg um das Haus in den Garten hielt Lutz mir eine kurze Vorlesung über die Familie von Pandow – Lenas Vorfahren –, die erst im 19. Jahrhundert in die Gegend gezogen war. Die Familie hatte in diesem Teil Preußens keine gewachsenen Wurzeln, weshalb das Haus nicht in dem Maße geliebt wurde, wie es eigentlich geliebt werden sollte. Der Reichsforstminister hatte es einmal als Basis für eine Jagd benutzt, und ein Foto im Heimatmuseum zeigte den Haufen erlegter Wildschweine vor dem Haus, daneben die stolzen Jäger in Hakenkreuz-Uniformen.

Wir waren auf der Rückseite des Hauses angekommen. Dort gab es einen defekten Springbrunnen mit acht Fischen, aus deren Mäulern in glücklicheren Zeiten vermutlich Wasser gesprudelt war. Außerdem gab es eine Sonnenuhr. Die Sonne würde also bestimmt wieder scheinen. Lutz zeigte mir, wie man durch das Fenster der Balkontür hineingreifen und einen Riegel aufschieben musste, was Harry offenbar instinktiv begriffen hatte. Der Garten bestand nur aus Gestrüpp, aber davon gab es jede Menge: Es erstreckte sich über etwa 150 Meter. Die hohen Fenster gingen zur Terrasse hinaus.

»Im Sommer könnte es schön sein«, sagte Lutz. »Sehen Sie die Bäume am Rand des Gartens? Das sind Birnbäume, die im 19. Jahrhundert gepflanzt wurden, um den Ribbecks im Havelland Konkurrenz zu machen. Kennen Sie das Fontane-Gedicht über Ribbeck, der den Kindern des Dorfes Birnen schenkt?«

Ich sah ihn verdutzt an. Ein ehemaliger Matrose, der Fontane zitierte?

»Meine Mutter hat es mir beigebracht. In der Schule haben wir es natürlich nicht gelernt. Ein gütiger preußischer Junker! Undenkbar. Ribbeck stopfte sich die Taschen voller Birnen und ...

... so rief er: ›Junge, wiste 'ne Beer?‹
Und kam ein Mädel, so rief er: ›Lütt Dirn,
kumm man röwer, ick hebb 'ne Birn.‹«

Wir waren mittlerweile im Haus, genauer in einem langen Salon, der von einer eingezogenen Wand geteilt wurde. Lutz redete immer noch, aber ich versuchte, abzuschalten und mich auf den Raum zu konzentrieren. Nach nur halbstündiger Bekanntschaft mit Lutz war mir klargeworden, dass er ein Autodidakt und Klugscheißer war, fest entschlossen, sein umfassendes Wissen mit seinen Mitmenschen zu teilen. Vielleicht lag dies an all den entbehrungsreichen Jahren auf See. Angeblich waren ja die Wessis die sogenannten Besserwessis – am westdeutschen Wesen soll die Welt genesen –, Leute, die ihre Kollegen, Frauen und Hunde belehrten, als wäre die Welt ein immerwährendes Klassenzimmer. Offenbar verspürten jedoch auch Ossis einen starken Drang, Fremde zurechtzuweisen.

»Die Trennwand müssten Sie natürlich wegnehmen«, sagte Lutz. »Die hat man eingezogen, als das Haus als Altersheim genutzt wurde. Das hier war der Gemeinschaftsraum, hinter der Wand war die Küche.«

Ich hob die Hand in der Hoffnung, Lutz würde mein Bedürfnis nach stiller Vereinigung mit dem Haus verstehen. Von irgendwo hörte ich eine Toilettenspülung.

»Wasserleitungen scheinen zu funktionieren«, sagte Harry.

»Das ist Lutz«, sagte ich, »der Hausmeister.«

Harry hielt ihm seine Pranke hin, aber eingedenk des Örtchens, von dem Harry gerade kam, hob Lutz zum Gruß nur die Hand.

»Was ist denn das da?«, fragte Harry und zeigte auf übereinandergestapelte kleine Tische in einer Ecke.

»Schulpulte«, sagte Lutz. »Der Raum wurde eine zeitlang als Umschulungszentrum genutzt.«

Lutz hob an, Harry die Verwendung des Hauses nach der Wende zu erläutern: In der Gemeinde waren überflüssige Russischlehrer umgeschult worden. Harry, der Lutz offensichtlich ins Herz geschlossen hatte, lauschte gebannt, was mir Gelegenheit bot, das Haus zu erkunden. In der Ecke stand ein imposanter blauer Kachelofen. Die einzige Fabrik von Alt-Globnitz hatte Ofenkacheln produziert und bei hohen Temperaturen glasiert. Leider waren die Tage des Kachelofens gezählt, er galt als echter Klimakiller – und so musste die Fabrik, die Wende, Treuhand und Privatisierung überlebt hatte, schon vor einiger Zeit schließen. Was die Wand betraf, hatte Lutz vollkommen recht: Sie musste eingerissen werden, um dem Raum seine natürliche Größe zurückzugeben. Vier hohe Fenster gingen nach vorne hinaus, zwei doppelte Balkontüren öffneten sich zur Terrasse auf der Rückseite des Hauses. Eigentlich hätte der Raum lichtdurchflutet sein müssen, stattdessen wirkte er beengt und dunkel. Das grüne Linoleum, das auf dem Boden Blasen schlug, verstärkte noch den Gesamteindruck eines Waisenhauses wie aus einem Dickens-Roman. Von der Küche waren nur noch ein langes Spülbecken mit Abtropffläche sowie eine zerkratzte Arbeitsplatte übrig. Alles Wertvolle oder Nützliche war schon vor langer Zeit herausgerissen worden.

»Verdammt kalt hier«, unterbrach Harry murmelnd ein langes Gespräch mit Lutz über die Kneipen von Bilbao.

»Das kommt von oben«, sagte Lutz, »durch das Dach. Oh, und die Heizung ist auch kaputt. Und … Vorsicht!«

Die Warnung galt mir. Ich hatte die untersten Stufen der wackeligen Holztreppe in den ersten Stock erklommen und dabei irrtümlich angenommen, das Geländer könnte mich beim Aufstieg stützen. Stattdessen löste sich der Geländerknauf und kullerte nach unten. Die Treppe führte auf eine Galerie, die den Salon überblickte wie eine Schiffsbrücke. Von dort führte ein Korridor nach rechts und links in die beiden angebauten Flügel, in denen vormals die gebrechlichen Rentner untergebracht waren.

Vom Speicher drangen Kratzgeräusche. Mäuse vielleicht oder Ratten, auf jeden Fall etwas Lebendiges mit Krallen. Ich hasste Nagetiere aller Art. Schon als Kind war ich von einem Hamster, den meine übereifrigen Eltern mir gekauft hatten, regelmäßig um den Schlaf gebracht worden, weil er ständig an den rosafarbenen Seiten der *Financial Times* knabberte, mit denen sein Käfig ausgelegt war. Am Ende war ich das Tier losgeworden, indem ich es gegen zwölf Panini-Sticker von Stinky Cooper eingetauscht hatte. Meinen Eltern erklärte ich, der kleine Tommy wäre in den Himmel gegangen. Sie zeigten sich beeindruckt von meiner stoischen Haltung gegenüber dem Tod.

»In den beiden Flügeln gibt es neun Zimmer mit Waschbecken und am Ende des Flures jeweils ein Badezimmer«, erklärte Lutz. »Damals haben sich drei alte Frauen ein Zimmer geteilt.« Er schüttelte sich. »Ich gehe da ehrlich gesagt nicht so gern rein.«

Harry stieß die Tür eines der Zimmer auf, das bis auf ein eisernes Bettgestell mit Sprungfederrahmen leer war. An der Decke etwas Schimmel und eine nackte Glühbirne.

»Na, erinnert dich das an dein Internat?«, feixte Harry.

Ich ignorierte ihn. »Was ist mit den Bewohnern passiert?«

»Die meisten liegen auf dem Friedhof«, wusste Lutz zu berichten.

Die Besichtigungstour dauerte eine Stunde. Die Prioritäten waren klar: Das Dach musste gestützt und ausgebessert, die alte DDR-Heizung ersetzt und die Fenster abgedichtet werden.

»Können Sie einen Trupp Arbeiter besorgen?«, fragte ich Lutz.

Er nickte. Eine seiner profitableren Unternehmungen war die Umwandlung von in Polen gekauften Bauernhaustüren in rustikale Esstische für Deutsche.

»Wenn ich das nächste Mal über die Brücke fahre, höre ich mich um. Aber das wird kosten – die Polen sind nicht mehr so billig wie früher.«

Harry und ich sahen uns an. Keiner von uns hatte bisher erfasst, wie viel Geld in das Haus gepumpt werden musste, nur um es vor dem Einsturz zu bewahren.

»Da könntest du genauso gut zwei Jahre lang alle halbe Stunde einen Fünfzigeuroschein verbrennen«, sagte Harry. »Wahrscheinlich wäre es billiger, im Irak einzumarschieren.«

»Ich schätze, Sie werden sich einen Haufen Geld leihen müssen«, pflichtete Lutz ihm bei.

»Und wie sollen wir das zurückzahlen? Lena will weniger arbeiten, und ich stehe kurz davor, den Journalismus an den Nagel zu hängen.«

Harry verzog das Gesicht. »Warum sucht ihr nicht etwas Kleineres und Moderneres, ein Ferienhäuschen irgendwo? Verkauft das Haus und macht was mit dem Geld. Oder«, fügte er lebensklug hinzu, »du vergisst die Idee und bleibst dem Journalismus treu. Warum willst du unbedingt Gutsherr spielen?«

»Das würde nicht funktionieren. Lena will zurück zu ihren Wurzeln. Und ehrlich gesagt«, – der Satz rutschte mir nur so heraus – »mag ich dieses Haus. Zugegeben, es sieht ziemlich hinfällig aus, aber man kann es wieder gesund machen.«

»Ja«, meinte Lutz, als wir in Ermangelung von Stühlen auf den breiten Fensterbänken im Erdgeschoss saßen, »da haben Sie recht. Das Haus ist wie ein altes, von Stürmen mitgenommenes Schiff. Es muss sich bloß ein bisschen erholen.«

»Aber es gibt da ein Finanzierungs- und Liquiditätsproblem.«

Stumm tranken wir Scotch aus einem Flachmann für Notfälle, den Harry mitgebracht hatte. Sogar Lutz hielt den Mund, ein sicheres Krisenzeichen.

»Ich hab's!«, sagte Harry und hüpfte von seiner Fensterbank. »Eine britische Bed & Breakfast-Pension mit allem Drum und Dran: Spiegeleier, gegrillte Tomaten, Black Pudding und Baked Beans zum Frühstück. Tee mit Milch und Zucker bis zum Abwinken. Im Garten ein Union Jack am Mast. Dazu Mountainbikes, damit die Gäste tagsüber Ausflüge machen können und dich in Frieden deine Bücher schreiben lassen.«

»Lauwarmes Bier und belegte Brote mit Ei«, ergänzte Lutz, zweifelsohne in Erinnerung an einen Landgang in Liverpool.

»Laura-Ashley-Decken in den Zimmern«, sagte Harry, »und Wärmflaschen. Du wirst ein wenig britische Kultur nach Brandenburg bringen, in das Land, das Gott vergessen hat – du wirst unser Mann im Osten, Botschafter der Zivilisation.«

»Und wie soll uns das Geld einbringen? Gibt es irgendein Indiz für ein britisches Interesse an Deutschland, Ost oder West?«

»Ich erkläre dir, wie es funktionieren wird«, sagte Harry, das Gesicht gerötet beim Gedanken an ein neues, subversives Abenteuer.

Und so heckten Harry und ich an einem langen kalten Winterabend unseren Plan aus.

Kapitel 4

Alte Häuser gewöhnen sich wie alte Menschen an Erniedrigungen. Die eigene Würde aufzugeben ist der Preis des Überlebens. Der lokalen Legende nach – das heißt, laut Lutz – hatte Napoleon das Schloss, unser Schloss, auf dem Rückweg aus Russland dereinst als Quartier benutzt. Die Pferde waren so erschöpft, dass sie im Erdgeschoss wohnen, ihr Heu fressen und kanonenkugelgroße Exkremente auf dem Fußboden hinterlassen durften, während die Soldaten im ersten Stock schnarchten und zechten. Kein Wunder, dass die Preußen den Engländern so bereitwillig halfen, den dicken, kleinen französischen Kaiser zu besiegen.

In der ersten Woche tat mir das Schloss ein wenig leid, da wir – Lutz, Lena und ich – begannen, die Böden aufzureißen und dem Mauerwerk mit Spitzhacken zu Leibe zu rücken wie gigantische Mauerspechte. Aber dann dachte ich: Nein, das Schloss hat schon schlimmere Zeiten gesehen. Viel unangenehmer als französische Pferdescheiße kann es nicht werden. Und wir waren immerhin entschlossen, den Ort schöner oder doch zumindest wärmer und einladender zu gestalten. Harry hatte mich davon überzeugt, dass man das Schloss in eine Oase in der Brandenburger Wüste verwandeln konnte. »Eine Wasserstelle für durstige englische Schriftsteller. Nicht bloß irgendwelche beliebigen Gäste. Nein, Lena und du, ihr werdet immer die passenden Besucher auswählen, damit das Schloss euer Zuhause bleibt, während ihr den Gästen Geld abknöpft.« Harry konnte gleichzeitig ungemein überzeugend und sehr vage sein; er hat eine vielversprechende politische Karriere versäumt, dachte ich. »Es ist also ein Bed & Breakfast«, fuhr er fort, »aber noch viel mehr als das. Den Leuten morgens Spiegeleier zu servieren bringt nicht genug Geld. Ihr müsst eine offene Bar im Erdgeschoss einrichten, Guinness aus Flaschen, zehn Sorten Scotch, von denen sich die Gäste bedienen – und natürlich dafür bezahlen – dürfen. Was glaubst du, womit die Hotels ihr Geld verdienen? Mit den Minibars selbstverständlich.«

»Eine Schnapsidee«, protestierte ich murmelnd.

»Genau!«, sagte Harry. »Das sind immer die besten.«

Das Harry-Modell sah vor, mit dem Erdgeschoss des Hauses den Unterhalt des Gesamtgebäudes zu finanzieren und uns zusätzlich finanzielle Autonomie zu sichern. Lena würde im Keller ihr steuerlich absetzbares Atelier als Innenarchitektin einrichten. Sobald wir einen WLAN-Anschluss hatten, konnte sie problemlos mit ihren Kunden in Kontakt bleiben. Und ich konnte hin und wieder einen intellektuellen Essay für *Playboy* oder *Dogs* schreiben. Geplante Haupteinnahmequelle war die Vermietung der Zimmer an Gäste inklusive des Angebots, sich in stetig fließendem, wenngleich leicht überteuertem Alkohol zu marinieren.

Dieser Plan bestimmte auch unsere Renovierungsprioritäten: neue Fußböden, die Restaurierung des Kamins im Erdgeschoss – die Gäste sollten sich fühlen, als kehrten sie von einer adeligen Jagd an eine heimelige Feuerstelle zurück – sowie eine Treppe, die stabil genug aussah, dieselben Gäste mit einem Glas Double Malt in der Hand zur Rückkehr auf ihre Zimmer zu ermutigen.

Natürlich war nichts von alldem unkompliziert. Es gab Überreste eines großen Kamins, der in Altersheimzeiten als Stauraum für Schrubber und Plastikeimer genutzt worden war. Effizienter ließe sich das Erdgeschoss mit dem Kachelofen beheizen, da bei einem offenen Feuer immer ein Großteil der Wärme verlorengeht. Aber wir brauchten einen optischen Effekt, und der Kachelofen sah ziemlich scheußlich aus, fast wie ein kleiner Atomreaktor oder die Geheimwaffe eines wahnsinnigen Professors, der die Welteroberung plant. Ein offenes Feuer hingegen hatte etwas Hypnotisierendes; es knackte, sprühte Funken und roch nach Wald. Kurzum: Es war unverzichtbar. Lutz erklärte uns sorgfältig, was das bedeutete: »Ihr braucht einen doppelwandigen Außenschornstein. Den alten könnt ihr nicht mehr benutzen – wer weiß, vielleicht steckt er voller Skelette und Tierkadaver. Gase und Rauch müssen entlüftet werden.« Dabei sah Lutz mich nicht zum ersten Mal an, als wäre ich ein Idiot.

Lena hatte mehrere Tage damit zugebracht, die Ausmaße der vorgesehenen Treppe zu vermessen und auszurechnen, wie viel Holz wir kaufen mussten. Sie hatte einen großen Katalog mit Holzmustern und Treppentypen. Während Lutz und ich unsere Käsebrote und unser Mittagspausenbier genossen, blätterte sie darin und machte sich Notizen. Ich hatte von ihr mehr Entschlossenheit erwartet, ging es doch um ihre ureigene Profession. Aber die eherne Regel der Ausflüchte besagte natürlich das genaue Gegenteil: Je mehr man über eine Sache weiß, desto schwerer ist es, sich zu entscheiden. Und so zauderte sie wie ein Rentner, der versucht, eine befahrene Straße zu überqueren. Die Treppe müsse den Blick auf sich ziehen, sobald man das Haus betrete, meinte sie, sie müsse fließend und anmutig gewendelt sein.

»Wie ein arabisches Schriftzeichen«, erläuterte sie und skizzierte es in ihrem Zeichenblock.

»Das nimmt zu viel Platz ein«, sagte Lutz, nachdem er einen Blick darauf geworfen hatte. Lena kräuselte die Gesichtszüge, als wäre ihr der Gestank fauler Eier in die Nase gestiegen. Aber Lutz hatte recht: Der Salon war zwar lang, aber viel zu schmal für eine spektakuläre Hollywood-Treppe.

Die erste Woche war ein permanentes Tauziehen zwischen uns dreien. Zunächst mussten wir die körperliche Arbeit erledigen und den Boden herausreißen, dann kamen die Bier-und-Tee-Pausen, in denen wir über rivalisierende Visionen des Schlosses stritten. Ich kapitulierte zumeist vor Lena und überließ Lutz den Widerstand. Warum? Ich hatte ein schlechtes Gewissen, weil ich sie mit meinem und Harrys Plan für eine Bed & Breakfast-Pension überfallen hatte. Wusste ich doch, dass sie etwas anderes wollte: ein ererbtes Heim, einen Ort, an dem sie Wurzeln schlagen, sich selbst finden und vielleicht Kinder haben konnte. Kein Haus voller torkelnder und rülpsender Engländer, die unflätige Witze über die Deutschen machten.

»Eine offene Bar?«, fragte sie skeptisch, als ich das Thema aufbrachte.

»Das ist so eine englische Landhaus-Tradition«, versuchte ich das Ganze vornehmer klingen zu lassen, als es tatsächlich war. »Wenn man sich einen Drink von der Bar holt, trägt man sich in ein Buch ein. Niemand kontrolliert, das Ganze basiert auf dem Prinzip ehrenhafter Aufrichtigkeit, und am Ende begleicht man seine Schulden beim Butler.«

»Wir haben keinen Butler«, wandte sie ein.

»Nein, aber wir werden bald ein Liquiditätsproblem haben.«

»Außerdem braucht man dafür eine Schanklizenz.«

»Nun mach das Leben nicht unnötig kompliziert, Lena.«

Sie schien skeptisch gegenüber dem Gesamtkonzept. Ich versuchte, Harrys Rolle bei seiner Entwicklung herunterzuspielen, weil sie sonst noch argwöhnischer werden würde.

Das Problem, meinte sie, sei nicht so sehr das erste »B« – das Bett –, sondern das zweite in »Breakfast« wie Frühstück.

»Du bist als Koch völlig nutzlos, und ich weiß nicht, ob mir die Vorstellung gefällt, mich den ganzen Tag über Pfannen voller Bratfett zu beugen.«

Was meine Kochkünste betraf, hatte Lena recht. Das war quasi vererbt. Wenn meine Mutter einmal selbst eine Mahlzeit zubereitet hatte, dann vorzugsweise Spaghetti mit Ketchup. Sie nannte es »mediterrane Küche«, obwohl es eher ein ewiger »Kinderteller« war. Mehr schaffte sie nicht, ehe sie es sich mit einem Drink auf dem Sofa bequem machen musste, um sich von all den anderen Drinks zu erholen, die sie im Laufe des Tages geschlürft hatte. Deshalb war ich ein Restaurantgänger geworden, dort und nicht in der Küche hatte ich meinen natürlichen Lebensraum. Wenn ich in die Notlage geriet, einen Gast versorgen zu müssen, war ich ein großer Improvisations- und Experimentierkünstler. Leider führte das Resultat häufig zu Lebensmittelvergiftungen oder schlimmer noch zu einem typisch britischen eiskalt-höflichen Schweigen. Aber ein Frühstück konnte man doch gewiss schwerlich vermasseln, oder? Wie schwierig war es, eine Dose Baked Beans zu öffnen und ein paar Streifen Frühstücksspeck in die Pfanne zu hauen?

»Ich sehe dich eher als Spülkraft«, sagte Lena.

»Danke«, gab ich gekränkt zurück.

»Wir brauchen einen Koch. Einen billigen selbstredend.«

»Selbstredend.«

»Gleichzeitig muss er aber auch wissen, was er tut. Wenn wir dafür eine Lösung finden, könnte die Idee funktionieren.«

Ich nickte. Lena bewegte sich in die richtige Richtung.

»Wenn wir die Kochfrage geklärt haben, könnten wir zu einem Anziehungspunkt für in Berlin stationierte Briten auf der Suche nach einer Cholesterin-Dröhnung werden.«

»Genau«, ermutigte ich sie. Und kam mir vor wie jemand, der ein Pferd mit sanftem Druck dazu bringen wollte, über einen Zaun zu springen. »Wenn es bei unseren Gästen ankommt, wird sich die Nachricht durch Mund-zu-Mund-Propaganda verbreiten. Wir könnten eine Anzeige in den Bordzeitschriften der Fluggesellschaften schalten – den Magazinen, die immer neben den Kotztüten stecken –: ›The Best British Breakfast East of Windsor Castle‹.«

»Aber wo finden wir einen solchen Koch?«, fragte Lena. »Billig und gut kommt meistens nicht im Paket, es sei denn, man hat eine italienische Großmutter.«

Zum Glück hatte ich diesen Einwand vorausgeahnt: Das war das genialste Element in Harrys Masterplan. Harry hatte eine Schwester, die das genaue Gegenteil von ihm war: eine regelmäßige Kirchgängerin, deren einzige Sucht Tee mit Milch und zwei Stück Zucker war und für die ein wilder Abend in der Stadt darin bestand, mit ihren Freundinnen Bingo spielen zu gehen. Sie pflanzte Rüben auf ihrer Parzelle und war das Salz der Erde. Ihr Sohn Darren hingegen schien eher in Harrys Genpool zu schwimmen. Der Junge war siebzehn und hatte permanent Ärger mit der Polizei. Seine einzige Leidenschaft neben dem Abfackeln von Autos war das Kochen. Er hatte bereits eine seiner Kommilitoninnen an der Hotelfachschule geschwängert.

»Harry sagt, er hätte wirklich Talent«, berichtete ich.

Lena musterte mich eingehend auf verräterische Zeichen von Lug und Betrug. »Für gefährliche Körperverletzung? Oder Bankraub?«

»Er kann kochen, und darauf kommt es an.«

»Klingt so, als würde er am liebsten Porsches flambieren.«

»Geben wir ihm eine Chance«, beschwor ich sie.

»Was genau hat Harry dir erzählt, als er dir seinen Teeny-Al-Capone verkauft hat?«, wollte Lena wissen.

»Dass der Junge ein bisschen frische Landluft braucht.«

»Und du bist sicher, dass er nicht gesagt hat: Mein Neffe muss ziemlich schnell außer Landes verschwinden?«

»Vielleicht war es auch etwas in der Richtung«, räumte ich ein, »jedenfalls kommt er bald. Deshalb sollten wir für ihn vielleicht eins der Zimmer im ersten Stock fertigmachen.«

»Erst wenn meine Treppe fertig ist. Auf der, die wir haben, kann man unmöglich mit schweren Eimern hoch und runter trampeln.«

Und das war dann der Deal: Wenn ich ihren extravaganten Plänen für die neue Treppe zustimmte, würde sie Darren akzeptieren.

Ein durchaus vernünftiger Kompromiss, aber ein Geschäftsplan war es trotzdem noch nicht. Jedes Mal wenn wir Meinungsverschiedenheiten über das Schloss hatten, schlichteten wir den Streit, indem wir noch mehr Geld ausgaben, was schlussendlich darauf hinauslief, dass Lena ihre ambitionierten Vorstellungen weitgehend durchsetzte. Nun gut, es war ihr Haus, ihr materielles und immaterielles Erbe. Aber nachdem sie den Auftrag in Palm Beach erledigt hatte, spukten immer noch allerlei großspurige Einrichtungsideen durch ihren Kopf. Zum Knall kam es, als wir Mauerbrocken und morsches Holz in einen riesigen Container geladen hatten und immer noch schwitzend danebenstanden. Lutz, dem es bisher nicht gelungen war, einen Trupp von Arbeitern zu organisieren, trank gerade lauwarmen Tee aus einer Thermosflasche. Unvermittelt verkündete Lena, dass der Boden im Erdgeschoss mit italienischem Sandstein gefliest werden sollte. Holzparkett würde den Raum dunkel machen und ihm Licht nehmen. Sandstein!

»Hast du eine Ahnung, was Sandsteinfliesen kosten?«, fragte ich. Ich wusste es offen gestanden selber nicht. Ich wusste bloß, dass es einen Schritt zu weit ging. Dies war nicht der geeignete Zeitpunkt, das Schloss in eine mediterrane Villa umzuwandeln. Wir brauchten etwas, das gemütlich und preiswert war. Vor allem preiswert. Ich hatte gerade einen unbezahlten Urlaub angetreten, und Lena fuhr ihre Arbeit herunter.

Sie war ein wenig verdutzt. Offenbar hatte sie erwartet, dass ich sage: »Ja, Boss!« Vielleicht begriff sie nicht, wie nervös ich war, weil ich zum ersten Mal seit meiner Studienzeit ein Leben ohne festes Einkommen führen musste. »Wir können jederzeit einen Kredit aufnehmen«, sagte sie. Nicht ohne unsere finanzielle Situation durchzurechnen, erklärte ich ihr, und wir einigten uns darauf, die Sache bei Gundi's, der Dorfkneipe, zu besprechen.

Wir waren schon dreimal in dem Lokal gewesen, ohne dass es uns gelungen war, in die Gesellschaft von Alt-Globnitz vorzustoßen. Die einzigen Menschen, die wir kannten, waren Lutz und Doris Bonkerz, Inhaberin der Apotheke im Ort. Im Schloss konnte man unmöglich wohnen – das Gebäude hatte die Kriege des 19. und 20. Jahrhunderts überlebt, aber nun war es zum ersten Mal wahrhaft kreativer Zerstörung ausgesetzt –, und ein Aufenthalt im »Hotel zum Markt« war ebenso ausgeschlossen. Äußerlich strahlte das Gasthaus, das sich im Besitz der weitverzweigten Familie des Bürgermeisters befand, einen gewissen Charme aus, ein Fachwerkhaus mit geschnitzter Holztür, erleuchtet von einer Gaslaterne. Die Inneneinrichtung war in allen Schattierungen von Beige bis Schlammbraun gehalten. Und mürrische Rezeptionistinnen demütigten jeden, der naiv genug war, hier Gast sein zu wollen. Die Räumlichkeiten erinnerten an ein Arbeiterwohnheim in Dnjepropetrowsk, die Preise an die 5th Avenue in New York. »Hier will ich nicht bleiben«, erklärte Lena entschieden. »Es riecht nach Desinfektionsmittel.« Deshalb nahmen wir dankbar an, als Lutz die Zwei-Zimmer-Ferienwohnung seiner Exfreundin Doris Bonkerz anbot. Die Decken waren so niedrig, dass ich beim Anziehen eines Pullovers eine Deckenlampe zertrümmerte, aber alles in allem fühlten wir uns wohl.

Unser kleines Städtchen begannen wir unterdessen ebenfalls zu mögen. Wir hatten es in der Wintersonne gesehen, als das fahle Licht die Unvollkommenheiten und vernachlässigten Ecken des Dorfes, aber auch die zurückgenommene Eleganz des Marktplatzes hervorhob. Es gab einen Stadtkern, dem weder der Krieg noch der Sozialismus noch die urbane Verschandelung der Nachwendearchitekten allzu sehr zugesetzt hatten. Es gab kein C&A, kein Einkaufszentrum und kein mehrstöckiges Parkhaus. Trotzdem erlebten wir, als wir nun durch den dichten Sherlock-Holmes-Nebel zur Kneipe stapften, ein ganz anderes, weniger banales und geheimnisvolleres Alt-Globnitz. Man konnte kaum zwanzig Meter weit sehen und sich nur mittels Geräuschen orientieren: gedämpfte Schritte, ein Husten, ein Handy mit *Der-Pate*-Klingelton, das Jaulen einer Katze, die auf einen Mülleimer sprang.

»Bei den Sichtverhältnissen könnte man das perfekte Verbrechen begehen«, erklärte ich Lena, als wir auf dem glatten Kopfsteinpflaster entlangrutschten. Fünf Straßen führten auf den restaurierten Marktplatz. Restauriert bedeutete, dass die Häuser rosa- oder vanillefarben gestrichen worden waren – oder weiß wie im Falle des Rathauses samt seinem sozialistisch-realistischen Fresko eines Arbeiters, der fleißig Kacheln für die Kachelofenfabrik glasierte, die ebenso wie das Zementwerk nicht mehr existierte. In einer der Straßen lag die Bonkerz-Apotheke. Wir mussten nur den Marktplatz finden, ihn in südwestlicher Richtung überqueren und einer weiteren Straße bis zum Gundi's folgen, ein Kinderspiel bei Sonnenschein, eine komplizierte Safari im Nebel. Der eiskalte Dunst, das eisglatte Pflaster und leichte Reizbarkeit, wie sie mit einem leeren

Magen einhergeht, ließen den kurzen Fußweg zum Gundi's so beschwerlich erscheinen wie Amundsens Expedition zum Südpol. Mac lief schnuppernd voraus, aber er war beileibe kein Husky. Deshalb tasteten wir uns, nachdem wir den Marktplatz schließlich erreicht hatten, auch lieber an seinem Rand entlang als das Wagnis einzugehen, uns in seiner Mitte zu verirren.

Bei Sonnenschein hatte der Platz einen gewissen Charme, die Niedlichkeit eines Faller-Bausatz-Städtchens, wie man sie als Kind zur realistischeren Dekoration seiner elektrischen Modelleisenbahn zusammengeklebt hatte. Kreuz und quer über den Platz waren Blumenkübel verteilt, die, wie mir erst später klarwurde, nicht der Stadtverschönerung dienten, sondern Falschparker abhalten sollten. Dazu gab es vier helle Bänke, die regelmäßig gestrichen wurden, um die Graffiti zu überdecken. Irgendjemand in Alt-Globnitz schlich sich nämlich regelmäßig nachts aus dem Haus, um öffentliche Gebäude zu beschmieren. Er oder sie war noch nicht gefasst worden, hielt jedoch den örtlichen Polizeichef auf Trab und sorgte für die Beschäftigung eines vom Rathaus festangestellten Über-Malers. Deshalb vermutete Lutz natürlich, dass der Graffiti-Künstler entweder mit einem der Polizisten oder mit dem Malermeister verwandt sein müsse. Jedenfalls hatte er offenbar wieder zugeschlagen, denn als wir uns der Sparkasse näherten, konnten wir frisch an die Wand geschmierte Buchstaben ausmachen. Während Mac eine der Bänke anpinkelte, bemühten wir uns im dichten Nebel, den Schriftzug zu entziffern. »Es ist Englisch«, sagte Lena. Die Buchstaben prangten knapp unter dem Dach an einem nackten Stück Mauer, wo vor dem Krieg wahrscheinlich eine große Werbetafel für Persil oder

Maggi gehangen hatte. Jetzt stand dort schlicht THE RICH.

»Na, das ist unumstritten«, sagte ich.

»Warte, darüber steht noch etwas.« Lena stellte sich auf die Zehenspitzen und hüpfte schließlich auf und ab, so dass ihre Brüste unter der engen Fleecejacke wippten.

»Ich hab's«, sagte sie nach ein paar weiteren gymnastischen Verrenkungen. »Da steht FUCK.«

»Nun, vermutlich besser, als die Armen zu ficken«, sagte ich.

»Um da oben dranzukommen, muss er eine Leiter benutzt haben.«

»Und wild entschlossen gewesen sein.«

»Der Bankdirektor wird nicht glücklich sein. Lutz hat gesagt, ihn zu überzeugen, uns einen Kredit zu geben, könnte schwierig werden«, fuhr sie fort.

»Warum?«, fragte ich. Dabei wusste ich natürlich, dass Banken einem nur Geld liehen, wenn man beweisen konnte, dass man es nicht brauchte, und deshalb von Natur aus unzuverlässige Institutionen waren.

Wir kamen am Rathaus vorbei, in dessen oberstem Stockwerk ein einzelnes Licht brannte, vielleicht um die Illusion zu erwecken, dass der Bürgermeister nie schlief.

»Seinetwegen«, sagte Lena und zeigte auf das erleuchtete Fenster. »Der Bürgermeister. Offenbar hat der Bankdirektor Angst, einem Gasthof Kapital zu leihen, der dem scheußlichen »Hotel zum Markt« Konkurrenz machen könnte.«

»Aber eine Bed & Breakfast-Pension ist kein Gasthof.«

»Das weiß ich, und das weißt du, aber die Ossis wissen es nicht.«

Lena hatte recht. Wessis wussten, was Bed & Breakfast-Pensionen waren, weil sie als Teenager auf Klassenfahrten nach Bournemouth dort gewohnt hatten; für sie waren sie ein Stück verschrobenes altes England. Die Bed & Breakfast-Pensionen, die sie kannten, wurden in der Regel von Witwen geführt, die sich mit den Hypothekenraten ihrer zu großen Häuser plagten. Einige waren freundlich und einladend, die Erinnerungen entsprechend glücklich; andere waren die reinsten Hexen, die ihre Gäste nötigten, für die Toilettenbenutzung extra zu bezahlen, ein Theater des Grauens. Lena und ich strebten natürlich das glückliche Modell an; außerdem würde nicht einmal der verzweifeltste Gast für die Benutzung unserer Toiletten in ihrem aktuellen Zustand bezahlen. Aber für ältere Ossis waren Bed & Breakfast-Pensionen Terra incognita.

Lena fasste meine Hand. »Lass uns zur Mitte des Platzes gehen.«

»Bist du verrückt? Die finden wir ohne Leuchtturm nie.«

»Sei kein Trottel.«

Sie zog mich wie ein Bootsmann an der Wolga hinter sich her, und gemeinsam stolperten wir über Fahrräder und andere Hindernisse ins Zentrum des Platzes, den Lena noch immer störrisch Piazza nannte.

»So«, keuchte sie. »Was siehst du?«

»Nichts natürlich. Es ist wie in einem Dampfbad, nur kälter.«

»Schließ die Augen.«

»Warum?«, protestierte ich. »Ich sehe doch sowieso nichts.«

»Es ist ein Experiment – das machen Innenarchitekten so, wenn sie in das Haus eines Kunden kommen.«

»Ich dachte, ihr sollt eure Augen benutzen.«

»Das innere Auge«, sagte sie. »Und nun überlass dich deiner Erinnerung und deiner Phantasie. Was siehst du vor dir?«

»Na, die Bank logischerweise, wir sind gerade daran vorbeigekommen. Das Rathaus.«

»Und was noch? Komm, beschreibe es.«

»Einen Metzgerladen«, begann ich. »Blitzeblank, mit geschrubbten Fliesen und wahrscheinlich mehr Fleisch, als es in der schlechten alten Zeit in einer ganzen Woche gab. Ein etwa zweihundert Jahre altes Haus mit Holzgiebeln, das noch immer einen Grund zum Leben hat.«

»Okay. Und daneben?«, fragte Lena.

»Das Café am Markt. Ein gemütlicher Laden mit drei Sorten Kuchen. Es riecht nach Kaffee und wird von Lutz' Frau Anneliese geführt. Auf dem Regal hinter der Kasse stehen mehrere Packungen DDR-Kaffee – Mocca Fix Gold – wie in einem Museum.«

»Und von außen?«

»Sandfarben. Das Café ist neu, aus der Nachwendezeit, das obere Stockwerk sieht ungefähr so alt aus wie das Nachbarhaus. Glaubst du, Lutz gehört das ganze Haus?«

»Jetzt kannst du die Augen wieder aufmachen«, sagte Lena.

»Gott sei Dank, ich dachte schon, ich fall gleich um. Ich kam mir langsam vor wie ein Gefangener in Guantanamo Bay.«

»Verstehst du, was ich versucht habe?«, fragte Lena.

»Mir unter Folter Informationen zu entlocken?«

»Nein, du Idiot: Ich wollte dich dazu bringen, laut auszusprechen, dass Alt-Globnitz Charme hat. Ich wollte, dass du es unvoreingenommen siehst, indem du es gar nicht siehst.«

»Okay, du hast gewonnen«, sagte ich. Die Feuchtigkeit kroch mir in die Knochen. »So übel ist es hier nicht. Können wir jetzt mit einer Wärmflasche ins Bett gehen?«

Gundis Kneipe zu betreten war fast so gut, wie im kuscheligen Bett zu liegen. Der Laden verströmte eine stickige Wärme, die überwinternde Eichhörnchen und Haselmäuse anlockte. Aber wen kümmerte das? Wir waren der Kälte entronnen und in einer gemütlichen Zeitmaschine gelandet.

Die Kneipe machte kaum Zugeständnisse an die moderne Welt. Ein vergilbtes Foto einer Frauenmannschaft, eine asthmatische Musikbox, ein an die Wand genagelter rot-weißer Union-Berlin-Schal, Relikt eines Exfreundes von Gundi aus Köpenick. Neben dem »Rauchen leider verboten«-Schild hing das Schmuckstück der Sammlung, die gerahmte Fotografie eines Ringers. »Für Gundi« lautete die handgeschriebene Widmung, »mit all meiner Liebe, Knut.«. Gundi war Mitte sechzig und immer noch attraktiv, wenn man ein Faible für Kugelstoßerinnen hatte. Sie war, wie sie es selbst ausdrückte, »eine große Frau mit einem großen Herzen«. Letzteres präsentierte sie – offenherzig – in tiefausgeschnittenen Blusen. Ein leichter Schnurrbartschatten deutete auf eine nicht unwahrscheinliche Vergangenheit als Steroide schluckende Heldin einer DDR-Leichtathletik-Jugendmannschaft hin.

»Pack deinen Taschenrechner und dein Notizbuch aus, dann klären wir die Finanzen ein für alle Mal«, sagte ich, nachdem wir unsere Jacken ausgezogen hatten.

»Erst was zu trinken«, sagte Lena, »und eine heiße Suppe.«

Auf steifen Beinen stakste ich an die Theke und bestellte Bier und Soljanka. Die drei Männer, die an der Bar saßen, beobachteten mich stumm. Ich nickte ihnen höflich zu, richtete den Blick jedoch auf Gundi.

»Sie müssen nicht an die Theke kommen«, sagte Gundi mit ihrem rauchigen Bariton. »Ich bringe Ihnen die Karte.« Dabei wussten wir beide von unseren vorherigen Besuchen, dass darauf nur Klopse standen.

»Tut mir leid«, sagte ich, »das ist bei uns in England so üblich.«

»Sie kommen aus England?«, fragte einer der Männer. Knochiges Gesicht, tiefliegende Augen, verschwitzte Achselhöhlen und die Haltung eines durchtrainierten Sportlers, obwohl mir im Moment jeder Mann kräftiger und schneller vorkam als ich.

»Ja«, sagte ich. »Waren Sie schon mal dort?«

Der Mann schüttelte den Kopf und widmete sich wieder seinem Bier. Kontakt mit den eingesessenen Alt-Globnitzern anzuknüpfen kam mir allmählich vor, als würde man Funksignale ins All senden. Man war nie sicher, ob sie auf dem richtigen Planeten empfangen wurden.

»Nett, mit Ihnen zu plaudern«, sagte ich und nahm die beiden Biere mit zu unserem Ecktisch neben einem Gummibaum, ganz offensichtlich die Exoten-Ecke. Einer der Gäste, ein Mann mit Stiernacken, hatte in der Musikbox Boney M gedrückt.

»Heute ist offenbar Oldies Night«, bemerkte Lena.

»In Alt-Globnitz ist jeden Abend Oldies Night«, gab ich zurück.

Lena schlürfte ihre Soljanka, wie ein Oldsmobile

Benzin schluckt. Dann schob sie den Teller beiseite und starrte auf ihr Notebook, auf dass es uns sagen möge, wie wir aus dem Schloss Profit schlagen konnten.

»Gut«, sagte ich, »ich will schonungslos ehrlich sein.«

»Ich auch«, sagte sie. Irgendwie hatte ich das Gefühl, dass Lenas Art der Ehrlichkeit brutaler ausfallen würde als meine. »Du zuerst.«

»Okay«, sagte ich und schnappte nach Luft, wenn das Wort »Luft« der speziell übelriechenden Atmosphäre des Gundi's gerecht wird. An den Gardinen klebte ein scharfer Geruch, ein bisschen wie Curry, aber mehr wie Fleisch, das ein paar Tage lang abgetaut ist. Ich dachte an die Fleischstücke in der Soljanka und schluckte.

»Wir – das heißt, eigentlich du, aber du weißt, was ich meine …«

Lena nickte langsam.

»… sind jetzt seit knapp einem Monat Besitzer des Schlosses und stehen erstens –« Ich fasste meinen Zeigefinger. »– vor dem potentiellen Versiegen unserer liquiden Mittel. Zweitens können wir unseren wichtigsten, genauer gesagt: unseren einzigen Handwerker nicht bezahlen. Drittens haben wir keine Sicherheiten, die wir der Bank für ein Darlehen anbieten könnten …«

»Viertens«, unterbrach Lena mich hinreichend eingestimmt, »ruhen unsere Hoffnungen, das Ganze in ein profitables Unternehmen zu verwandeln, auf einem siebzehnjährigen Kleinkriminellen, der behauptet, er könnte kochen.«

»Aber ich wollte gerade sagen: Zumindest glauben wir an unser Bed & Breakfast.«

Lena schwieg unbehaglich lange. Ich fing schon an zu glauben, das Fleisch in der Soljanka könnte wirklich verdorben gewesen sein und ich sollte am besten einen Krankenwagen rufen.

»Außerdem haben wir uns gegenseitig«, fügte ich hastig hinzu, allerdings vor allem aus dem Gefühl heraus, Lena könnte an der Schwelle des Todes stehen – also eher ein Panikreflex als eine romantische Aufwallung.

Lena klappte demonstrativ ihr Notebook zu. Wir würden nicht über Zahlen diskutieren.

»Ich sehe einfach nicht, wie das mit dem Bed & Breakfast funktionieren soll«, sagte sie schließlich. »Du hast das Riesenloch im Dach vergessen, das wir nicht reparieren können, ehe wir an Geld kommen. Und wir können keine Übernachtungsgäste aufnehmen, solange der erste Stock die Gemütlichkeit einer Leichenhalle verströmt.«

Ich wollte dazwischengehen, aber sie hob ihre Hand.

»Außerdem ist deine Vorstellung, dass mit einem Mal wie aus heiterem Himmel Hunderte von Engländern in Brandenburg landen, nun ja – reines Wunschdenken. Wie sollen wir eine Bank je davon überzeugen, uns einen Überbrückungskredit zu geben?«

»Ich weiß, der Plan hat ein paar Macken«, sagte ich. »Also gut –« Ich hatte ihre grimmig – skeptische Miene gesehen. »– etliche Macken. Wir dürfen die Pension eben nicht als reines Geschäft verkaufen, wir müssen eine Vision daraus machen, dann funktioniert es auch. Und ich kenne zufällig genau den Menschen, der uns dabei helfen kann.«

Lena zog ihre gezupften Augenbrauen hoch.

»Frag nicht. Ich weiß nur, wenn es jemanden gibt, der das Schloss plausibel präsentieren kann, dann ist es dieser Mann.«

»Ich vertraue dir«, sagte Lena. Ich blickte verstohlen

unter den Tisch, um zu sehen, ob sie insgeheim ihre Finger kreuzte, aber sie war damit beschäftigt, Mac ein Stück von dem Soljanka-Fleisch zuzustecken.

Ein Räuspern wie Maschinengewehrfeuer unterbrach mich in meinen Grübeleien. Es war der kahlrasierte Mann von der Theke.

»Darf ich mich zu Ihnen setzen?«

Lena schwieg verdutzt. Es war das erste Zeichen lokaler Initiative, wenn man Gundis regelmäßige Präsentation ihres Dekolletés nicht mitzählte. Und Lutz' unverhohlene Andeutungen, dass er besser bezahlt werden sollte.

»Sicher«, sagte ich eilig und schob Mac mit dem Fuß sanft unter dem freien Stuhl weg.

»Ich heiße Bergmann«, sagte der Mann, »Horst Bergmann. Ich bin der Hauptmann der Freiwilligen Feuerwehr.« Ich erinnerte mich an das Feuerwehrauto Marke Horch, das ich am Anfang von Gundis Straße hatte stehen sehen, eine nützliche Landmarke, die hellrot im Nebel leuchtete wie ein Glühwürmchen.

»Woher aus England kommen Sie?«, fragte Horst, während ich begriff, dass es sich bei ihm um den nämlichen H. Bergmann handeln musste, der auf einem Prospekt, den ich beim Bäcker mitgenommen hatte, Tai-Chi-Kampfkunst-Kurse anbot.

»Aus London gewissermaßen«, sagte ich. In Wirklichkeit wohnte ich schon länger in Berlin, als ich je in London gelebt hatte. Mein Großbritannien war ein virtuelles Land, eine Sammlung verschrumpelter Kindheitserinnerungen.

»Bei den Weltjugendfestspielen 1973 habe ich ein paar Leute aus Liverpool kennengelernt, die waren super.« Mir fiel auf, dass er Lena komplett ignorierte.

»Lena kommt aus Hamburg«, sagte ich.
Horst tat so, als hätte er mich nicht gehört.
»Liverpool. Irgendwann möchte ich da mal hin. Wie ist es denn da so?«
»Wie in Rostock«, sagte ich, bevor mir schlagartig klar wurde, dass ich womöglich alle Träume des Mannes zerstörte. »Rostock mit den Beatles.«
»Die Beatles, ja, ja. Ei häff ä Kwestschon«, sagte Horst langsam in einem sorgfältig betonten Englisch, wie man es durch stundenlange Wiederholung in BBC-Sprachkursen von Kassette lernte. »Beatles-Fan ohr Stones-Fan?«
Die ultimative Klassifizierung, die alle Grenzen von Ost oder West, Arm oder Reich überschreitet.
»Stones natürlich«, antwortete ich.
»Mi tuu!«, brüllte Horst beinahe und streckte die Hand aus. »Horst. Call me Horst, Stones-Brother.«
»Lena ist auch Stones-Fan, nicht wahr, Schatz?«, sagte ich und wollte sie unter dem Tisch treten, traf jedoch nur den Hund. Mac quiekte wie ein angestochenes Schwein.
»Ja, ja«, sagte sie hastig. »Keith Richards ist ein toller Bassist.«
»Gitarre«, zischte ich, »Leadgitarre.«
»Ah, Keith, er ist crazy«, sagte Horst. »Alle Engländer sind ein bisschen crazy, oder? Eure Queen, Prinz Charles. Und ihr mit eurem Schloss – wollt ihr es zum Buckingham Palace von Brandenburg machen?«
»Ja«, erwiderte ich knapp und dachte: Sind wir wirklich verrückt?
»Gefällt dir unsere Stadt?« Alt-Globnitz hatte 8000 Einwohner und war damit für mich ein Dorf. Für die Alt-Globnitzer war es eine Stadt.

»Sehr nett«, sagte ich.

»Wunderschön«, zwitscherte Lena dazwischen.

»Vielleicht kann ich euch helfen. Braucht ihr junge Arbeitskräfte? In meinen Tai-Chi-Kursen habe ich viele Jungs. Die können anpacken und arbeiten für wenig Geld.«

»Danke«, sagte ich aus ganzem Herzen. Denn mit einem Mal wurde mir klar: Wir brauchten ein Team. Wir mussten zügiger vorankommen – dann würden wir auch nicht so schnell verzweifeln. »Es gibt nur ein Problem. Wir haben nicht viel Cash.«

»Das ist schon okay«, sagte Horst, »ihr müsst meine Freunde kennenlernen.« Er winkte den beiden anderen Männern an der Theke zu. »Jeder Freund der Rolling Stones ist auch unser Freund.«

»Das ist der Peter«, sagte er und zeigte auf einen Mann Mitte vierzig mit beinahe violettem Gesicht, der bis zu diesem Moment wie in tiefem Winterschlaf gewirkt hatte. »Er ist der beste Klempner der Stadt.«

»Ach, hör doch auf, Horst. Ich bin der *einzige* Klempner in der Stadt.« Er kam an unseren Tisch, schüttelte uns die Hand und blickte tief in Lenas Augen, als wäre sie ein Waschbecken, das darauf wartete, von einem verstopften Abfluss befreit zu werden.

»Und das«, sagte Horst, stand auf, legte den Arm um Mr. Stiernacken und zerrte ihn von der Musikbox weg, »ist Robert. Er ist Direktor der Sparkasse.«

Jemand, der billige Arbeitskräfte stellen konnte, ein Klempner und ein Bankdirektor: Hier waren anscheinend die Illuminati von Alt-Globnitz versammelt.

»Hallo«, sagte Lena zu dem Sparkassen-Chef und versuchte, ihre ganze Verführungskunst in dieses eine Wort zu legen. Der Bankier wurde rot.

»Hast du vielleicht mal einen Euro für die Musikbox?«, fragte er mich.

Ich gab ihm zwei und betrachtete es als kluge Investition in unser armes, vernachlässigtes Schloss.

»Vielleicht könnten wir uns irgendwann mal unterhalten«, sagte ich über die Musik hinweg.

»Jederzeit«, sagte Robert.

Kapitel 5

Es gefiel mir, wie Lena auf der Baustelle aussah: ein Poster-Girl des sozialistischen Realismus, Typ enthusiastische, rotwangige Arbeiterin, die für den neuen Fünfjahresplan wirbt. Sie hatte ihr Haar unter einem schwarzen Kopftuch nach hinten gebunden, damit sich der Staub nicht auf ihrer Kopfhaut festsetzte. Dazu trug sie ein rotes Holzfällerhemd, Jeans mit Hosenträgern und aufgekrempelten Beinen, Doc Martens und in der Hand eine Bohrmaschine. Einen flüchtigen Augenblick lang hatte ich ein schlechtes Gewissen, sie allein zu lassen, um nach Berlin zu fahren.

Aber nur ein paar Sekunden. Nach unserer Rückkehr in Doris' Ferienwohnung am Abend zuvor hatte ich meinen Körper im Bad einer forensischen Untersuchung unterzogen: Schmutz und Kalk unter den Fingernägeln, Kratzspuren auf Brust und Rücken. Ich sah aus wie ein Renaissancegemälde des heiligen Sebastian, durchlöchert von Pfeilen, geschlagen von Knüppeln. Ich war vielleicht ein paar Kilo schwerer als der arme alte Sebastian, aber die Ähnlichkeit war trotzdem frappierend. Deshalb war ich froh, einen Vorwand zu haben, nach Berlin zu fahren; körperliche Arbeit ist wirklich nicht meine Stärke.

»Lutz passt auf dich auf«, sagte ich, »nicht wahr, Lutz?« Ich hatte den alten Seemann mit seinem schiefen Gang und dem listigen Lächeln richtig ins Herz geschlossen. Er zeigte eine Bereitschaft, neue Probleme anzugehen, die ich eigentlich für Ossi-untypisch gehalten hatte. Aber nach nur wenigen Wochen hatte ich erkannt, dass erfolgreiche Ossis sich ständig neu erfinden mussten. Ihnen blieb gar keine andere Wahl: Kein anderes europäisches Volk hatte so viel überflüssiges Wissen angesammelt. In der alten Zeit als Seemann hatte Lutz geradezu enzyklopädische Kenntnisse über die Schwarzmarktkurse des russischen Rubels, von Goldkronen und bulgarischer Lewa; er wusste, wie man auf der Bahnlinie Moskau–Odessa mit Gewinn DDR-Goldfuchs-Jeans verkaufte, um mit dem Geld eine Kiste Lederjacken in Istanbul zu erwerben. Das waren nun alles nutzlose Informationen. Nach der Wende hatte er in Ostberlin geschmuggelte Zigaretten verkauft, Satellitenschüsseln montiert und alte Fenster gegen Doppelglasscheiben ausgetauscht. Jetzt konnten alle in zugfreien Räumen RTL gucken, und Lutz brauchte niemand mehr, außer mir. Ich brauchte ihn sogar ganz dringend oder zumindest irgendjemanden, der was von Elektrizität verstand und ohne Blutvergießen oder den Verlust eines Daumens ein Brett durchsägen konnte. Lutz wiederum brauchte auch mich ganz dringend, wegen des Geldes natürlich, aber auch für ein gewisses Ansehen in Alt-Globnitz. So vertrauten wir einander offensichtlich.

Er salutierte scherzhaft mit einem Seemannsgruß. »Aye, aye, Captain.«

»Morgen bin ich zurück«, erklärte ich Lena, ohne ihre Miene deuten zu können. Ich nahm an, dass sie traurig war. »Ist ja schließlich keine Expedition zur Amazonasmündung, es ist nur die Spree.«

»Fahr einfach«, sagte Lena, »aber sieh zu, dass du mit unserem eigenen Fünfjahresplan zurückkommst.«

Denn das war der Zweck meiner Mission: Ich sollte einen Weg finden, das Schloss zu einem attraktiven Urlaubsziel und profitablen Unternehmen zu machen. Solange wir nicht ein paar seriöse Zahlen präsentieren konnten, würden wir die Sparkasse von Alt-Globnitz nie überreden, uns etwas von ihrem Geld zu geben. Lena und ich spürten, dass es klappen könnte; der Ort fühlte sich einfach richtig an. Es kam weiß Gott selten genug vor, dass Lena und ich auf einer Wellenlänge lagen. An sich waren wir ein klassischer Fall von *Gegensätze ziehen sich an*. Sie hasste es, im Kino zu nah an der Leinwand zu sitzen, ich bevorzugte die dritte Reihe. Sie vergaß Gesichter und verwechselte Namen; ich habe ein geradezu pathologisches Gedächtnis für Warzen, hängende Lider und Nasenformen, das ich hoffentlich eines Tages in den Dienst eines *Tatort*-Teams stellen kann. Ich langweilte mich in Museen, während sie wie in Trance durch die Säle der Neuen Galerie lief. Sie liebte Spinat und Brokkoli, während ich der Ansicht bin, dass die Farbe Grün von Speisetellern verbannt werden sollte. Bevor ich eine Autofahrt antrat, absolvierte ich allerlei abergläubische Rituale und vergegenwärtigte mir sämtliche Probleme, die unterwegs auftauchen konnten, und das mit einer Detailfreude, die den meisten Menschen das Blut in den Adern gefrieren ließe. Lena hingegen fährt im Sommer barfuß, ein freier Geist der Landstraße. Insofern war es ein Wunder, dass wir ungeachtet seines hoffnungslosen Zustands beide von den Vorzügen des Schlosses überzeugt waren. Nun bestand die Herausforderung darin, andere davon zu überzeugen, dass wir nicht verrückt waren. Dafür war das Brainstorming in Berlin angesetzt worden, nicht bloß mit Harry – Brainstorming mit Harry endete in der Regel damit, dass die meisten denkfähigen Organe des Körpers mit ein paar Flaschen Chateau Amnesie stillgelegt wurden –, sondern zusätzlich mit meinem alten Studienfreund Simon MacGregor. Auf der Fahrt durch Brandenburgs Wälder schallte Carla Brunis säuselnde Stimme aus den Boxen des Opels, während ich an meine letzte Begegnung mit meinem Kommilitonen zurückdachte, dem Highlander mit Sommersprossen. Es war fast genau zwei Jahre zuvor gewesen, auf einer Silvesterparty in Edinburgh.

Die Schotten nehmen Silvester ernster als die Engländer. Sie nennen es Hogmanay und betrachten es als Gelegenheit, die ersten drei Tage des Jahres in seliger Bewusstlosigkeit zuzubringen. Diese Tage kollektiven Blackouts wären für jedes andere Land der perfekte Zeitpunkt, Schottland den Krieg zu erklären; das Land liegt im Koma, das Porridge bleibt unangerührt, die Dudelsäcke schweigen. Da ich die meisten Schotten nicht einmal verstand, wenn sie nüchtern waren, saß ich auf besagter Party allein in einer Ecke, als ich Simon entdeckte, den einzigen noch aufrecht stehenden Schotten, der sich ernsthaft einer ebenso sommersprossigen jungen Frau vorstellte. Er erzählte ihr von seinem Job – und zwar so leidenschaftlich, dass sie wider alle Wahrscheinlichkeit an ihm interessiert wirkte. Quintessenz seiner Anmache war Folgendes: Er war ein Fachmann in der modernen Zunft des Nation Brandings, ein PR-Experte, der statt Waschmittel Länder verkaufte. »Ich bin gerade aus dem Irak zurück«, sagte er, »verdammt harte Arbeit, den Mullahs Sex-Appeal zu verleihen.« Die Frau war angemessen fasziniert. Ich wollte ihr sagen: Paare dich nicht mit diesem Mann! Euer Kind wird eine einzige riesige Sommersprosse! Stattdessen drängte ich mich höflich in ihre Unterhaltung. Sie warf mir einen finsteren Blick zu, aber Simon freute sich offensichtlich, mich zu sehen, und erzählte, dass er demnächst nach Deutschland ziehen würde. Wir gelobten, uns dort wiederzusehen, und tauschten Visitenkarten. Schlussendlich kam es jedoch nie zu einem Treffen, weil wir beide zu viel umherreisten. Aber nach unserer Sitzung bei Gundi war er mir plötzlich wieder eingefallen. Wenn irgendjemand Brandenburg vermarkten konnte, dann Simon. Ein Mann, der die Teheraner Bartträger aussehen lassen konnte wie eine amüsierwillige Truppe von Partygängern, sollte auf unserer Seite sein. Ich rief ihn an.

»Es handelt sich um einen Notfall«, erklärte ich ihm. Und das war es mit einem Mal auch.

Harry, Simon und ich verabredeten uns auf ein Glas im Lutter & Wegner mit Blick auf den Gendarmenmarkt. Hier hatte E. T. A. Hoffmann nach Dienstschluss am Kammergericht seinen Stammtisch. Harry war schwer beeindruckt, als ich ihm erzählte, dass der vielseitig talentierte Hoffmann seinen Alkohol danach bestellte, woran er gerade arbeitete: alten Rheinwein, wenn er Kirchenmusik komponierte, Champagner, wenn er komische Skizzen schrieb, südliche Weine für Lieder und Burgunder für Opern.

»Dann Burgunder!«, sagte Harry, winkte den Kellner heran und bestellte den Wein und Lammkoteletts. »Deine Ossi-Ruine wird als große Oper enden, denk an meine Worte!«

»Solange sie nicht als Macbeths Schloss mit lauter herumliegenden Leichen endet.«

»Und da kommt Macbeth persönlich«, sagte Harry, als er sah, wie Simon gemächlich durch das Restaurant schlenderte und nur kurz stehen blieb, um dem Weinkellner einen unerwünschten Ratschlag zu geben.

»MacGregor«, sagte ich streng. »Versuche, dir das zu merken. Sei nett zu ihm. Vielleicht ist er wichtig für unser Projekt.«

»Welches Schloss?«, dröhnte Simon, als er sich zu uns setzte. Offensichtlich hatte er zumindest Teile unseres Gespräches aufgeschnappt. »Wir Schotten lieben Schlösser.«

Mit leise pfeifendem Atem zog er sich einen Stuhl an den Tisch, und ich erläuterte ihm die Lage. Brandenburg sei eine harte Nuss, meinte er, als ich geendet hatte, vielleicht sogar härter als die Mullahs.

In den Tagen, als E. T. A. Hoffmann im Lutter & Wegner residierte, flossen Wein und Ideen bis sechs Uhr in der Früh. In Zeiten der modernen globalen Krise waren die Stunden sparsamer rationiert und die Atmosphäre durch die Anwesenheit von Insolvenzrechtspezialisten und »Restrukturierungs-Experten« getrübt, die ein wenig Fleisch von den Rippchen der kränkelnden deutschen Autoindustrie picken wollten.

Deshalb gab es am Nachbartisch erstaunte Blicke, als an unserem Tisch zwei Flaschen Burgunder aufgefahren wurden. In Trägheit genossene Geschäftsessen der flüssigen Form schienen wie die Erinnerung an eine andere Ära. 2006 vielleicht, als die Menschen noch Zeit und Geld hatten. Da Harry in bezahlter Anstellung war, hatte er mir angeboten, die Rechnung zu übernehmen. »Ich rechne es als Spesen ab und gebe an, ich hätte Angela Merkels Zahnarzt eingeladen.«

Derweil verlangte Simon unsere ungeteilte Aufmerksamkeit. Wenn ein guter Wein uns wach halten würde, seinetwegen, aber er wollte, dass wir so steif und gerade saßen wie er.

»Nehmen wir zum Beispiel Finnland«, sagte er in Betrachtung seines Portfolios problematischer Staaten. »Was fällt euch dazu als Erstes ein?«

»Wodka«, sagte Harry.

»Blonde Mädchen in Saunas«, steuerte ich bei.

»Blonde Mädchen, die in der Sauna Wodka trinken und in einer unverständlichen Sprache in ihre Nokia-Handys plappern«, sagte Harry.

»Und dabei Sibelius hören«, ergänzte ich.

»Sib wer?«, fragte Harry.

»Seht ihr«, sagte Simon, »damit habt ihr das Maximum freundlicher Dinge erschöpft, die man über die Finnen sagen kann. Wenn man noch eine hohe Depressionsrate, Alkoholismus und ein paar Schulmassaker dazugibt – denn so kommt Finnland in den internationalen Medien rüber –, hat man ein Imageproblem. Und was macht man da?«

»Mehr finnische Mädchen in die Zeitung bringen«, sagte Harry, der rapide das Interesse an der Unterhaltung verlor. Er konnte Simons professorales Gehabe nicht ausstehen. (»Wir sind doch hier nicht in einem verdammten Fernsehquiz«, zischte er mir zu. »Warum sagt er nicht einfach, was er sagen will?«) Aber ich brauchte Simons Rat. Denn unser grundlegendes Problem bestand darin, wie man Briten nach Brandenburg locken konnte, wenn schon die Deutschen die Gegend mieden.

»Nein«, sagte Simon. Harry stöhnte, und ich warf ihm einen strengen Blick zu. »Man präsentiert einen anderen Finnen, lockerer, selbstironisch. Was machen die

Finnen dank des Ratschlags ihrer Nation Branding Consultants jetzt?«

»Sag es uns«, flehte Harry. »Sag es uns einfach.«

»Sie veranstalten Sauna-Weltmeisterschaften und Wettbewerbe im Handy-Weitwurf. Es gibt sogar eine jährliche Meisterschaft im Ehefrauen-Tragen. Helsinki gilt als europäische Hauptstadt der Ironie. Dazu noch ein paar lustige, sexy Bands beim European Song Contest, und schon würde jeder dritte Bürger der Europäischen Union gerne einen Finnen treffen.«

»Ja. Einmal«, brummte Harry. »Und vorzugsweise nicht in einem Klassenzimmer.«

»Irgendwie kann ich mir nicht vorstellen, dass Meisterschaften im Ehefrauen-Tragen sich in Ostdeutschland durchsetzen würden«, sagte ich.

»Die müssten sich für die Frauen anstellen«, sagte Harry. »Und ein bisschen abnehmen müssten sie auch.«

»Nun, ihr dürft mich nicht zu wörtlich nehmen«, sagte Simon und schnupperte mit großem Gewese an seinem Wein. »Was willst du erreichen? Willst du das populäre Bild der Ossis als Stamm verändern?»

»Es ist eher eine Ansammlung verschiedener Stämme«, korrigierte ich ihn, »du solltest das nicht zu sehr vereinfachen.«

»Meinetwegen eine Ansammlung von Stämmen, die in ihrer mürrischen Weltsicht und ihrem morbiden Widerwillen gegen alles Neue in einer pulsierenden Region vereint sind, die – tut mir leid, dass ich immer wieder dieses Wort verwende – sexy und offen für Wandel ist. Wie stellt man das an? Aus den Finnen haben wir statt mordlustiger Depressiver selbstironische Depressive gemacht, richtig?«

»Einige der besten Komiker der Welt waren depressiv«, sagte Harry, der zum ersten Mal Interesse an der Unterhaltung zeigte.

»Genau!«, sagte Simon, und Harry strahlte zufrieden wie ein Schuljunge, der für sein Verständnis der Algebra gelobt worden war. »Wenn wir den Ossis zeigen können, dass es nicht nur normal ist, depressiv zu sein, sondern möglicherweise sogar ein Zeichen von Genialität, haben wir die Schlacht schon halb gewonnen. Wir müssen ihnen also die Gelegenheit geben, anderen Kulturen mit geringem Selbstwertgefühl zu begegnen …«

»Den Briten«, sagte ich.

»Den Schotten«, sagte Harry und sah Simon MacGregor spitz an.

»… und sie die Gemeinsamkeiten entdecken lassen. Daraus wird sich eine beinahe erotische Spannung ergeben. Und Brandenburg, das arme, öde Brandenburg wirkt auf einmal wie *der* angesagte Hot Spot.«

Ich war nicht auf Anhieb überzeugt. Junge betrunkene Briten wurden von billigen Fluggesellschaften regelmäßig in die schönsten Städte Europas gekarrt – Riga, Krakau, Breslau, Prag –, torkelten über alte Marktplätze und übten am Ende Zielkotzen auf Renaissance-Architektur. Die Junggesellenabschiede, bei denen ein Engländer am Vorabend seiner Hochzeit von seinen engsten Freunden gedemütigt wird, stellten die Krise der englischen Männlichkeit öffentlich zur Schau. In Breslau war das Tragen von Schottenröcken sogar offiziell verboten worden, nachdem ein paar Glasgower durch die Stadt geschlendert waren und gezeigt hatten, wie wenig sie zu verbergen hatten. Ich konnte nicht erkennen, wie es zur Verbesserung der Welt beitragen würde, diese Leute in die neuen Bundesländer einzufliegen und in meiner Bed & Breakfast-Pension einzuquartieren.

»Betrachte das Ganze als interkulturelles Experiment«, sagte Simon, und Harry spuckte einen Schluck des feinen, tiefroten Weines für vierzig Euro die Flasche auf das steife weiße Leinentischtuch. »Du musst sehr behutsam und äußerst selektiv vorgehen. Man muss dein Bed & Breakfast als eine Art kulturellen Außenposten betrachten, den Beginn einer Kulturrevolution.«

Schon an der Uni war Simon unfähig gewesen, sich irgendeiner normalen studentischen Aktivität zu erfreuen – Bier, Wein, Poker, Au-pair-Mädchen anmachen, ausschlafen –, ohne sie in einen theoretischen Rahmen einzuordnen. Er benutzte sogar das deutsche Wort dafür: Überbau. Er hatte ein außergewöhnliches Talent, Männer wütend zu machen und Frauen zu beeindrucken. Nicht bloß die fast immer willigen von den Jungen Konservativen (die wild entschlossen waren, ihren sexuellen Horizont zu erweitern, bevor sie mit einem jungen, kinnlosen Adligen eine Familie gründeten), sondern auch die ungleich schwerer zu überzeugenden Mitglieder der marxistisch-leninistischen Gruppe. Es war dieser spezielle Einblick in das Denken und die verborgenen Sehnsüchte verrückter Linker, der mich zu Simon geführt hatte. Er würde mein Brandenburg-Guru sein.

»Okay«, sagte er gedehnt, als wäre ich besonders begriffsstutzig. »Ich werde es dir in ganz einfachen Begriffen erklären. So einfach«, fügte er mit einem bösen Seitenblick auf Harry hinzu, »dass ich keine Unterbrechungen dulden werde.«

Wir nickten indigniert. Harry drehte sich zu dem

Kellner um, um ihm zu signalisieren, dass dringender Bedarf an mehr Burgunder bestand.

»Die Ostdeutschen wurden erst von den Landbesitzern und dann von den Nazis drangsaliert, erst von der Sowjetunion und dann von den Jungs von der Treuhand und den Wessis kolonialisiert. Ihre ganze Sozialisation sagt ihnen: Wir hassen den Kolonialismus. Aber ihr wisst, und ich weiß, und sie wissen, dass Kolonialismus nicht nur schlecht ist. Durch den Kolonialismus werden Schulen und vernünftige Straßen gebaut und ein – wie soll ich mich ausdrücken – ein Muster von Verantwortung zwischen Ausbeuter und angeblich Ausgebeuteten etabliert. Könnt ihr mir so weit folgen?«

Harry blickte aus dem Fenster auf den Gendarmenmarkt, wo eine Gruppe gutgenährter Amerikaner vorbeispazierte, nach wenigen Schritten schon außer Atem. Harry spießte die Überreste eines Lammkoteletts auf und winkte damit, worauf sich einige der Touristen in unsere Richtung wandten. Wären sie Hunde gewesen, hätte ihre Zunge herausgehangen. So klappten sie lediglich in gewohnt transatlantischer Manier den Mund auf.

»Ja, ja«, erklärte ich Simon. »Weiter.«

»Wenn man also jetzt in eine ostdeutsche Stadt geht, zum Beispiel nach Alt-Globnitz, und sagt: Wir können euer Leben verändern, im British Empire haben wir drei Jahrhunderte lang Erfahrung darin gesammelt, gescheiterte Staaten aufzubauen und verschiedene Stämme zu einen, werden sie sagen: Verpisst euch, ihr seid Briten, und wir werden unsere Seele nicht an die Imperialisten verkaufen. Richtig?«

»Vermutlich.« Meine Aufmerksamkeit war durch Harry abgelenkt, der theatralisch an seinem Fleisch knabberte und mimisch sein Wohlgefallen ausdrückte, während sich die hungrigen amerikanischen Touristen um das Fenster drängelten, ohne ihren Reiseleiter zu beachten.

Simon dozierte weiter volle Kraft voraus. Er war jetzt so richtig in Schwung.

»Aber eigentlich wollen die Ossis, dass du da bist. Durch das britische Interesse fühlen sie sich begehrenswert. Außerdem mögen die Ossis die Wessis nicht, und die Briten mögen die Wessis auch nicht. Richtig? Das passt doch zusammen, oder? Hier ist also mein Plan. Erst musst du zeigen, dass Großbritannien und Brandenburg verwandte Seelen sind. Wusstest du, dass Theodor Fontane Korrespondent in London war?«

Das hatte ich nicht gewusst.

»Nun ja, Literatur war schon an der Uni nicht deine Stärke.«

»Vielen Dank, Simon.« Ich wechselte einen Blick mit Harry. (»Gib ihm eins auf die Nase«, flüsterte er mir zu.)

Simon bemerkte gar nicht, dass er die Aufmerksamkeit seines Publikums kurzzeitig verloren hatte. »Fontane war offensichtlich ein großer Bewunderer der *Times* und hat Artikel daraus kopiert. Dann wurde er Kriegsberichterstatter im Deutsch-Französischen Krieg. Es überrascht mich, dass du das nicht weißt.«

»Und inwiefern hilft uns das?«

»Ganz einfach. Er ist ein deutsch-britischer Held. Er gehört Brandenburg und den Briten. Und weißt du, was das bedeutet? Geld!«

Harrys Miene hellte sich auf.

»Du machst Folgendes: Du lässt dir ein Messingschild machen, auf dem steht, dass dein Schloss der Sitz der Gesellschaft für Brandenburgisch-Britisch-Deutsche

Freundschaft ist, und nagelst es an dein Tor. Du verbreitest das Gerücht, Fontane habe auf seinen berühmten Wanderungen einmal in dem Schloss übernachtet. Ob das stimmt, ist völlig egal. Du richtest eine Website und einen E-Mail-Account ein und fängst an, Special Events zu planen. Einen Fontane-Fish & Chips-Abend, eine britische Autorallye durch Effi-Briest-Land. Und natürlich hisst du vor deinem Haus einen Union Jack.«

Ich war nach wie vor ein wenig skeptisch. »Aber die meisten Engländer haben noch nie von Fontane gehört. Wahrscheinlich halten sie ihn für einen Fußballer.«

Harry nickte. »Torhüter von Potsdam United.«

»Spielt keine Rolle«, sagte Simon. »Wenn du die literarische Verbindung öffentlich etabliert hast, kriegst du Fördermittel und Stipendien: vom British Council, vom Goethe-Institut, wer weiß, vielleicht bezahlt die UNESCO dir dein Dach. Und da du die Sache der britischen Kultur in Ostdeutschland voranbringst …«

»Einem Entwicklungsland«, warf Harry ein.

»… kannst du auch auf Subventionen durch die britische Regierung hoffen. Der britische Konsul ist ein alter Freund von mir. Ich werde versuchen, ihn zu einem Besuch deines Schlosses zu bewegen. Er ist ein Highlander wie ich und trägt immer einen Kilt. Das macht die ostdeutschen Frauen garantiert verrückt. Es klappt jedenfalls immer, wenn ich einen trage.«

»Was meinst du, Harry?«

Er war damit beschäftigt, ein Stück Lammfleisch zwischen den Schneidezähnen hervorzupulen, und ließ sich Zeit mit seiner Antwort.

»Klingt gut«, meinte er schließlich. »Ich bin immer dafür, Geld von der britischen Regierung abzuzocken.«

»Das ist die richtige Einstellung!«, rief Simon. »Du

musst dich als Kolonialisator sehen. Die Russen hatten sie schon – jetzt kommen die Briten! Und wisst ihr was? Wir kriegen es besser hin! Ich werde persönlich vorbeikommen, um mit anzupacken.«

»Genau«, sagte ich, »darauf trinken wir.«

Harry griff nach dem Burgunder.

»Auf Fontane Towers!«, sagte ich.

»Auf die Fonty Towers und Fish & Chips für die hungrigen Eingeborenen!«, sagte Harry.

»Freut mich, dass ich helfen konnte«, sagte Simon.

Kapitel 6

Lena und ich wurden offensichtlich nicht mehr als Mitglieder eines Monstrositätenkabinetts betrachtet, die alle ehrbaren Bürger tunlichst meiden sollten, sondern waren in den Status verrückter Ausländer erhoben worden, die bereit waren, in Alt-Globnitz Geld auszugeben. Das war ein Fortschritt. In meinen Alpträumen hatte ich schon einen Bauernaufstand kommen sehen, bei dem uns die Einheimischen mit Mistgabeln aus dem Dorf trieben. Stattdessen wurde die Neugier so groß, dass sie über die natürliche Zurückhaltung der Bewohner siegte. Üblicherweise war der Ossi zu stolz, Fremden irgendwelche Fragen zu stellen. Das kam einem Gesichtsverlust gleich, dem Eingeständnis, nicht alles zu wissen. Aber nun herrschte spürbares Tauwetter.

Ob Prinz Harry das neue britische Schloss besuchen kommen würde, wollte die zwanzigjährige Supermarktkassiererin mit Teiggesicht wissen. Die Schlange hinter mir gab sich gleichgültig, aber alles spitzte die Ohren.

»Vielleicht«, sagte ich, weil ich mein Publikum nicht sofort enttäuschen wollte. »Vielleicht auch nicht, der Mann hat ein kompliziertes Liebesleben.«

Die Kassiererin, deren kleines gewölbtes Bäuchlein auf ihr eigenes kompliziertes Liebesleben hindeutete, nickte verständnisvoll und scannte meine Bohnen ein.

»Das heißt, es werden Reporter von der *Bunten* kommen?«

»Und von *Hello*«, sagte ich entschuldigend. »Bald wird man Alt-Globnitz in einem Atemzug mit München, St. Moritz und St. Tropez nennen.«

Nächstes Mal konnte Lena die Einkäufe erledigen!

Die wichtige, in der Schlange durchgesickerte Information verbreitete sich rasch im ganzen Dorf. Anhänger der Linken erklärten, man müsse Prinz Harry bei seinem Aufenthalt konsequent meiden und ein »Raus aus Afghanistan«-Plakat am Rathaus aufhängen, während andere die Ansicht vertraten, man sollte eine Party für den königlichen Besucher organisieren. Nur der Bürgermeister hatte keine Meinung. Überhaupt trat er in unserem Leben auffallend überhaupt nicht in Erscheinung. Warum reagierte er nicht mit mehr Begeisterung auf die Neuerfindung seiner Stadt?

Entscheidend für den Stimmungsumschwung im Dorf war unser Umzug aus Doris Bonkerz' Ferienwohnung in unser Schloss. Das Schloss war zwar längst nicht fertig, doch es kam uns zunehmend absurd vor, bei Doris zu wohnen, nur um uns ein paar Unannehmlichkeiten zu ersparen. Zum einen betrachteten die Dorfbewohner Doris – akademisch gebildet und scharfzüngig – mit einer gewissen Beklommenheit. Lena und ich waren Außenseiter, die bei einer Halb-Außenseiterin wohnten. Wenn wir von Alt-Globnitz respektiert werden wollten, mussten wir unseren Besitz auch bewohnen. Es würde jedenfalls die Bauarbeiten beschleunigen.

Und so schliefen wir im Schloss.

Obwohl: Was heißt »schliefen«?

Auf dem Land ist es nachts ziemlich laut, nicht viel leiser, als würde man in einer Disco voller kreischender

Teenager wohnen. Eulen, die eine Vogel-Version von Sein-oder-Nichtsein kreischen, Hamlet auf Speed. Katzen, möglicherweise von der Stasi geschult, die ihre nagenden Opfer überfallen und exekutieren. Füchse, die in Mülleimern nach nicht recycelten Nahrungsmitteln fahnden. Mac schien als einziges Tier auf dem Grundstück friedlich zu schlafen, schwer atmend und laut und abgerissen schnarchend. Lena hatte seinen Korb in unser Schlafzimmer geholt, weil er sich dort sicherer fühlen würde, meinte sie. Vielleicht brauchte sie selbst das Gefühl, sich mit der ganzen Brut in einem warmen Nest zu versammeln.

Das Haus war unser Baby geworden, aber ein Baby, das mir noch fremd war. Wenn es dunkel wurde, nagten die Zweifel an mir, ob wir uns mit dem Haus und dem neuen Leben womöglich zu viel zugemutet hatten. Es ist nicht jedem gegeben, sich neu zu erfinden. Vielleicht war ich dazu verdammt, ein urbaner Neurotiker zu sein, zwanghaft angezogen von Benzindämpfen, Uringestank in Parkhäusern und blinkendem Neon. Ich wusste nur, dass ich in der Stadt schlafen konnte und auf dem Land nicht. Es war zwei Uhr nachts, meine Glieder waren immer noch hart wie Holzsplitter, mein Gehirn lief im Standy-by-Modus, und draußen quiekte und heulte die Tierwelt. Vorsichtig stand ich auf, tastete mich an Mac vorbei, zog mir einen Pullover über und trat auf den Balkon. Die Luft war sauber, das konnte man spüren, aber mitnichten geruchlos. Füchse stanken, Katzen genauso. Warum hielten Katzen eigentlich keinen Winterschlaf? Plötzlich wurde mein aufgrund von Schlafmangel unzulängliches Denkmuster von Geraschel in den Büschen jäh unterbrochen. In der Nähe des Teiches hörte man Äste knacken, dazu ein

Grunzen oder Schnauben. Ein Wildschwein? War es dafür nicht noch zu früh im Jahr? Und waren die nicht alle an den Stadtrand von Berlin umgesiedelt, um durch Schrebergärten zu streunen und Restaurantküchen zu stürmen? Ich spähte ins Dunkel und wünschte, ich hätte meine Brille aufgesetzt. Langsam, ganz langsam tauchte ein Schatten aus der Dunkelheit, auf zwei Beinen, aber kleiner als ein Bär und leise auf Deutsch fluchend. Ein Einbrecher? Nein, es war Lutz! Es sah aus, als würde er sich bücken, etwas vom schlammigen Boden aufheben und einstecken. Was machte Lutz mitten in der Nacht in meinem Garten? Ich hatte den Eindruck, dass ich ihn schlecht rufen konnte. Es würde die nächtliche Ökologie stören, Lena wecken und mir womöglich etwas über Lutz verraten, was ich nicht wissen wollte. Also beobachtete ich ihn eine zeitlang dabei, wie er leise glucksend den Boden absuchte und einmal zu dem Halbmond aufblickte, der scharf gestochen wie eine Pizza am Himmel stand. Mir wurde von Minute zu Minute kälter, ein Eishauch kroch in die Beine meiner Pyjamahose, und Lutz' Mätzchen interessierten mich zunehmend weniger. Ohne dass er mich hörte, ging ich, mir die Arme reibend, wieder hinein und stieg die morsche Treppe hinunter in die Küche, um mir einen Schinken-Käse-Toast zu machen, der jedoch verbrannte. In der Nacht träumte ich, Lutz wäre ein Werwolf auf der Jagd nach meiner Seele.

Am nächsten Morgen wirkte die Welt nicht mehr ganz so bedrohlich – auch das ein Aspekt des Landlebens: Die Nächte waren geheimnisvoll, die Tage hingegen oft öde. Lena behauptete, ich hätte im Schlaf geredet. »In welchem Schlaf?«, fragte ich. Während wir Kaffee tranken, erläuterte sie mir meine Aufgaben. Ich sollte in den kommenden Tagen die Schlafzimmer im ersten Stock ausstatten. Schlicht, aber geschmackvoll. Mir erschien das ein wenig verfrüht, da der erste Stock noch gar nicht renoviert war. Wozu jetzt die Kreditkarten belasten? Aber Lena beharrte darauf. Wenn das Schloss ein authentisches Bed & Breakfast abgeben sollte, brauchten wir eine Küche, um Frühstückseier zu braten, und Betten, um darin zu schlafen. Gegen diese Logik konnte ich nichts einwenden, auch wenn mich die Aussicht auf einen Abstieg in den IKEA-Hades schreckte.

»In Ordnung«, erklärte ich Lena, deren Augenfarbe von Grau zu Grün wechselte, ein erstaunliches Kunststück, das in der Regel darauf hindeutete, dass sie über Vorhänge und Gardinenstangen nachdachte. »Vorher schaue ich aber erst noch mal in den Garten. Du kannst ja weiter über Gardinen grübeln.«

»Woher … woher wusstest du das?« Lena war ehrlich überrascht, hatte ich ihr doch noch nie offenbart, dass ich in ihren Augen lesen konnte. Ich bin mir nicht einmal sicher, ob ihr selbst bewusst war, dass sie die Farbe wechselten, und ich hatte bestimmt nicht vor, es ihr zu erzählen. Manchmal müssen Männer einen Schritt voraus sein und ihre Frauen mit einem Reservoir geheimen Wissens beunruhigen.

Ich zuckte die Achseln, lächelte verschwörerisch und ging, gefolgt vom schnuppernden Mac, zum Teich.

Lutz stand still in die Betrachtung des grünen Gewässers vertieft, wie ein Apachenscout, der auf das ferne Getrappel einer Büffelherde lauscht.

»Du siehst müde aus, Lutz«, sagte ich. Eigentlich sah er vollkommen normal aus: Jeans, Fleecepulli, unrasiert, leicht graue Haut – eben das Bild, das Lutz an einem Dienstagmorgen üblicherweise bot. »Schlimme Nacht?«

»Nein, ich hab prima geschlafen«, sagte er.

»Aha.« Es entstand eine Pause, in der ich überlegte, ob das gelogen war oder nicht. »Aber irgendwas beschäftigt dich doch?«

Lutz schüttelte den Kopf und sah mich nun seinerseits fragend an. »Hat Lena dich mit einem unangenehmen Job beauftragt?«

»Ja«, sagte ich grimmig und tat, als würde ich mich bekreuzigen. »IKEA.«

»Oje. Ich kann den Laden auch nicht leiden. Man kommt sich immer vor wie in einem Gefängnis.«

Lutz und ich waren verwandte Seelen.

»Ich war gestern Nacht im Garten«, sagte Lutz.

»Ach wirklich?«, erwiderte ich.

»Da hab ich das hier gefunden.« Er zog eine Plastiktüte aus der Tasche. Sie enthielt einen toten Frosch. »Ein Weibchen«, sagte er.

Mir fiel als Erstes die Größe ins Auge. Der Frosch war mindestens zehn Zentimeter groß. Lutz drehte die Tüte um und zeigte mir den leicht gelblichen Bauch, der das Kennzeichen weiblicher Frösche war.

»Sie wachsen schneller, als ich es je gesehen habe. Deshalb war ich neugierig. Man kann Frösche nur verstehen, wenn man sie nachts beobachtet – aber wem sage ich das?«

In der Tat. Frösche hatten ein phantastisches Nachtleben.

»Ich habe beobachtet, dass die ersten Frösche sich gepaart haben. Dabei haben wir noch Februar, und die Paarungszeit fängt gerade erst an.«

»Muss an der globalen Erwärmung liegen.«

Lutz nickte. Er kannte die Wetterkapriolen in der Mark Brandenburg nur zu gut. Im Winter Regen statt

Schnee, gefolgt von den knochentrockenen Monaten April und Mai und, weil der sandige Boden das Wasser nicht speichern kann, Dürre im Sommer. Im vergangenen Jahr war es so schlimm gewesen, dass es nicht genug Heu gab, um die Pferde zu füttern. Doris Bonkerz hatte sich bei Lena und mir beklagt, dass sie nirgendwo mehr reiten könne. Die Höfe, die noch vor wenigen Jahren als potentieller Magnet für *Wendy* lesende Jungtouristen galten, hatten zugemacht. Das Futter war zu teuer geworden.

Jetzt spielte offenbar auch die Fauna verrückt.

»Du weißt, was es heißt, wenn die Paarungszeit zu früh anfängt?«, fragte Lutz.

»Die große Wanderung.« Ihrem Instinkt folgend und darauf programmiert, in immer denselben See zurückzukehren, um sich zu paaren und Eier zu legen, hüpften die Frösche von ihrem Winterquartier im Zickzack über Land. Ein erstaunlicher Anblick, so ähnlich wie Deutschen dabei zuzusehen, wenn sie am ersten Ferientag Richtung Autobahn streben. Aber um das Schloss zu erreichen, mussten unsere Frösche die Straße überqueren, was bei den legendären Fahrkünsten der Brandenburger ihren sicheren Tod bedeutete. Schon für Menschen war es schwierig genug.

»Die blöden Kröten denken, es ist Frühling«, sagte Lutz. »Wer weiß, wann sie ihre Wanderung beginnen – vielleicht schon beim nächsten großen Regen.«

»Und dann – PLATSCH.«

Lutz nickte grimmig.

»Wir könnten Eimer am Straßenrand aufstellen. Und wenn sie kommen, halte ich den Verkehr auf, du sammelst die Frösche mit einem Fischernetz ein, setzt sie in die Eimer, und Lena kann sie zum Teich tragen.«

»Das würde hier nicht funktionieren«, meinte Lutz. »Du würdest ebenfalls überfahren werden. Und wer weiß, wann es überhaupt so weit ist. Wir können nicht bei jedem Froschalarm die Arbeit einstellen.«

Darüber grübelten wir eine Weile und setzten uns schließlich auf eine dekorative Steinbank, die Lena für die Terrasse bestellt hatte. Der Stein war eiskalt, so dass ich mit zusammengekniffenem Hintern beobachtete, wie Lutz sich sorgfältig eine Zigarette drehte und auf das Papierchen spuckte, damit es klebte.

»Willst du auch eine?«, fragte er und spuckte noch einmal, diesmal auf den Boden.

»Äh, nein danke.« Ich hätte eine Zigarette gebrauchen können. Aber nicht eine, die mit Lutz' DNA verklebt war. »Weißt du, was ich glaube?«

»Ja«, sagte Lutz, bevor ich den Satz beenden konnte. »Du denkst, dass du zum Bürgermeister gehen und ihn bitten solltest, ein Warnschild aufzustellen, damit die Autofahrer aus Rücksicht auf die wandernden Frösche langsamer fahren.«

»Woher wusstest du das?«

»Weil selbst ein Besuch bei einem Sackgesicht wie dem Bürgermeister besser ist, als zu IKEA zu fahren.«

Und wo er recht hat, hat er recht.

Ich hatte bereits einige seltsame Berichte über den Bürgermeister gehört. Der Frisör hatte Lena erzählt, dass er den Ruf eines Frauenhelden genoss. Das galt in Brandenburg allerdings für jeden Mann, der acht Euro für einen Tankstellenblumenstrauß erübrigen konnte. Die einzige Frau, die irgendeine romantische Verwicklung mit dem Bürgermeister zugab, war Doris Bonkerz. Bevor wir aus ihrer Ferienwohnung ins Schloss gezogen waren, hatten wir sie zum Abendessen eingeladen. Lena hatte Tafelspitz gemacht, und während der Wind vor den nur unvollkommen abgedichteten Fenstern heulte, hatten wir Doris die Insidergeschichte von Alt-Globnitz entlockt. Ihr Vater war wie schon sein Vater vor ihm Apotheker gewesen, und auch wenn die Apotheke in DDR-Zeiten natürlich in Staatsbesitz war, galten sie immer als Säulen der Gesellschaft. Apotheker kannten all die unangenehmen kleinen Geheimnisse einer Stadt: welches Mädchen ohne Wissen ihrer Mutter die Pille nahm, welcher Mann regelmäßig Viagra bestellte, Schwangerschaftstests, Hämorrhoiden, Krebsverdacht. Ihnen vertraute man mehr als Ärzten. Aber Doris verfügte über noch wertvolleres Wissen. Sie war nicht nur irgendwann einmal Lutz' Freundin gewesen – etwa zu der Zeit, als Erich Honecker seine bahnbrechende Rede auf dem Parteitag der kommunistischen Partei Bulgariens gehalten hatte –, auch der Bürgermeister hatte um ihre Gunst geworben. Er war damals jünger und sportlicher als sein Konkurrent, außerdem verantwortlicher Leiter der Abteilung Agitation und Propaganda der örtlichen FDJ.

»Ich mochte ihn nicht«, erinnerte Doris sich, die trotz ihrer markanten Wangenknochen standhaft unverheiratet geblieben war, vom sowjetischen Einmarsch in Afghanistan über den Zusammenbruch des Kommunismus, die Ankunft von ALDI, den Beinahezusammenbruch des Kapitalismus bis hin zum drohenden Kollaps des Ökosystems dieses Planeten. Sie hatte schon alles gesehen, und ihr Überlebensgen war vermutlich eng daran gekoppelt, dass sie nie einen Ehering getragen hatte.

»Nicht, dass er in der FDJ war, hat mich abgestoßen«,

fügte sie rasch hinzu, »obwohl ich schon fand, dass es schreckliche Zeitverschwendung war. Außerdem hat mir Blau nie gestanden.«

Ich begann Lutz' offensichtliche Antipathie gegen den Bürgermeister zu begreifen: Die beiden waren einst Rivalen. Außerdem schien Lutz ein Freigeist gewesen zu sein, während der zukünftige Bürgermeister eher ein Konformist war.

»Der Mann schien keinerlei Kanten zu haben. Manchmal habe ich mich gefragt, ob er ein Hologramm ist.« Doris warf ratlos die Hände in die Luft. »Vielleicht braucht man das, um Politiker zu werden.«

Der Gute war auf jeden Fall schwer zu greifen. Er war zweifelsohne der mächtigste Mann in Alt-Globnitz, aber in unseren mittlerweile fast zwei Monaten hier hatten wir ihn noch nie zu Gesicht bekommen. Ich war also keineswegs überrascht, als ich mich auf eine gespenstische Odyssee durch menschenleere Rathausflure mit zahllosen verschlossenen Türen machen musste, um zu seinem Büro zu gelangen. Auf meinem Weg vorbei am Geburtenregister (das aus Kostengründen demnächst mit dem Sterberegister und der Führerscheinstelle zusammengelegt werden sollte), einem mit »Soziales und Diverses« (Grashöhe, Baumkronendichte, Garagendachbestückung) gekennzeichneten Raum und dem Büro der Frauenbeauftragten (das bis auf Weiteres geschlossen war, weil die Amtsinhaberin eine Fortbildung machte) kam ich mir vor wie ein Mitglied des Ghost-Buster-Teams. Das Büro des Bürgermeisters lag im zweiten Stock und bestand aus drei ineinander übergehenden Räumen. Das erste Vorzimmer war von einer Sekretärin besetzt. In einer einzigen fließenden Bewegung, so schien es mir, nahm sie meinen

Mantel, hängte ihn auf und schickte mich mit sparsamen Worten – Bitte warten Sie hier – in das zweite Zimmer. Selbiges war noch ein wenig dunkler als das Zimmer der Sekretärin, vermutlich wegen der Energiesparbirnen. Deren funzeliges Licht sollte die Besucher wohl davon abhalten, die Rücken der diversen Leitzordner zu entziffern, die sich entlang der Wand stapelten. Ich versuchte es trotzdem und erkannte rasch, dass sie eine Geschichte geradezu manischer Neuerfindung dokumentierten, die Chronik der Bemühungen einer ostdeutschen Stadt, sich dem Rest der Welt attraktiv zu präsentieren. »Batteriebetriebene Tricycles«, stand auf einem Ordner, »Friedhof für Zirkustiere« auf einem anderen. Am vielversprechendsten, weil auf der Höhe des Zeitgeists, vielleicht: »Methangasgewinnung bei Kühen: Alt-Globnitz als Speicherzentrum.«

»Was ist denn das?«, fragte ich die Sekretärin, als sie ihr meditatives Schweigen brach, um mir eine Tasse Tee anzubieten. »Spannung unter Sternen?«

Sie bedachte mich – beunruhigend bei einer so jungen Frau, die beim Mauerfall höchstens ein Teenager gewesen sein konnte – mit einem bauernjungenhaften Grinsen, das mich sofort an einen ehemaligen amerikanischen Präsidenten erinnerte.

»Wir haben am Abend von Halloween Krimiautoren aus ganz Brandenburg zu einer Lesung auf dem Friedhof eingeladen. Der Bürgermeister dachte, es wäre eine gute Idee, Alt-Globnitz als die unheimlichste Stadt östlich der Elbe zu vermarkten.«

»Und hat es funktioniert?« Der Plan schien mir nicht dumm: Wenn man nicht die Schönste oder Schlauste sein konnte, warum nicht die Unheimlichste?

Die Sekretärin lächelte noch einmal, und ihre Gesichtszüge verrutschten erneut Bush-mäßig nach unten.

»Nicht wirklich. Die Batterie der elektrischen Fackel hat schlappgemacht, so dass der Autor seine Lesung abbrechen musste. Er verlor die Beherrschung und trat gegen ein Steinkreuz. Ein Lokalreporter, der ihn interviewen wollte, ist in ein offenes Grab gefallen und hat sich ein Bein gebrochen. Am Ende hatten wir drei Absätze in der BILD-Zeitung.«

»Das ist doch nicht übel«, sagte ich. »Es gibt Tage, an denen die gesamte deutsche Politik auch nicht mehr bekommt.«

»Aber in dem Artikel wurde die Stadt Alt-Horrorwitz genannt, der Bürgermeister zehn Jahre älter gemacht, als er ist, und dazu noch als Ossi-Schreckenmeister bezeichnet. Seither ist er ein wenig nervös im Umgang mit den Medien.«

In ihrem Büro klingelte das Telefon. Es war der Bürgermeister selbst, der bitten ließ. Warum er nicht einfach die Tür aufmachen und hallo sagen konnte, blieb mir verborgen. Er erhob sich auch nicht von seinem Stuhl, als ich eintrat. Ich sah, dass er mit einem Kreuzworträtsel beschäftigt gewesen war. Nanometer. Urahn, Dayton. Sibirischer Fluss mit vier Buchstaben. Auf einem Block hatte er mögliche Lösungen notiert: LARA, TARA, RULA, TUSA.

»Verzeihen Sie die Störung«, sagte ich. Das Licht war heller als in den beiden Vorzimmern. Mir fiel sein Trick wieder ein, in seinem Büro die ganze Nacht das Licht brennen zu lassen, um den Eindruck zu vermitteln, dass er rund um die Uhr an seinem Schreibtisch an der Lösung der Probleme von Alt-Globnitz arbeitete.

»Keine Ursache«, sagte er, wies auf einen Stuhl und

blickte auf seine große Armbanduhr von der Sorte, wie sie U-Boot-Kapitäne tragen. Der Raum war karg dekoriert – an der Wand hingen die Brandenburger Flagge mit dem roten, magersüchtigen Adler, ein Kalender, offensichtlich das Geschenk einer Autoreparaturwerkstatt, sowie das Wappen von Alt-Globnitz: Fisch, Pferd und Krone. Ein ermüdeter Kurfürst war in der Gegend auf der Jagd gewesen, sein Pferd hatte gelahmt, und der Kurfürst musste im Ort übernachten. Man servierte ihm eine frisch in der Oder gefangene Forelle, worauf er sich an einer Gräte verschluckte. Eine stämmige Hausfrau aus Alt-Globnitz war die Einzige, die sich traute, dem Edelmann so kräftig auf den Rücken zu klopfen, dass die Gräte sich löste, womit sie dem Kurfürsten das Leben rettete. Zum Dank wurden Alt-Globnitz die Stadtrechte verliehen, Fisch jedoch per kurfürstlichen Erlass von der Speisekarte verbannt. Die lebensrettende Hausfrau erhielt eine Goldmünze und verließ wenig später ihren Mann und die Gegend, um ihr Glück anderswo zu suchen.

»Eine schöne Legende«, erklärte ich dem Bürgermeister und wies auf das Wappen.

»Und sie hält auch eine Lehre für uns bereit«, sagte er. Mir fiel auf, dass der Schreibtisch neben seinen Kreuzworträtsel-Utensilien mit Nasensprays, Vitaminen und antiseptischen Tüchern bedeckt war. »Erstens gibt es bei uns eine Tradition, selbst anzupacken und nicht darauf zu warten, dass uns jemand von außerhalb zu Hilfe kommt. Wir stehen mit beiden Beinen fest auf dem Boden wie jene berühmte Hausfrau. Zweitens werden die Probleme noch größer, wenn wir zulassen, dass unsere Frauen ihr Glück im Westen suchen.«

Die Sekretärin brachte unaufgefordert eine weitere

Tasse Tee. Ein Glas Wasser, mit dem der Bürgermeister eine Tablette schluckte, stand schon bereit.

»Und jetzt«, fuhr er fort, »sind Sie nach Alt-Globnitz gekommen, um zu verkünden, dass uns die Briten retten werden.«

Ich meinte, eine Spur von Zynismus in seiner Stimme zu hören. »Offen gestanden komme ich wegen meiner Frösche.«

»Wegen *Ihrer* Frösche?«

»Wegen *der* Frösche. Sie werden in Kürze über die Hauptstraße zum Schloss wandern.«

Der Bürgermeister wirkte nicht übermäßig interessiert an Fröschen.

»Vielleicht sollten Sie mir zunächst mal erläutern, was Sie mit Ihrem Schloss vorhaben. Ich habe gehört, Sie wollen es in ein Gasthaus umwandeln.«

»Nicht ganz – in eine Bed & Breakfast-Pension.«

Der Bürgermeister sah mich leeren Blickes an und zog einen Packen Papiere unter seinem Kreuzworträtsel hervor.

»Ich werde Ihnen erklären, was genau von Ihnen verlangt wird, wenn Sie das Schloss in ein Gasthaus umwandeln wollen.«

»Eine Bed & Breakfast-Pension.«

»Sie brauchen erstens ein polizeiliches Führungszeugnis«, fuhr er fort.

»Was bitte?«

»Das ist zwingend vorgeschrieben, wenn Sie Alkohol ausschenken wollen.« Und damit begann der Bürgermeister die zahllosen Dokumente aufzulisten, die wir vorlegen mussten. »Eine steuerliche Unbedenklichkeitsbescheinigung ist absolut unverzichtbar«, erklärte er.

»Unbedenklich?« Ich dachte an die vielen Abenteuer,

die Harry und ich erlebt hatten, um steuerlich unbedenklich zu werden.

»Außerdem muss ich den Grundriss einsehen«, fuhr der Bürgermeister fort, »um mich davon zu überzeugen, dass sie nicht ein historisches Bauwerk zerstören.«

»Unser Plan sieht eigentlich vor, das historische Bauwerk vor dem Einsturz zu bewahren.«

»Es gibt Pläne und es gibt Pläne«, sagte der Bürgermeister kryptisch. »Und eine Gewerbeanmeldung brauche ich natürlich auch.«

»Natürlich.«

»Ihr Personal …«

»Welches Personal?«, fragte ich.

»Ihr Personal muss einen Hygienekurs belegen. Belehrung gemäß Paragraph 43, Absatz 1, Nr. 1, Infektionsschutzgesetz«, las der Bürgermeister von seiner Liste ab, die ähnlich lang schien wie eine isländische Sage. »Jeder, der in der Küche arbeitet oder mit Essen in Berührung kommt, muss natürlich eine Bescheinigung vom Gesundheitsamt vorlegen.«

»Das Konzept eines Bed & Breakfast ist eher familiär«, erklärte ich. »Leute kommen, um dort zu wohnen. Ganz entspannt.«

Der Bürgermeister verzog das Gesicht. »Diese Bestimmungen werden nicht ohne Grund gemacht: Es liegt in meiner Verantwortung, dafür zu sorgen, dass Ausländer kein Chaos und keine Krankheiten in dieses Land bringen.« Er begann aus dem Regelwerk vorzulesen, mehr für sich als für mich, morbide fasziniert vor allem vom Infektionsschutzgesetz. »Stuhlproben … Salmonellen … Shigellen … enterohämorrhagische Escherichia-Kolibakterien … Choleravibrionen …«

»Ebolafieber«, warf ich ein. »Anthrax.«

»Typhus«, fuhr der Bürgermeister schonungslos fort. »Hepatitis A.«

Er unterbrach sich, um sich mit einem antiseptischen Tuch die Hände abzuwischen.

»Küchen sind äußerst gefährliche Orte«, sagte ich.

»Äußerst«, sagte der Bürgermeister, meine Bemerkung für bare Münze nehmend. »Man kann gar nicht vorsichtig genug sein. Bei einem Ess- oder Trinkraum ab fünfzig Quadratmeter muss mindestens eine Toilette behindertengerecht sein. Das heißt ...« Er studierte das Kleingedruckte. »... mindestens acht Quadratmeter groß. Dann wäre da noch eine Personaltoilette. Keine Hunde im Küchenbereich ...« Der Bürgermeister machte eine Pause und schob seine Brille hoch. Offenbar waren ihm Mac sowie dessen Angewohnheit bekannt, im Haus nach Nahrung zu jagen.

»Soll ich weiterlesen?«

»Nein danke, nicht nötig«, sagte ich. »Ich bin trotzdem überzeugt, Sie werden bald feststellen, dass ich das verfassungsmäßige Recht habe, Menschen auf meinen Besitz einzuladen und sie zu bewirten.«

»Aber wenn Sie mit diesem Unternehmen Gewinn erzielen wollen, müssen Sie sich an die Gesetze halten«, sagte der Bürgermeister. »Und ich mache Sie darauf aufmerksam, dass etliche der zuständigen Kontrollbehörden in diesem Rathaus angesiedelt sind. In meinem Rathaus.«

Unvermittelt hatte der Bürgermeister seine Karten auf den Tisch gelegt. Er ließ durchblicken, dass er unser Schloss-Projekt problemlos torpedieren konnte. Es würde Monate dauern, von seinen Beamten die diversen Bescheinigungen zu bekommen. Was wollte er? Schmiergeld?

»Hören Sie«, sagte ich, »ich möchte nur ein wenig Leben nach Alt-Globnitz bringen. Internationales Interesse wecken. Geld in die Gemeinde holen.«

»Sie glauben, hier gäbe es kein Leben?«

Ich dachte an den Friedhof neben dem Schloss, an seine Unterteilung in die Gräber von Verstorbenen mit Westverwandtschaft – im Laufe der Jahre für D-Mark und Westpakete ordentlich bepflanzt, gegossen und gepflegt – und die vernachlässigten, moosbewachsenen Grabsteine und Kreuze Verblichener ohne Verwandte im westlichen Ausland. Ich dachte an den schrumpfenden Kindergarten der Stadt und die Tatsache, dass Doris Bonkerz' Verkaufsschlager orthopädische Strümpfe, Gebissreiniger und Rollatoren waren. »Nun. Sie haben ein Teichleben«, sagte ich. »Ein großartiges Teichleben.«

Der Bürgermeister stand zum ersten Mal auf. Er war recht klein mit dünnen Beinen, aber sein Körper war muskulös, und die Venen in seinem Nacken standen hervor wie ein gutes rohes Steak. Sollte ich je in eine tätliche Auseinandersetzung mit ihm geraten, müsste ich ihm gegen die Knie treten und dann schleunigst das Weite suchen, ehe er mich mit seinen Würgerhänden erwischt, dachte ich. Was nicht meinem üblichen Denkmuster entspricht, aber der Mann strahlte eine latente Aggressivität aus, einen ungesunden Testosteron-Überschuss. »Ich habe einen Vorschlag«, sagte er. »Sie müssen das Dach neu machen, richtig?«

Ich nickte.

»Sie brauchen einen Monat lang einen Trupp von Arbeitern. Holen Sie sie nicht aus Polen. Nehmen Sie Leute aus Alt-Globnitz. Es gibt hier genug arbeitslose Jugendliche. Es wird Sie ein bisschen mehr kosten, aber es wäre ein Beleg für Ihre Bereitschaft, etwas zur Ortsgemeinschaft beizutragen.«

Er trippelte wieder zu seinem Schreibtisch und schrieb etwas auf ein Stück Papier. »Das ist Uwe. Ihn können Sie als Vorarbeiter nehmen.«

»Ich denke, wem ich die Verantwortung übertrage, ist meine Sache«, sagte ich und dachte: Lutz flippt aus, wenn ich ihm jemand vor die Nase setze. Die Idee, die Renovierung des Schlosses durch einen unerwarteten Zustrom von Arbeitskräften zu beschleunigen, war allerdings nicht zu verachten.

»Sie können Uwe vertrauen. Er ist mein Schwager.«

Endlich begriff ich, worauf das Gespräch hinauslief. Der Penny war gefallen, wie wir in England sagen. Wenn ich bereit war, ihm zu helfen, würde er mir das Leben nicht mit Paragraphenreiterei schwermachen.

»Nun, wenn das so ist, freue ich mich darauf, Uwe und seine munteren Mitstreiter kennenzulernen«, sagte ich fröhlicher, als mir zumute war. »Und was ist mit den Fröschen?«

»Kümmern Sie sich erst einmal um die menschlichen Bewohner von Alt-Globnitz, dann können wir über das Leben seiner Frösche reden.«

»Gut«, sagte ich. »Klingt wie ein Deal!« Ich wollte seine Hand schütteln, doch er zog sie so hastig zurück, als hätte ich einem heimlichen Vampir Knoblauch angeboten. Meine Hand schwebte ein paar Sekunden lang verlegen in der Luft, ehe ich begriff, dass die Audienz beendet war. Beim Gehen sah ich, wie der Bürgermeister sich wieder die Hände abwischte, um sämtliche Keime zu töten.

Kapitel 7

Es gab eine gute und eine schlechte Nachricht. Die gute Nachricht war, dass ich meinen Briefkrieg mit dem britischen Botschafter in Berlin für mich entscheiden konnte. Es hatte durchaus harmlos begonnen. Ich hatte dem Botschafter erklärt, dass es sich bei dem Schloss um ein einzigartiges kulturelles Experiment in Brandenburg handelte: Wir versuchten die Grenzen der zivilisierten Welt auszudehnen und britische Lebensart zu den Barbaren zu bringen. Das musste doch gewiss ein paar Euro wert sein?

»Herzlichen Dank für Ihren Brief«, lautete die knappe Antwort. »Wir wünschen Ihnen und Ihrem Projekt alles Gute.« Unterzeichnet vom Sekretär des Botschafters. Aber ich gab nicht auf.

Hier ein Ausschnitt aus unserem Schlagabtausch:

Schloss Alt-Globnitz, den …

Sehr geehrter Herr Botschafter,

ohne anmaßend erscheinen zu wollen, hatte ich doch auf eine enthusiastischere Reaktion gehofft. Wir planen nicht weniger als die vollständige Umwandlung eines zugegeben kleinen Teils von Brandenburg in ein Schaufenster britischer Kultur. Wir hoffen, ein breiteres Bewusstsein dafür zu wecken, dass Theodor Fontane sein Handwerk in England gelernt hat. Seit Königin Victoria einen ihrer Gesandten hierherschickte, um nach geeigneten preußischen Ehepartnern für ihre Kinder zu suchen, hat kein Engländer mehr einen Fuß in dieses Gebiet gesetzt. Wir leisten Pionierarbeit und sind auf finanzielle Unterstützung angewiesen …

Seine Exzellenz, der britische Botschafter, Berlin

Sehr geehrter Herr,

vielen Dank für Ihren Hinweis. Großbritannien hat stets ein reges Interesse an Queen Victoria gezeigt und sogar einen Bahnhof in London nach ihr benannt, wie Ihnen bekannt sein dürfte. Wir finden es jedoch problematisch, dass Sie allem Anschein nach Unterkünfte für britische Fußballfans zur Verfügung stellen wollen – dieser Fontane ist vermutlich eines ihrer gewaltbereiten Idole –, und wollen natürlich nichts mit einem derartigen Projekt zu tun haben …

Schloss Alt-Globnitz

Sehr geehrter Herr Botschafter,

vielen Dank für Ihre freundlichen Worte. Wir verstehen natürlich, dass Großbritannien zurzeit knapp bei Kasse ist. Und wir richten auch kein Hotel für britische Fußballfans ein. Wenn überhaupt, wollen wir Sportarten wie Krocket oder Highland Dancing in der Region einführen.

P. S.: Fontane war ein deutscher Dichter. Vielleicht bitten Sie Ihren Sekretär, ihn für Sie zu googeln.

Seine Exzellenz, der britische Botschafter, Berlin

Sehr geehrter Herr,

vielen Dank für Ihren Brief. Wir werden diesen Fontane unbedingt im Auge behalten. Bitte akzeptieren Sie als Geschenk das interessante neue Buch »Queen Victoria and the English Garden«, das Sie hoffentlich inspirieren wird …

»Was soll ich machen?«, fragte ich Simon nach vier bis sechs weiteren Briefen am Telefon. »Der Mann ist dumm wie Brot. Wo kriegt das Außenministerium solche Leute her? Von einer Farm für Beamten-Inzucht?«

»Er ist der Cousin meiner Frau, um genau zu sein«, sagte Simon.

»Ah«, sagte ich. »Nun, er hat sehr schickes Briefpapier.«

Es entstand ein kurzes Schweigen, in dem Simon vermutlich über meine nächsten Schritte nachdachte.

»Pass auf«, sagte er. »Warum schreibst du nicht eine E-Mail an den Premierminister. Wir waren zusammen in der Schule. Vielleicht hilft das.«

Schloss Alt-Globnitz

Sehr geehrter Herr Premierminister,

ich schreibe Ihnen als ein großer Bewunderer des Cameron-Clans. Seit die Camerons 1745 in der Schlacht von Prestonpans gegen das Haus Hannover gekämpft haben, bin ich ein treuer Fan. Es bedurfte der Camerons, um Hannover (einem überaus langweiligen Ort) die Stirn zu bieten! Simon McGregor empfahl mir, mich an Sie zu wenden. Ihnen ist sicherlich bekannt, dass die Franzosen zurzeit versuchen, ihren Einfluss in Ostdeutschland auszudehnen, um Charles de Gaulles Vision eines französisch geführten Europas vom Atlantik bis zum Ural zu verwirklichen. Unter der vorherigen Regierung haben wir unseren historischen Kampf gegen Ausländer aufgegeben – mit leider deutlich sichtbaren Folgen: Überall in Ostdeutschland kann man Baguettes und Croissants kaufen. Deutsche fahren deutlich mehr Renaults und Peugeots als Range Rover. Ich denke, es ist an der Zeit, Flagge zu zeigen.

Ich leiste meinen eigenen kleinen Beitrag, indem ich in Brandenburg einen als Bed & Breakfast-Pension getarnten Außenposten britischer Kultur eröffne, und das ist lediglich der Anfang. Ich bin zuversichtlich, dass Großbritannien damit wieder zu einem wichtigen Player in Europa werden könnte. Bedauerlicherweise hat der Botschafter in Berlin die geopolitische Dimension unseres Projektes nicht begriffen. Darf ich auf Ihre Unterstützung hoffen?

10, Downing Street, London WI

Der Premierminister hat mich gebeten, Ihnen seinen Dank für Ihre E-Mail zu übermitteln. Wir sind in der Tat der Ansicht, dass in Ostdeutschland wichtige Arbeit zu leisten ist. Der Premierminister wird dem britischen Botschafter in Berlin seine Besorgnis über den wachsenden französischen Einfluss in Brandenburg mitteilen.

Unterzeichnet: Peter Blotto, Special Adviser

Der Botschafter hüllte sich nun jedoch in Schweigen. Da half nur Druck. Also schrieb ich wieder an den Premier: »Ich fürchte, der Botschafter begreift die Dringlichkeit unseres Projektes nach wie vor nicht. Ostdeutsche Bauern liefern seit geraumer Zeit Tonnen von Schnecken an französische Restaurants in Frankreich, womit die Zusammenarbeit zwischen Frankreich und Brandenburg weiter intensiviert wurde. Wir haben wirklich keine Zeit zu verlieren.«

Der Erfolg ließ nicht lange auf sich warten. Ich erhielt ein Schreiben des Finanzsekretärs, dass »für besondere Initiativen im Osten doch noch Sondermittel im laufenden Haushalt zur Verfügung stehen«. Umgehend schickte ich ihm die erbetene Liste der dringlichsten Investitionen:

Dachreparatur	3000 Euro
Kanalisation	1800 Euro
Stützung der 1. Etage	800 Euro
Neuer Heizkessel und Klempnerarbeiten	2300 Euro

Mobiliar	900 Euro
Trockenlegung des Froschteiches	400 Euro

Die Verhandlungen über die Subventionshöhe gestaltete sich dann wieder so zäh wie mein erster Briefwechsel mit dem Herrn Botschafter, doch schließlich trudelte ein Scheck über 4800 Euro bei uns ein, natürlich nicht ohne Begleitschreiben, damit wir gleich wussten, wo der Hammer hängt: »Selbstverständlich verlangen wir Garantien dafür, dass Sie eine anerkannte Kulturinstitution sind. Ein Sondergesandter der Botschaft wird überprüfen, ob Ihre Einrichtung den hohen Maßstäben der britischen Regierung entspricht. Der Botschafter hat mich außerdem gebeten, Ihnen ein Exemplar des Fotobandes ›Die 50 interessantesten Friedhöfe Großbritanniens‹ zu übersenden …«

Das war also die gute Nachricht: 4800 Euro plus ein Buch, das vielleicht meine Schlaflosigkeit heilen konnte. Die schlechte Nachricht war, dass es nun keinen Vorwand mehr gab, die Fahrt zu IKEA aufzuschieben.

Lutz und ich planten unsere Fahrt zu IKEA mit militärischer Präzision. Nichts blieb dem Zufall überlassen. Erstens würden wir – natürlich! – das Wochenende meiden. Der frühe Montagmorgen war unseren Schlussfolgerungen nach der günstigste Augenblick, den Treck durch die tiefen Schluchten des Möbelhauses anzutreten. Anfang der Woche findet man die meisten Deutschen in den Wartezimmern von Ärzten, wo sie darauf hoffen, ihr Wochenende zu verlängern, oder in Bankfilialen, wo sie sich darüber beschweren, dass ihre Kreditkarten unerklärlicherweise am Freitagnachmittag gesperrt wurden, wodurch sie am Wochenende gezwungen waren, zu betteln, zu stehlen oder sich Geld zu leihen und ihren Hamster zu verspeisen. Wenn es also einen guten Zeitpunkt gab, einen Parkplatz direkt vor IKEA zu ergattern, war es der Montag, wenn das Land abgelenkt war. Zweitens hatten wir eine detaillierte Einkaufsliste: sechs Doppelbetten, zwölf Nachttische, zwölf Nachttischlampen, sechs Paar Vorhänge, sechs Kleiderschränke. Es war eine große Bestellung, Lutz würde mehrere Fahrten mit unserem geliehenen Transporter machen müssen. Es würde schmerzhaft werden, doch wie bei einem lange aufgeschobenen Zahnarztbesuch konnte man diese Aufgabe nur in einer Weise angehen: schnell und mit äußerster Konzentration. Wir würden keine Zeit in der Abteilung für Plastikpflanzen, Bilderrahmen und Spiegel vertändeln. Nein, Lutz und ich waren entschlossen, unsere Mission in 130 Minuten zu vollenden.

Nach nur zwei Runden um das Möbelhaus und – anders als bei Wochenendausflügen zu IKEA – ohne irgendjemanden zu verstümmeln, fanden wir einen Parkplatz und waren sogar so früh, dass wir noch frühstücken konnten.

»Normalerweise würde ich ja die Kötbullar essen«, erklärte Lutz der Frau an der Kasse, »aber davon kriege ich immer Blähungen. Morgens sollte man nie Kötbullar essen.«

»Danke«, sagte die Kassiererin in einem überfreundlichen Ton. »Ich werde versuchen, mir das zu merken.«

Nach unserer Zwanzig-Minuten-Mahlzeit – länger geht auf den Stühlen auch nicht – schnappte ich mir ein Maßband und einen kostenlosen blau-gelben Bleistift, um die Namen der ins Auge gefassten Möbel zu notieren. Lutz sollte die Betten und Matratzen besorgen, ich alles andere.

Wir passierten die Kinderbetreuung, wo man den kleinen Björn und die kleine Astrid zurücklassen konnte, damit sie in blau-gelben Plastikbällen erstickten, und erreichten die Büromöbelabteilung. Dort legte ich eine kurze Pause ein, um zu testen, ob ich auf einem Stuhl mit Rollen vielleicht schneller vorankommen würde. Ich sah, wie Lutz ruhig, aber entschlossen weitermarschierte und unterwegs Paare im Partnerlook zur Seite schubste. Wir hatten unterschätzt, wie viele glücklich Verheiratete mit identischen Pullovern und vor allem Schwangere sich montags bei IKEA versammelten wie Zootiere zur Fütterungszeit. Und man konnte verstehen, warum: Der Laden präsentierte ihnen eine alternative Birkenholz-Zukunft. Sobald man die Heimmöbelabteilung betrat, war es unmöglich, sich nicht in kleinen Modellwohnzimmerchen mit nach schwedischen Dörfern benannten Sofabetten und nach schwedischen Frauen benannten Gardinen zu verlieren, so dass man sich bald vorkam wie in einer heiteren Version eines Ingmar-Bergman-Films – nur ohne die Untertitel. Das Ganze hatte natürlich System, und ich war stolz darauf, es ziemlich schnell begriffen zu haben. Esstische und Stühle wurden nach finnischen Orten benannt (jede Menge Umlaute), Betten und Kleiderschränke, Lutz' Verantwortlichkeit, überwiegend nach norwegischen Städten, Badezimmeraccessoires nach Seen und Flüssen. Jerker – im Englischen eine ziemlich rüde Bezeichnung für einen wenig sympathischen Typen – war ein schwedischer Männervorname und ergo ein Schreibtisch.

Kinderspiel. Wir stürmten durch die Esszimmerabteilung und weiter, vorbei an Rauchglastischen, unbequemen Stahlrohrstühlen und Billy-Regalen, in denen sich *Harry Potter*-Bände auf Schwedisch reihten, bis Lutz plötzlich abrupt stehen blieb.

»Siehst du das?«, fragte er und zeigte auf ein Bett. »Gutvik.«

»Und?«

»Sprich es laut aus.«

»Gut-vik. Mein Gott, IKEA kümmert sich wirklich um alles.«

Lutz war inspiriert. »Wie viel kostet ein Gut-Fick?«, fragte er eine junge Frau in einer vorteilhaften gelben IKEA-Bluse.

»Es wird Goedwiek ausgesprochen«, erklärte die Frau in einem Ton, in dem die Kälte der skandinavischen Arktis mitschwang. »Es ist der Name eines reizenden schwedischen Dorfes.« Offenbar nicht das erste Mal, dass sie dieser kleinen linguistischen Verwechslung begegnete.

Ich nutzte den Moment, um mich von Lutz zu trennen, und schob meinen Einkaufswagen so schnell ich konnte in Richtung Möbellager. Unsere Operation IKEA dauerte jetzt bereits 70 Minuten, und getrieben von irgendeinem atavistischen männlichen Impuls wollte ich vor Lutz an der Kasse sein. Gleichwohl lag offenbar noch genug Östrogen in der Luft, um mich auf meinem Sprint durch die Abteilungen für Bad, Teppiche und Bodenbeläge zu einigen überflüssigen Einkäufen zu verleiten – ich erstand eine modische Waage, scharf aussehende Messer und natürlich Duftkerzen.

Beim Betreten des Untergeschosses, dem Selbstbedienungsmöbellager, kam man sich vor wie ein Statist in einem Fritz-Lang-Film. Schwindelerregend hoch aufragende Wände aus zerlegten Möbeln schienen stetig näher zu rücken, als wollten sie alles Tageslicht auslöschen und die kleinen menschlichen Kötbullar-Esser erdrücken. Vielleicht hatte IKEA irgendetwas mit einer kühlen lutherischen Erlösungslegende zu tun. Im ersten Stock wurde einem ein helles, fröhliches Leben dargeboten, hier unten war das sündige Versprechen in recyclebare braune Pappkartons verpackt, und man sollte leiden: den eigenen Traum im Schweiße seines Angesichtes nach Hause schleppen und nach einer nur in Sanskrit verfügbaren Bedienungsanleitung wieder zusammensetzen.

Oberstes Ziel war, das richtige -vik zu finden, entschied ich. Es gab Dutzende davon, zudem waren die Abbildungen auf den Kartons kaum zu unterscheiden, aber Lena hatte ausdrücklich auf Leksvik bestanden, einer IKEA-Linie im pseudoantiken Design. Vielleicht dachte sie, die Engländer würden den Unterschied ohnehin nicht bemerken. Vielleicht hatte sie recht.

Während ich meinen Wagen durch die Gänge schob, stellte ich mir vor, ich wäre beim Wildwasser-Rafting in einer Schlucht, und versunken in meiner Phantasie gelang es mir sogar beinahe, das George-Orwell-inspirierte Vogelgezwitscher auszublenden, mit dem das Lager beschallt wurde. Plötzlich fiel mein Blick auf die allem Anschein nach letzte Leksvik-Kommode, die teilweise von einer pummeligen Frau verdeckt wurde, die gebückt versuchte, einen erkennbar schweren Standspiegel aus einem Stapel neben den Leksvik-Möbeln zu ziehen.

»Kann ich Ihnen helfen?«, fragte ich, da sie offensichtlich Unterstützung brauchte. Mit einer Gesichtsfarbe wie nach einem ausgiebigen Saunagang stand sie japsend und ächzend vor mir.

»Vielen Dank«, keuchte sie, und am Rande des Leistenbruchs hievten wir den Spiegel gemeinsam auf ihren Wagen. »Vorsichtig«, ermahnte sie mich. »Nichts zerbrechen.«

»Jederzeit gerne«, sagte ich hinterher, ohne es zu meinen, und strebte auf die letzte Leksvik-Kommode zu.

»Oh«, sagte die Frau. »Das ist meine.«

»Nein«, sagte ich. »Sie liegt im Regal.«

»Aber ich habe sie reserviert. Ich wollte nur eben den Spiegel holen und dann die Kommode nehmen.«

»Wir sind hier nicht an der Costa del Sol«, sagte ich. »Hier können Sie nichts reservieren. Wenn ich Ihnen nicht mit dem Spiegel geholfen hätte, würden Sie sich immer noch damit abmühen.«

Mitten hinein in die Grundsatzdiskussion klingelte mein Handy.

»Ich hoffe, ich störe nicht«, sagte Lena. Sie klang nervös.

»Nein«, krächzte ich. »Ich hab alles im Griff.«

»Gut. Ich nämlich nicht. Komm, so schnell du kannst, zurück zum Haus.«

O Gott, dachte ich, brennt Schloss Alt-Globnitz gerade ab? Hat Lena sich ein Bein gebrochen? Haben die Frösche zur Attacke geblasen, weil wir ihre angestammte Heimat besiedeln?

»Was ist los?«

»Komm einfach.«

Das Telefonat konnte nicht viel länger als eine Minute gedauert haben, aber als ich mich umdrehte, war die falsche Cindy aus Marzahn verschwunden – und die Leksvik mit ihr. Wie konnte das sein?

Ein kurzer Blick in die Gegenrichtung löste das Rätsel: Ein Mann, größer und breiter als der breiteste IKEA-Schrank, hievte unsere Kommode gerade in das Auto der Dame. Anschließend stieg er selber auf den Fahrersitz.

Ich lotste Lutz per Handy zum Ausgang, und nachdem wir alles im Wagen verstaut hatten, rasten wir mit gelegentlicher Tempoüberschreitung zurück zum Schloss. Auch wenn wir nicht sicher sein konnten, ob die Angelegenheit wirklich dringend war. Weibliche Wesen neigen ja zu Übertreibungen, wie wir alle wissen – Stichwort *Apocalypse Frau.*

Aber in diesem Fall war die Aufregung keineswegs grundlos. Als Lutz und ich das Schloss erreichten, stellten wir fest, dass sämtliche Arbeiten zum Erliegen gekommen waren. Dabei war die Renovierung des Schlosses seit meiner Begegnung mit dem Bürgermeister geradezu vorangeprescht. Wie versprochen, war sein Schwager Uwe mit vier Mitgliedern von Horsts Tai-Chi-Kurs aufgetaucht. Uwe war ein wenig älter, etwa Anfang dreißig, hatte leicht schütteres Haar auf einem sich zur Stirn hin verjüngenden Kopf und einen untersetzten Körper – einer dieser Jungen, die von der Jugend gleich ins mittlere Alter übergehen, ohne richtig erwachsen geworden zu sein. Doch er verfügte über eine natürliche Autorität, und die Jungen hingen mit einer Ernsthaftigkeit an seinen Lippen, die sie in einem Gespräch mit ihren Eltern nie an den Tag legen würden. Uwe hatte mir und Lena seine Mitarbeiter kurz vorgestellt und dann unverzüglich Aufgaben verteilt: Die Treppe musste gestützt und ausgelegt werden, damit man Zementeimer in den ersten Stock schleppen konnte. Zwei Mann des Teams – Uwe und ein Zwanzigjähriger namens Toni, der frisch von der Bundeswehr kam – würden das Dach flicken und mit der Isolierung beginnen. Außerdem sollten sechs der Zimmer im ersten Stock gestrichen werden.

Aber jetzt weigerte Uwe sich, seine Arbeiter aufs Dach zu führen – weil es auf dem Speicher Ratten gab. Dabei musste gerade das Loch im Dach schnell geflickt werden, weil wir vorher keine Gäste aufnehmen konnten.

»Er kann doch erst das Dach fertigmachen, und hinterher töten wir die Ratten«, sagte ich.

»Nein, das kann er nicht«, widersprach Lena. »Offenbar gibt es Bestimmungen, die besagen, dass wir einen Kammerjäger bestellen müssen, der Fallen aufstellt oder Gift auslegt, und danach müssen sich alle Arbeiter zwei Wochen lang fernhalten.«

»Zwei Wochen! Das dürfen wir nicht zulassen!«

»Ich habe dir ja gesagt, dass wir es mit einer Krise zu tun haben«, meinte Lena. »Ich denke, wir sollten eine humane Rattenfalle besorgen und sie selber beseitigen.«

»Human? Was ist verkehrt an einem Stück Käse und einer scharfen Metallfalle?« Manchmal verdächtigte ich Lena, ein verdecktes Mitglied von Greenpeace zu sein.

»Kein Blut. Du weißt, dass ich kein Blut sehen kann.«

»Dann besorgen wir eben einen Käfig, in den wir den Käse legen. Die Tür geht zu, wenn die Ratte ihn betritt. Und was dann?«

»Dann nimmst du den Käfig und wirfst die Ratten in den Teich«, sagte Lena.

»Um sie human zu ertränken? In meinem Froschteich?« Bei näherem Hinsehen steckte doch nicht so viel Greenpeace in Lena.

»Na, ich weiß ja auch nicht. Dann müssen wir die Viecher halt irgendwo freilassen. Nicht in Alt-Globnitz natürlich.«

Mir war klar, dass dieser Job in Wirklichkeit längst

allein mir zugeteilt worden war, und sah mich schon Nachmittage lang mit Käfigen voller Ratten durch Brandenburgs Landschaft fahren, auf der Suche nach reizvollen Aussetzungsorten.

»Klingt so, als sollte ich mich mal in Ruhe mit Uwe unterhalten«, sagte ich und ging in den Garten. In einer Ecke mit einer Eisenwanne voller Regenwasser versammelten sich die Arbeiter in ihren Pausen. Die steinerne Kirchenmauer schützte sie vor dem Wind, und sie hatten sich ein paar Plastikstühle und einen Picknicktisch organisiert. Montags brachten sie Butterbrote von ihren Müttern mit, die sie mit Kaffee oder Bier hinunterspülten. Mittwochmittags holten sie Sandkuchen bei Lutz' Frau und feierten »Bergfest«, die Hälfte und den Gipfel der Arbeitswoche. Danach ging's bergab bis zum Wochenende.

»Tut mir leid, wenn ich störe«, sagte ich, als ich näher kam. Ich wusste nie, welchen Ton ich anschlagen sollte. Wie der schottische Baron, der sich an seine treuen Gefolgsleute wendet? Der zaristische Aufseher, der zu seinen Leibeigenen spricht? Der Baumwollplantagenbesitzer aus Atlanta? Der freundliche Gesamtschullehrer, der auf dem Pausenhof mit seinen Schülern plaudert? Oder wie ein Kollege, der bloß zufällig den Lohn ausbezahlt, Erster unter Gleichen? Ich merkte, dass auch die Arbeiter verlegen waren. Als ich auf sie zukam, schnippten sie ihre Zigaretten weg.

»Uwe, ich habe gehört, Sie haben Angst vor Mäusen«, begann ich. Zwei der Arbeiter kicherten. Uwe sah mich wütend an.

»Es waren Ratten, Dachratten«, zischte er förmlich. »Dünn und schwarz. Keine Maus auf der ganzen Welt sieht so aus.«

»Und Sie glauben, dass wir nicht in der Lage sind, sie einzufangen?«

»Sie bauen ihr Nest, bald wird es überall von den Viechern wimmeln. Sie müssen ausgerottet werden. Und solange das passiert, können wir da oben nicht arbeiten. So sind die Vorschriften.« Uwe sprach so selbstsicher, als hätte er das entsprechende Gesetz auswendig gelernt. »Da können Sie den Kammerjäger fragen.«

Und der arbeitete natürlich im Rathaus.

»Hören Sie, ich bezahle Sie dafür, dass Sie arbeiten. In der letzten Woche sind Sie oben wirklich gut vorangekommen. Und diese Ratten oder Mäuse oder Hamster, oder was immer sie sein mögen, waren auch die ganze Woche schon auf dem Speicher, ohne dass jemand sie bemerkt hätte oder zu Schaden gekommen wäre. Warum ignorieren wir die kleinen Tierchen nicht noch ein paar Wochen länger?«

Uwe schüttelte den Kopf. Die Jungs um den Picknicktisch starrten in ihre leeren Becher.

»Ich könnte Ihnen ein bisschen mehr Geld anbieten. Einen Rattenzuschlag.« Die Arbeiter schienen die Ohren zu spitzen, warteten jedoch schweigend auf Uwes Anweisung.

In diesem Moment hörte man knackende Zweige und einen gemurmelten Fluch. Es war Lutz, der mittlerweile den Transporter entladen hatte. Er nickte mir zu und ballte die Fäuste. Dabei bemerkte ich zum ersten Mal, dass seine Adern und Fingerknöchel hervorstanden wie Gebirgszüge in einer Landschaft.

»Komm mal her, Uwe«, sagte Lutz.

Uwe rührte sich nicht. Wir waren draußen, es war kalt, trotzdem hatte die Situation eine beengte Intensität, als wären wir Häftlinge auf einem Gefängnishof, die einander argwöhnisch beäugten, wer den nächsten Schritt machen würde.

»Warum sollte ich?«

»Weil ich deine Geschichte von den Ratten nicht glaube. Ich kümmere mich schon seit Monaten um das Haus und habe nie irgendeine Spur von Rattenkot gesehen. Dachratten gelangen über die Dachrinnen in die Häuser. Das wäre mir aufgefallen.«

»Willst du behaupten, ich lüge?«

Lutz sagte nichts.

»Was glaubst du denn? Dass die Ratten einfach aus dem Nichts gekommen sind oder was? Geh nach oben und guck es dir selber an. Das heißt, wenn du überhaupt noch klar sehen kannst.«

Lutz hatte in der Tat so buschige Augenbrauen, dass sie seine Augen beinahe verdeckten. »Ich war gerade oben«, sagte er. »Ein Teil ihres Nests besteht aus einem alten Milchkarton, Verfallsdatum Anfang letzter Woche. Vielleicht hast du die Ratten selbst dorthin gebracht.«

»Das ist doch lächerlich«, sagte Uwe und wandte sich an mich. »Können Sie das wirre Gerede dieses Mannes unterbinden?«

»Ich weiß nur eins: Ich will, dass die Arbeit weitergeht. Es ist lebenswichtig für das Schloss.«

»Ich bin nicht bereit, die Gesundheit meiner Arbeiter zu gefährden«, sagte Uwe.

»Sie werden weiterarbeiten, bis ich dieses Rattennest gründlich untersucht habe«, sagte ich, Aufgeblasenheit mit entschiedenem Auftreten verwechselnd.

»Aber das ist gegens Gesetz. Und wir treten ab sofort in den Streik«, erklärte Uwe.

Die vier Arbeiter standen auf, schüttelten die letzten

Tropfen aus ihren Kaffeebechern und gingen mit ihrem revolutionären Führer zum Schloss. Lutz und ich folgten ihnen mit ein paar Schritten Abstand.

»Das ist ja ziemlich beschissen gelaufen«, stellte ich fest.

»Vielleicht hätte ich nicht so heftig werden sollen«, sagte Lutz, »aber dieser Uwe spielt ein falsches Spiel. Er hält dich zum Narren.«

»Will er mehr Geld?«

»Vielleicht«, sagte Lutz, schien sich jedoch nicht sicher zu sein.

Wir gingen an dem Froschteich vorbei zur Eingangstreppe des Schlosses, wo Uwe und seine Truppe sich versammelt hatten. Sie starrten auf einen Mercedes, dem zwei Männer entstiegen. Der eine trug ein enggeschnittenes Tweedjackett – wie sie in England eher Zocker bei Pferderennen tragen als Herzöge und Fürsten – und hatte einen vage militärisch anmutenden Schnurrbart. Der andere trug eine Cargo-Hose und konnte kaum zwanzig Jahre alt sein. Er rieb sich die Handgelenke, als hätte man ihm erst kürzlich die Handschellen abgenommen, aber vielleicht litt er auch nur an Dermatitis.

»Hallo«, sagte Harry, denn er war es, »hoffe, ich störe nicht bei was Wichtigem. Das«, fuhr er mit dramatischer Geste fort, »ist Darren, dein neuer Meisterkoch.«

Mit einem Mal begriff ich, warum Uwes Truppe wie angewurzelt dastand. Darren war ein überaus seltenes Wesen im Brandenburger Dschungel – ein Schwarzer.

Kapitel 8

Lena zählte nicht zu den Frauen, die beim ersten Anzeichen einer Krise losheulen wie ein Waisenkind. Stattdessen erstellte sie eine Liste der Probleme und möglicher Lösungen – und blieb in Alarmbereitschaft. In Krisenzeiten saß sie kerzengerade da wie eine aufmerksame Schülerin und bereitete sich auf unangenehme Fragen vor. Es war, als würde man mit einer Yogalehrerin zusammenleben. Sie hatte sogar eine Matte, die sie neben dem Bett ausrollte, um dort wach zu liegen und nachzudenken, während ich die ganze Nacht schwitzend mit dem Schlaf kämpfte und mich von einer Seite der Matratze auf die andere wälzte. Ich war ein Ringer, sie eine Meditierende. Ich war Yin, sie war Yang. Insofern war ich natürlich ein wenig überrascht, als sie eine zugegeben hässliche Teekanne gegen eine zugegeben ungestrichene Wand schleuderte.

»Und tschüs«, sagte ich, um Nonchalance bemüht, während ich weiter mein Hemd zuknöpfte. »Nicht du. Ich meine die Teekanne. Sie sieht aus, als stammt sie aus der Küche von Imelda Marcos. Stammte.« Ich erkannte, dass der Schaden irreparabel war.

Lena wanderte ziellos durchs Zimmer wie ein streunendes Tier und murmelte: »Scheiße, Scheiße, Scheiße.«

Ich wollte einen Arm um sie legen, aber sie schüttelte ihn ab.

»Was ist los?«

»Du«, sagte sie schließlich.

»Dann erklär es mir«, sagte ich und setzte mich aufs Bett. Unten warteten Lutz und Harry. Ich wollte die Angelegenheit zügig hinter mich bringen.

»Wir haben zu Beginn dieses Jahres eine neue Seite aufgeschlagen, richtig?«, sagte Lena. »Ich habe das Schloss geerbt und übernommen. Wir haben entschieden, dass es unser gemeinsames Projekt werden sollte, richtig?«

»Ja«, sagte ich. »Klar.« Das Telefon klingelte. Ich wollte es dezent abschalten, drückte jedoch auf die falsche Taste und fotografierte mein Ohr. Auf der Liste der unbeantworteten Anrufe las ich »Britische Botschaft«.

»Tut mir leid«, sagte ich, »keine Sorge. Ich höre dir zu.«

»Wirklich? Also, dann sage ich dir, was los ist: Das hier ist meine Heimat, meine Geschichte, meine Biographie, und du hast sie gekapert. Diese ganze Bed & Breakfast-Geschichte, Simons Masterplan, all die Briefe an die britische Botschaft. Harry und sein Koch, die streikenden Arbeiter – das wäre alles völlig unnötig gewesen, wenn wir das Haus einfach langsam und behutsam restauriert hätten, anstatt es zu prostituieren.«

»Nur, dass wir es dann nicht hätten bezahlen können.«

»Und wie viel verdienen wir jetzt?«, gab Lena zurück und antwortete dann selbst auf ihre Frage: »Gar nichts! Und wie viel Zeit verbringen wir miteinander? Weniger als vorher! Du triffst Entscheidungen, ohne sie vorher mit mir zu besprechen, und es sind miese Entscheidungen: Du holst diesen Uwe an Bord, mit dem Erfolg, dass Lutz sich zur Seite gedrängt fühlt und sauer ist. Du ziehst alle möglichen Fremden hinzu, und was geschieht mit mir? Ich bin im Haus meiner eigenen Vorfahren zur Nebensache geworden.«

Ich hatte das Handy auf Vibrieren gestellt, und es hüpfte auf dem Bett herum, als hätte es zu viel Kaffee getrunken. Behutsam bedeckte ich es mit einem Kissen und musterte Lenas Gesicht nach Spuren von Tränen.

Nichts. Allerdings hatte ich sie selten so wütend gesehen.

»Dann ist es also Darren, der dich so aufbringt?«

»Nicht nur.«

»Die Tatsache, dass er schwarz ist.«

»Natürlich nicht«, zischte Lena. »Hältst du mich für eine Rassistin? Das würde prima in deine Weltsicht passen, was? Die verklemmte Deutsche fällt vom Stuhl, wenn sie ›Rat mal, wer zum Essen kommt‹ hört.«

»Natürlich nicht, meine Liebe. Du bist eine Frau von Welt. Und gar nicht rein deutsch, nicht wahr? Hab ich recht?«

»Hör auf!«, sagte Lena. »Du reitest dich nur weiter rein! Rein deutsch! Hah!« Ihr Gesicht war rot angelaufen. »Harry hätte uns warnen müssen. Jetzt haben wir einen Haufen revolutionärer ostdeutscher Arbeiter und einen schwarzen Briten, der sie garantiert noch mehr aufbringt. Das hier ist Brandenburg, verdammt noch mal.«

»Das heißt, die Ostdeutschen würden einen Schwarzen eher lynchen als eine gutbürgerliche Hanseatin wie dich? Glaubst du, wir sind hier in Alabama?«

Lena knallte die Tür zu, und ich spürte, wie das skandinavische Holz mitfühlend erzitterte. Sie hatte natürlich recht; halb recht; ein Viertel recht. Harry hätte es uns sagen müssen. Nach der kurzen Vorstellung von Darren hatte ich ihn beiseitegenommen.

»Was hat das zu bedeuten?«, flüsterte ich.

»Darren? Ein guter Junge.« Harry wirkte nicht im Geringsten beunruhigt.

»Ich dachte, er wäre der Sohn deiner Schwester. Hast du eine schwarze Schwester?«

»Er ist adoptiert«, stellte Harry klar. »Außerdem ist er kein Schwarzer, sondern Mulatte.«

»Das darf man heutzutage nicht mehr sagen. Er ist gemischtrassig. Oder bi-rassisch? Scheiße, ich weiß es nicht.«

»Er kann kochen«, sagte Harry, »und das allein zählt.« Ich kannte Harry schon sehr lange. Anfangs hatte er nur eine Laktoseintoleranz, die sich im Laufe der Jahre zu einer Alles-Intoleranz ausgewachsen hatte. Aber ein Rassist war er nie gewesen. Und wir beide waren es auch nicht, weder Lena noch ich. War es rassistisch, eine rassistische Reaktion von anderen zu erwarten? Schließlich waren Harry und ich beide Journalisten, die wussten, dass im Osten manchmal hässliche Dinge passierten. Die Polizei sprach dann immer von »Einzelfällen«, aber ein Dutzend »Einzelfälle« im Jahr summierten sich genauso wie Bonusmeilen. Vorurteile zu erwarten war selbst voreingenommen, dachte ich, diskriminierend einerseits gegenüber den Ossis, während man andererseits Darrens Hautfarbe zum Thema machte und dabei weiter so tat, als wäre man selbst farbenblind.

»Wenn er in England mein Koch wäre, würde ich nicht mit der Wimper zucken«, erklärte ich Harry.

»Dann zuck hier auch nicht. Du machst dich total verrückt. Ihr Linken seid doch alle gleich.«

Als ich die Treppe hinunterkam, wehte mir der Duft gebratener Eier entgegen. Ich hielt nach Darren Ausschau, aber am Herd stand Harry und brutzelte für unser Krisentreffen. Wie sollten wir das Dach fertigkriegen, bevor die ersten Gäste eintrafen? Lutz war ebenfalls anwesend, seit Uwes Engagement jedoch in einem Zustand von Dauerverärgerung; sogar Mac, der ihn adoptiert hatte und den Geruch seiner Jeans mochte, wurde brüsk beiseitegeschoben.

»Wo ist Darren?«, fragte ich. »Sollte er nicht das Frühstück machen?«

»Er ist kein Morgenmensch«, sagte Harry. »Oder, Darren?«

Ohne den flaumigen Schnurrbart hätte der Knabe vielleicht etwas männlicher gewirkt. Er trug das Bob-Marley-T-Shirt vom Vorabend und wischte sich den Schlaf aus den Augen.

»Sorry, hab verschlafen«, sagte er. »Zu viel Dope.«

Wir musterten ihn schweigend, während wir die Information verdauten.

»War ein Witz«, sagte er.

»Fein«, erwiderte ich skeptisch. »Gut geschlafen?«

»Super, Mann. Ich schlafe immer gut, wenn frische Luft durch die geschlossenen Fenster kommt.«

»Das ist Lutz«, machte ich ihn bekannt und fügte zu Darrens Wohlbefinden hinzu: »Er ist ›Ma Man‹.« Das hatte ich Snoop Dogg mal auf MTV sagen hören.

Zu meinem Erstaunen starrte Lutz Darren nicht an wie Uwe und seine Mannschaft. »Du aus der Karibik?«, fragte er stattdessen in seinem Ossi-Englisch. Mit Verben hatte er es nicht so.

Darren nickte. »Meine leibliche Mutter kommt aus Trinidad.«

»Kenn ich gut«, sagte Lutz und erzählte ebenso langatmig wie unverständlich von mehreren Nächten, die er im Hafen von Port of Spain verbracht hatte. Darren hörte aufmerksam zu, aber ich vermutete, dass sein Interesse nur vorgetäuscht war. Bevor Lutz irgendetwas wirklich Peinliches sagen konnte (schon jetzt pries er die »schokoladenbraune Haut« der karibischen Frauen), versuchte ich Darrens Aufmerksamkeit wieder auf das heikle Thema Arbeit zu lenken.

»Ich nehme an, von jetzt an übernimmst du das«, sagte ich zu ihm und wies auf seinen Onkel Harry, der gerade Eier auf Toast servierte. »Bald kommen die ersten Gäste, also solltest du ein bisschen üben.«

»Was gibt es denn da zu üben?« Darren wirkte nicht übermäßig engagiert.

»Harry hat gesagt, Kochen ist deine Leidenschaft, das stimmt doch, oder nicht?« Harry wirkte ein wenig beunruhigt. Mir kam plötzlich der Gedanke, dass er Darrens kulinarische Fertigkeiten ein bisschen zu rosig dargestellt hatte. In meinem Kopf nahm ein potentieller Alptraum Gestalt an: Loch im Dach, Ratten, streikende Arbeiter, ein inkompetenter Koch und eine Partnerin auf dem Kriegspfad. Viel schlimmer konnte es nicht kommen. Dafür blieb ich erstaunlich ruhig. Vielleicht hatte Harry mir Valium in den Tee gekippt.

»Ich koche gern für Frauen, versteht ihr?«, sagte Darren. »Um sie glücklich zu machen, um sie zu überreden, den Mund aufzumachen und zu schlucken ...«

»Ja, ja, schon klar«, unterbrach Harry ihn. »Darren war der Klassenbeste seines Kochlehrgangs. Und glaub mir, er kocht auch für Männer.«

»Dann erzähl mir mal, was deiner Ansicht nach die Zutaten für ein perfektes englisches Frühstück sind – nur um sicherzugehen, dass wir in dem Punkt einer Meinung sind.« Ich war fest entschlossen, Darren zur Konzentration auf das Wesentliche zu zwingen.

»Eier«, sagte Darren. »Gebraten oder als Rührei. Ich persönlich bevorzuge Eier Benedict. Sehr sexy.«

»Jetzt mal Schluss mit dem Schweinkram«, sagte Harry, »es geht um Frühstück, ein englisches Frühstück und nicht um die Vorspeise zu einer Orgie. Benedikt ist der Papst, richtig? Bei Eiern Benedict geht es also darum, sich den Bauch vollzuschlagen und sich dabei näher bei Gott zu fühlen.«

Darrens Idee leuchtete mir trotzdem ein: Ein Frühstück mit Eiern konnte englisch und trotzdem sinnlich sein. Vielleicht konnten wir damit irgendwie spielen. Ich würde mit Lena darüber reden müssen – die allerdings gerade nicht mit mir redete. Ich verlor mich in Gedanken darüber, welches Versöhnungsgeschenk ich ihr machen konnte.

»Baked Beans«, fuhr Darren fort, »geröstetes Brot, aber mit Olivenöl. Die Würstchen lieber vom Rind als vom Schwein. Gegrillte Tomaten. Knuspriger Speck, hauchdünn geschnitten.«

»Kann man gleichzeitig sinnlich und gesund essen?«, fragte ich mehr mich selbst als Darren. »Oder braucht man ein bisschen Dekadenz?«

»Butter ist dekadent«, meinte Harry. »Also, jede Menge Butter.«

»Ich nehme lieber Olivenöl. Und ich serviere keinen Käse«, stellte Darren klar.

»Nun, wenn ein Gast Käse verlangt, würdest du den hoffentlich auch servieren.«

»Nein, würde ich nicht«, sagte Darren. »So mache ich das. Das ist der Deal.«

Ein bisschen anmaßend für einen Neunzehnjährigen, fand ich. Der Deal bestand schließlich darin, dass er ein kostenloses Zimmer – wenngleich das kälteste und feuchteste im Haus – sowie ein Taschengeld bekam und für eine Weile aus dem Visier der britischen Polizei abtauchen konnte. Dafür machte er Frühstück und half im Schloss aus, was meines Erachtens eine ziemlich faire Abmachung war. Aber ich sagte das nicht laut, weil ich nicht wollte, dass er mich für antischwarz oder antikakaofarben oder was auch immer hielt.

»Okay, den Frühstücks-IQ-Test hast du bestanden«, sagte Harry und zupfte an seinem Hemingway-Schnauzer. »Jetzt müssen wir eine Strategie festlegen – wo ist eigentlich Lena?«

»Ich dachte, das wüsstest du vielleicht.«

Harry bedachte mich mit einem seltsamen Blick. »Sie ist aus dem Haus gestapft, bevor du nach unten gekommen bist«, sagte er. »Sie sah aus, als wollte sie auf irgendwas schießen.«

»Oder irgendwen«, ergänzte ich.

Lutz, wegen des raschen Wortwechsels nicht ganz auf der Höhe des Gesprächs, musste seine Fünfzig-Cent-Weisheit auch noch beisteuern und meinte: »Ist sehr schwierig, um diese Jahreszeit irgendwas zu schießen. Es gibt strenge Regeln.«

»Tatsächlich?«, fragte Harry. »In England töten wir einfach jedes Tier, das uns auf die Nerven geht. Was mich zum wichtigsten Punkt bringt. Wenn du dein Dach fix repariert haben willst, müssen wir erst mal die verdammten Ratten oder was auch immer loswerden. Ohne Ratten haben die Arbeiter keinen Grund mehr zu jammern. Zweitens muss irgendjemand sie überreden, den Betrieb wieder aufzunehmen. Und dieser Jemand sollte nicht Lutz sein – weil der sie zur Not auch ohne Lizenz auslöschen würde – und auch nicht du.«

Ich nickte. »Damit bleibst nur noch du«, sagte ich.

»Ja, sieht so aus. Ich will gerne der Gesandte unserer Alterskohorte zu der jungen Schnorrer-Generation sein. Die Deutschen lieben ihre fünf Weisen, ihren Ältestenrat, ihre Helmut Schmidts. Sie glauben immer noch, dass mit dem Alter Weisheit einhergeht, oder? Ich werde die Sache mit den Jungs mal klären.«

»Alt bist du auf jeden Fall, Onkel Harry«, sagte Darren ein wenig spöttisch, als würde er das mit der Weisheit bezweifeln.

»Hör mal, Freundchen, ich bin so alt, dass ich schon vor Erfindung des Internets pornosüchtig war. So alt bin ich schon.«

»Das glaube ich nicht, Onkel, du behandelst Frauen immer mit Respekt.« Harry und ich starrten Darren an und versuchten zu ergründen, ob er die letzte Bemerkung ironisch meinte. Immer schwer zu sagen bei den jungen Leuten.

»Da du heute Morgen deine Kochpflichten versäumt hast«, übernahm Harry das Kommando und die Bürde der Befehlsgewalt von meinen Schultern, »ist es deine Aufgabe, das Problem mit dem Ungeziefer auf dem Speicher zu lösen.«

»Kein Problem, Onkel.« Darren stand auf, zog ein Tranchiermesser aus der offenen Schublade und strich mit dem Finger über die Klinge. »Das sollte reichen«, sagte er.

»Keine Grausamkeiten, Darren«, rief ich ihm nach, als er federleicht wie ein Fuchs die Treppe hinaufschlich. »Das duldet Lena nicht.«

Unnötige Komplikationen konnte ich nicht gebrauchen. Es würde ohnehin schwierig genug werden, Lena dazu zu bewegen, die charmante Hausherrin zu spielen, wenn unsere ersten Gäste eintrafen: Mitglieder der britischen Theodor-Fontane-Gesellschaft, einer seltenen Spezies in einem Land, dessen Vorstellung von deutscher Literatur sich in *Mein Kampf* und *Feuchtgebiete* erschöpft. Die Briten lieben ihre obskuren Clubs: Bewunderer von Vogelspinnen, Lesbierinnen, die auf BMW-500-Motorräder stehen (auch als *Dykes on Bykes* bekannt), oder Philatelisten, die ausschließlich blaue Briefmarken der britischen Jungfraueninseln sammelten. Das Internet hatte diesen winzigen Stämmen neues Leben eingehaucht, indem es einen Spinner mit dem anderen verband. Als wir also auf unserer Website unsere Übernahme des Schlosses ankündigten und auch Fontane erwähnten, sorgte das für einige Aufregung unter den zwanzig bis dreißig britischen Effi-Briest-Fans, in der Hauptsache vertrocknete Lehrerinnen, für die Effis Affäre mit dem schneidigen und gefährlichen Major Crampas einer der großen erotischen Momente des 19. Jahrhunderts ist. Was das genaue Eröffnungsdatum betraf, blieb die Website wohlweislich vage, aber als die Fontane-Groupies eine Buchungsanfrage schickten, entschieden wir kurz entschlossen, sie anreisen zu lassen. Menschen, die ihr Leben stellvertretend durch Figuren wie Baron von Instetten lebten, kümmerte ein zugiger Flur nicht weiter. Sie wollten nur die preußische Luft atmen. Und die war nun wirklich eine Wohltat! Als ich in den Garten trat, atmete ich sie tief ein und fragte mich, wie es wohl sein würde, Fremde im Haus zu haben.

Lena war draußen: meine Chance zur Wiedergutmachung, indem ich ihr mein aufrichtiges Interesse demonstrierte. Sie hatte ein Stück Garten ausgeguckt, auf dem man Gemüse anpflanzen konnte, und entschieden, dass Darren ausschließlich organische Lebensmittel zubereiten sollte. Es hatte leicht geregnet, so dass die Erde weniger fest war als sonst. Lena war emsig damit beschäftigt, den Boden umzugraben.

»Was pflanzt du denn?« Ich bin kein großer Gärtner. Gärtnern kommt mir vor wie eine dieser sinnlosen Aufgaben, die man bei der Armee aufgetragen bekommt: ein Loch zu graben, um ein anderes zuzuschütten, oder Kohlen zu waschen.

Lena starrte mich wütend an. »Ananas«, sagte sie.

»Ah«, sagte ich und nahm an, dass das ihre weibliche Art war, mir zu verstehen zu geben, dass sie mich, da ich keine Ahnung von Gartenarbeit hatte, wie einen Idioten behandeln konnte. »Wie nett.«

Während sie Unkraut aus dem Boden rupfte, zündete ich mir eine Zigarette an, was sie aus irgendeinem Grund weiter zu verärgern schien, so dass ich versuchte, das wütende Schweigen mit einem kurzen Monolog über Theodor Fontane zu überbrücken.

»Also, es wäre wirklich gut«, schloss ich, »wenn du die Gäste herumführen könntest, weil du die einzige Deutsche im Haus bist. Lutz nicht mitgezählt natürlich. Und Harry und ich sind zurzeit wirklich sehr beschäftigt.«

Sie streifte wortlos ihre Handschuhe ab und ging hinein. Was machte ich falsch?

»Ich habe deine Lena gerade nach oben stürmen sehen«, berichtete Harry, der ein Dartboard an einem der Küchenschränke aufgehängt hatte und für eine Partie gegen Darren trainierte. »Ich schätze, sie wollte sich ein wenig waschen. Was ist in sie gefahren?«

»Ich weiß nicht«, sagte ich, »sie ist offenbar der Ansicht, dass wir sie aus den Plänen für das Haus ausschließen.«

»Lächerlich«, sagte Harry.

»Frauen«, meinte Lutz, »sind schwierig.«
»Sex bringt uns zusammen, aber das Geschlecht treibt uns auseinander«, sagte Harry.

Eine Stunde später erschien Lena pflichtschuldig, sämtliches Make-up abgeschrubbt, das Haar nach hinten gebunden, in einem züchtigen, bis zum Hals zugeknöpften Kleid. Das war ihr Amish-Outfit, und ich war versucht, sie zu fragen, ob sie zu einem Gebetstreffen wollte. Stattdessen lächelte ich einfühlsam und hielt den Mund. Wir wussten beide, dass wir eine offizielle Billigung der britischen Botschaft brauchten, bevor wir Gäste aufnehmen konnten. Zweifelsohne in der Absicht, uns einen Strich durch die Rechnung zu machen, schickte der Botschafter einen Kontrolleur, der die Fortschritte der Arbeiten am Schloss begutachten sollte. Das war Bedingung für den Erhalt der Fördermittel der britischen Regierung: ein Schloss, das hinreichend prachtvoll war, dem gemeinen Ossi den vollen Glanz der britischen Kultur zu vermitteln. Dazu ein Gutsherr nebst Gutsherrin, die eine beiläufige Vertrautheit nicht nur mit der deutschen Literatur vor und nach Goebbels' Tagebüchern, sondern auch mit Shakespeare, Chaucer und den üblichen britischen Genies demonstrieren konnten.

Kurzum: Wir mussten kulturell bilinguale Meister der deutsch-englischen Beziehungen sein. Ich hoffte, dass Lena sich anständig benehmen und nicht alles vermasseln würde, indem sie mit Geschirr um sich warf. Im anglikanischen Glauben gab es nur wenige Sünden, die schwerer wogen als das Zerschmettern einer Teekanne im Zorn. Lena strich sich nachdenklich über den Nacken, ohne mein Lächeln zu erwidern.

Als der Kontrolleur eintraf, brachte er einen Geruch

nach verbranntem Holz und weiter Natur mit sich, was, wie ich wusste, der typische Duft eines teuren Aftershaves war, das man nur in der Londoner Jermyn Street kaufen konnte.

»Arbuthnot de Villiers, Cultural and Citizen Issues«, stand auf seiner Visitenkarte, und ich erkannte sofort, dass Arbuthnot in einer anderen Welt lebte. Er war der klassische Drittgeborene. Der englische Adel legte großen Wert auf die Produktion von männlichem Nachwuchs. Der Erstgeborene war zum Erben verdammt, was in der Regel bedeutete, hinterher auf einem Haufen Schulden zu sitzen. Sohn Nummer eins musste die alten Gemälde verkaufen, um die Heizkosten für die 70-Zimmer-Schlösser zu bezahlen. Der Zweitgeborene ging zur Armee, wobei sein Sold durch ein Einkommen aus dem Familienvermögen ergänzt wurde. Und der dritte Sohn? Wurde entweder Priester oder Beamter im Außenministerium und früher oder später Bischof beziehungsweise Botschafter. Wenn er Glück hatte, starben nach dem Ableben seines Vaters in rascher Folge auch seine beiden älteren Brüder, und er wurde Lord of the Manor. Dann konnte er sich der Aufgabe widmen, die Schätze der Familie zu verscherbeln und den Butler zu feuern. Es war keine gute Zeit für Aristokraten.

Die Drittgeborenen haben folglich einen eigenen Charakter, eine träge Ergebenheit in die Tatsache, dass die Zukunft im Grunde nicht in ihren Händen liegt, weshalb es sinnlos ist, eine Überschallkarriere hinzulegen. Dritte Söhne sind keine Streber, sondern suchen wie alle, die im Wartezimmer festsitzen, nach Ablenkung.

Und Arbuthnot de Villiers war dem Schloss offensichtlich gewogen.

»Das Dartboard gefällt mir«, sagte er, »netter Touch.

Ein feiner britischer Sport.« Harry hatte vergessen, es wieder abzuhängen, ehe er aus dem Haus gestürmt war. Wie versprochen, hatte er eine Verhandlungsrunde mit Uwe und den anderen Arbeitern vereinbart. Ich war erleichtert, ihn aus dem Weg zu haben; so hatte Lena freie Hand, dem Diplomaten das – ihr – Schloss zu erklären.

»Wir sind noch nicht ganz so weit«, sagte sie, »noch herrscht ein kunterbuntes Durcheinander.« Eine Redewendung wie aus verstaubten Kinderbüchern, um zurückgebliebenen Vertretern der vormals herrschenden britischen Klasse zu gefallen.

»Ein kunterbuntes Durcheinander. Genauso sollte es sein«, sagte Arbuthnot und entfaltete seine langen Gliedmaßen auf einem der Sessel im Wohnzimmer. Er war schätzungsweise Mitte dreißig, trug jedoch Harris Tweed, was einen Mann sofort um fünfzehn Jahre älter aussehen lässt. Ich wartete förmlich darauf, dass er eine Pfeife zückte.

»Darf ich?«, fragte er. Er stopfte seine Pfeife, als würde er einen Müllverbrennungsofen beladen. Ich harrte des Augenblicks, da er sie anzünden und die Luft verpesten würde. Den Geruch meiner eigenen Zigaretten mochte ich – es war schließlich mein Geruch. Aber Pfeife? Nein danke! Doch Arbuthnot zündete kein Streichholz an, sondern hielt die unentflammte Pfeife in der Hand wie eine gesicherte Waffe, die nur im Notfall zu benutzen war. Ich erkannte, dass Arbuthnot de Villiers ein ganz spezieller Typ Mann war: der passiv-aggressive, kürzlich konvertierte Nichtraucher.

»Ich bin selbst in einem alten Schuppen aufgewachsen …« – vermutlich eine Umschreibung für ein edwardianisches Herrenhaus mit Tennisplatz – »… die Probleme sind mir vertraut.«

»Die kalten Schlafzimmer«, schlug ich vor.

»Die Feuchtigkeit«, fügte Lena hinzu. »Der Zug.«

»Genau«, sagte Arbuthnot. »Der wahre Geist eines englischen Landhauses.«

»Aber das hier ist ein kleines preußisches Schloss«, sagte Lena.

»In der Tat.« Arbuthnot de Villiers wartete darauf, dass wir das weiter ausführten, während er bedrohlich mit seiner noch immer unangezündeten Pfeife herumhantierte.

»Die preußischen Herrenhäuser waren Treffpunkte«, sagte Lena. »Im 19. Jahrhundert muss es sehr beschwerlich gewesen sein, durch die Mark zu reisen. Wenn Leute zu Besuch kamen, blieben sie mindestens zwei Nächte. Und je nachdem, wer diese Gäste waren, gab es einen intellektuellen Salon oder eine musikalische Soirée. Ich glaube, hauptsächlich waren es Orte, wo Männer Frauen kennenlernen konnten.«

»Eine Art Aristo-Disco«, warf ich ein.

»Welch treffendes Bild«, sagte Arbuthnot.

»Meine – unsere – Idee war es«, fuhr Lena fort, »das Haus in einem modernen Kontext zu etablieren. Nur dass wir eben Engländer und Preußen zusammenbringen. Deshalb haben wir uns auch auf den Salon im Erdgeschoss konzentriert.«

Sie hatte allen Grund, stolz zu sein. Alles an dem großen Wohnzimmer lud Fremde, die neugierig aufeinander waren, ein, sich gemütlich zusammenzuhocken: der Kachelofen, die offene Küche, der lange Esstisch, die geschmackvoll beleuchteten Ecken, ein Stil, der auch als Shabby Chic bekannt war.

Zum letzten Mal waren Briten Anfang des 19. Jahrhunderts schick, als ganz Europa Dandys wie Beau

Brummel kopierte, Männerclubs gründete und sogar ein wenig mit der Demokratie experimentierte. Verärgert darüber, dass wir überall imitiert wurden, entschieden wir uns, so heruntergekommen wie möglich auszusehen. Männer trugen Hemden, bis der Kragen ausfranste; Sofas durften ramponiert aussehen und nach Hund riechen; im ganzen Haus lagen Bücher verstreut. Die Logik dahinter war folgende: Manche Dinge sind so schön oder nützlich, dass man sie nicht verstecken, sondern im Haus verteilen sollte. Während man in Deutschland dazu neigt, das Alte und Abgetragene zu verbergen, zelebrieren wir die Schäbigkeit.

»Das Ganze scheint mir auf dem richtigen Gleis zu sein«, befand der Diplomat und strich Asche von seiner Weste. »Die Regierung ist jedenfalls offenbar dieser Ansicht«, fügte er noch hinzu, ehe er beim Anblick von Darren, der mit einer Plastiktüte in der Hand die Treppe hinunter Richtung Küche strebte, schlagartig verstummte.

»Darren«, sagte ich, »gib Mr. de Villiers die Hand. Darren ist unser Koch, eigens engagiert, um das englische Frühstück neu zu erfinden.«

»Arbuthnot«, sagte Arbuthnot und streckte seine Hand aus.

Darren starrte darauf und überlegte möglicherweise, wie er den Siegelring des Diplomaten abstreifen konnte, ohne dass der es bemerkte.

»Das finde ich sehr gut«, erklärte Arbuthnot beinahe im Schlafzimmerflüsterton, damit Darren, der in der Küche Tee für den Gesandten machte, ihn nicht hören konnte. »Sie zeigen das Gesicht des modernen Großbritannien. Multikulturell, jung, innovative Küche – spült er da gerade ein Sushi-Messer? –, ich bin sicher, das wird die Zustimmung meiner Vorgesetzten finden.« Darren trocknete sich die Hände ab, und als der Diplomat in die andere Richtung blickte, hob er den Daumen, als Zeichen, dass er seine Mission erledigt hatte. Das Haus war rattenfrei. Aber was hatte er mit den Nagern gemacht? Ich hoffte, dass es auf dem Speicher kein Blutbad gegeben hatte.

»Es gibt nur noch ein paar Formalitäten zu klären«, sagte Arbuthnot, klappte seinen ramponierten braunen Aktenkoffer auf und nahm einen Packen Papiere heraus. »Um sich für das Kulturbotschafter-Programm der Regierung zu qualifizieren und ein ›Gold-Champion‹ zu werden ...« Arbuthnot verzog das Gesicht, als stammte der Ausdruck von einer teuren Werbeagentur, die sich an einem Re-Branding der britischen Außenpolitik versucht hatte. »... müssen Sie einige Fragen richtig beantworten.«

Das hatte ich befürchtet. Wie bei Lutz war auch mein Kopf vollgestopft mit totem Wissen. Sogenannte »mentale Arithmetik«, wie 9 x 9 x 23 im Kopf auszurechnen, eine überflüssige Übung, die man mit einem Taschenrechner hundertmal schneller erledigen kann. Die korrekte Schreibweise langer, obskurer Wörter, die sich problemlos mit dem Rechtschreibeprogramm des Computers ermitteln lässt. Oder Geographie, längst ersetzt durch GPS, Geschichte, überflüssig gemacht durch Wikipedia. Ich hatte so viel gelernt und noch mehr vergessen, dass ich keinen jungen Mann im Tweed-Jackett brauchte, der mir den Günther Jauch machte. Doch augenscheinlich war das der Preis für das britische Geld.

»Okay«, sagte Arbuthnot, »welches Dokument legte die Rechte des britischen Parlaments fest. A: die Mappa Mundi. B: die Magna Charta. Oder C: die Bill of Rights?«

»B«, sagte ich, erstaunt, dass mein redundantes Wissen tatsächlich gefragt war.

»Richtig«, sagte Arbuthnot und machte ein Häkchen. »Lassen Sie uns die Geschichte überspringen und zu den wirklich ernsten Sachen kommen. Frühstückswissen. Weißbrot, Vollkorn- oder Roggenbrot?«

»Weiß natürlich«, antwortete ich wie aus der Pistole geschossen.

»Richtig.« Arbuthnot machte ein Häkchen.

»Speck, fett oder mager?«

»Fett.«

»Richtig.«

»Haferschleim mit Salz oder Honig?«

»Salz.«

»Richtig.«

»Hören Sie mal«, unterbrach ich ihn, »stellen Sie uns auch die richtigen Fragen? Ist das nicht ein Teil des britischen Einbürgerungstests?«

Arbuthnot kramte in seinen Papieren und ließ einige auf den Boden fallen. »Gütiger Gott«, sagte er, »Sie haben recht. Ich habe die Fragebögen verwechselt. Die sollte ich Ihnen lieber nicht stellen – was, wenn Sie falsch antworten und wir Ihnen die Staatsbürgerschaft entziehen müssen? Das wäre doch schlimm, oder?«

»Sie könnten die Fragen Lena stellen und sie zur Ehrenbritin ernennen«, schlug ich vor.

»Die einzige Art, das heutzutage noch hinzukriegen, alter Junge, ist, sie zu heiraten.«

Lena wurde rot, eher vor Wut denn aus Verlegenheit.

»Dürfte ich die beiden Herren daran erinnern, dass ich persönlich anwesend und kein Holzblock bin.«

»Unbedingt, unbedingt«, sagte Arbuthnot unvermittelt ernst. »Guter Einwand.«

Die tatsächlichen Fragen waren genauso obskur – die korrekte Begrüßung der Queen, die richtige Menge Milch für den Tee, Benimmregeln fürs Schlangestehen in Wimbledon, der Vorname des Archbishop of Canterbury –, aber Lena beantwortete sie alle, ohne mit der Wimper zu zucken.

»Nun, das wär's«, sagte Arbuthnot. »Ich denke, man kann mit Recht behaupten, dass Sie bald Kultur-Champions sind. Damit Sie den monatlichen Scheck der Regierung erhalten können, ist es Vorschrift, eine britische Flagge zu hissen. Die deutsche Flagge ist optional, aber wir würden es nicht gerne sehen. Es könnte die Einheimischen verwirren. Außerdem müssen Sie die britische Kultur in der lokalen Gemeinde etablieren.«

»Was heißt das?«

»Das heißt zum Beispiel Highland-Dancing zur Feier des Geburtstags von Robbie Burns, dem Dichter. Vielleicht könnten Sie Ihren charmanten Darren überreden, Haggis zu kochen. Oder Kurse für die Einheimischen anbieten, wie man einen perfekten Tee zubereitet. Wenn Sie ein Feld haben, könnten Sie ein Polo-Match organisieren. Irgendwas Sportliches, seit Turnvater Jahn lieben die Deutschen den ganzen Kram. Das liegt ganz bei Ihnen. Aber nicht vergessen, es ist verpflichtend. Keine Kultur, keine Kohle, fürchte ich.«

»Wir teilen es Ihnen mit«, sagte ich. »Wir betrauen unseren Event Manager mit der Sache.« Gemeint war Harry.

»Bis morgen«, sagte Arbuthnot, der jetzt die Maske des entspannten englischen Gentlemans vollends fallenließ, »sonst kommt der Scheck womöglich nicht durch.«

Ich brachte Arbuthnot zu seinem Range Rover und zündete mir, froh, ihn los zu sein, eine Zigarette an. Es war gut gelaufen, dachte ich. Normalerweise hätte ich jetzt mit Lena ein Glas Wein getrunken und die Begegnung analysiert wie Bundesligaspieler ein wichtiges Spiel. Aber ich bezweifelte, dass wir bei Lenas ausgefranstem Nervenkostüm mehr als ein paar Worte wechseln würden. Harry hatte mir versichert, das würde bald vorbeigehen. »PMS«, sagte er kennerhaft. »Prämenstruelles Syndrom. Ursache für achtzig Prozent aller Kriege auf der Welt.«

Ich dachte eine Weile darüber nach.

»Afghanistan?«, fragte ich zweifelnd und dachte an die Burkas und gesteinigte Ehebrecherinnen.

»Da ganz besonders.«

Mein Gedankengang wurde durch laute Stimmen, scheppernde Pfannen und die schrille Erwiderung eines zerschlagenen Tellers jäh unterbrochen. In der Küche schrien sich Darren und Lena an. Lena war rot wie die gleichnamige Bete, und Darren war, nun ja, schwarz. Ich ging dazwischen und räumte die Küchenmesser außer Reichweite. An einem der Messer klebte ein Tropfen Blut, und ich ahnte, was das Problem war.

»Ich habe dir doch gesagt, du sollst die Ratten nicht töten!«, sagte ich zu Darren.

»Ich hab sie auch nicht getötet!«

Lena starrte erst Darren und dann mich an.

»Und was ist das?« Ich hielt das Messer hoch.

»Mein Blut. Ich hab mich gestochen.«

»Er hat die Ratten in einen Käfig gesperrt und will mit ihnen einen Minizirkus aufmachen«, fauchte Lena. Sie kochte förmlich vor Wut. So musste es in den italienischen Küchen ihrer Vorfahren zugegangen sein, voller Leidenschaft, Gefuchtel und üppige, opernhaft bebende Busen.

»Darren, das geht nicht! Wir sind nicht die Adams-Family! Hier soll es genauso sauber und steril sein wie in einer Restaurantküche.«

»Ratten sind okay. Zu Hause in Brixton haben wir auch welche. Onkel Harry hat mir versprochen, dass ich ein Haustier halten kann, wenn es mir zu einsam wird. Was glauben Sie denn, wie das hier für mich ist, Mann? Keine Freunde, kein Gin, kein gar nichts.« Es gab natürlich eine lange Tradition von Häftlingen, die Ratten oder Tauben dressierten, die schließlich auch nur Ratten mit Flügeln sind. Vielleicht sah Darren sich als märkischer Gefangener von Alcatraz. Er fing an, mir ein wenig leidzutun.

Lena ging es offenbar nicht so. »Die Ratten müssen weg!«, sagte sie.

Darren nahm behutsam eines der Tiere aus dem Käfig, den er neben einem Karton billigem Wein für die Fontane-Fans auf dem Boden abgestellt hatte. Es verhielt sich erstaunlich passiv, als wäre es daran gewöhnt, von Köchen in der Küche gestreichelt zu werden.

»Sofort!«, befahl Lena, womit sie zweifelsohne meinte, dass er den Nager wieder in den Käfig setzen sollte. Darren hingegen nahm ihre Aufforderung allzu wörtlich und ließ die Ratte fallen, die mit unangestrengter Eleganz auf dem Boden landete.

»Pass auf, dass das verdammte Viech nicht abhaut«, sagte ich und bewegte mich ungelenk vorwärts, weil ich dachte, ich könnte das Tier mit bloßen Händen einfangen, solange es noch unter Schock stand. Doch schaffte ich es lediglich, den Käfig umzutreten. Die Tür sprang auf, und zu Darrens Lieblingsratte gesellten sich fünf weitere. Zu sechst huschten die Tiere durch den Salon, sprangen aufs Sofa und entdeckten ihre Kollegen. Nach

Wochen auf dem kalten, feuchten Speicher mussten sie glauben, gestorben und im Rattenhimmel gelandet zu sein.

»Fang sie wieder ein, um Himmels willen«, kreischte Lena.

Ich packte einen Besen, Darren schnappte sich den antiken persischen Kaschmirüberwurf des Sofas. Ohne einen Plan abzusprechen, hatten wir instinktiv die Rollen eines Gladiatorenteams eingenommen: Ich schob die Ratten mit dem Besen zu der Stelle, wo Darren die Decke über sie werfen konnte. Und was dann? Sollten wir sie zu Tode prügeln? Sie in eine Tasche stopfen und nach draußen bringen?

Lena wartete die Lösung dieses moralischen Problems nicht ab. Als Darren und ich gerade eins seiner Möchtegernhaustiere zugedeckt hatten, hörten wir die Tür knallen. Lena war gegangen.

Kapitel 9

Erst als ich am nächsten Morgen in einem zu fünfzig Prozent kalten Bett aufwachte, wurde mir klar, dass Lena nicht bloß einen kurzen taktischen Rückzug inszeniert hatte. Sie war weg, und da auch der Opel verschwunden war, konnte ich nur annehmen, dass sie sich in Berlin eingebunkert hatte. Harry riet mir davon ab, sie anzurufen. Ich sollte ihr Zeit lassen, sich zu beruhigen. Und die letzte flüchtige Ratte fangen. Noch vor dem Frühstück. Darren hatte die eingefangenen Ratten – die Fünf von Globnitz, wie Harry sie hartnäckig nannte – auf dem Friedhof hinter der Kirche freigelassen. Ich gab eigentlich nicht viel auf Harrys steinzeitliche PMS-Theorien und wusste auch nichts von einer chronischen Rattenallergie Lenas. Tatsächlich allergisch schien sie mir indes gegen Darren zu sein. Ich vermutete, dass ein unerklärter Krieg um das pochende Herz des Schlosses entbrannt war, die Küche. Anfangs hatte Lena der Plan, jemanden fürs Kochen zu engagieren, offensichtlich gefallen. Sie wollte schließlich eine Schlossherrin alter Schule werden. Aber vielleicht war Darren ein wenig zu innovativ – oder zu sehr Harrys Idee. Irgendetwas brodelte tief in Lenas Seele, und ich wusste nicht, was.

»Wie können Frauen erwarten, dass Männer sie ohne Untertitel verstehen?«, fragte ich Harry.

Er zuckte mit den Schultern. »Sie begreifen einfach nicht, wie viel wir um die Ohren haben«, meinte er. »Jeden Tag aufstehen, eine Hose anziehen, mit Messer und Gabel essen, den Hund ausführen.«

Tage verstrichen ohne ein Lebenszeichen von Lena, und die Erinnerung an Darrens Ratten verblasste. Das letzte flüchtige Tier wurde von Mac entdeckt, der es auf die übliche Hundeart erledigte. Ohne Lena verfielen wir in eine rein männliche Alltagsroutine. Lutz und Darren verstanden sich prächtig. Der alte Mann brachte ihm bei, wie man Holz sägt, Löcher bohrt und einen Stall für die Hühner baut. Darren hatte seinen Ghettoblaster mitgebracht (eine Kompaktanlage, die auf Deutsch aus naheliegenden Gründen anders heißt) und spielte in markerschütternder Lautstärke Bob Marley: No woman, no cry. Es war schwer, den Text nicht auf meine Situation zu beziehen. Keine Lena, kein Sinn. Der ganze Zweck des Schlosses hatte darin bestanden, einen gemeinsamen Traum zu finden, aber nach Lenas wütendem Abgang sah es ganz so aus, als würden wir uns noch schneller voneinander entfernen als in den Zeiten, als wir beide einen anstrengenden Job hatten. Die kollektive Intelligenz des Schlosses war dramatisch geschrumpft. Harry hatte noch immer die instinktive Gerissenheit eines Journalisten, Darren die abgebrühte Lebensweisheit der Straße und Lutz sein DDR-geschultes Improvisationstalent. Doch wenn wir abends zusammensaßen, Männer aus drei verschiedenen Generationen, schien das Gesprächsniveau auf das eines gewöhnlichen Londoner Pubs an einem Samstagabend gleich nach der TV-Zusammenfassung der Fußballspiele zu sinken. Harry war der Erste, der es bemerkte.

»Ohne Lena funktioniert das nicht«, sagte er, während er mit nachlassender Konzentration Pfeile auf die Scheibe am Küchenschrank warf.

»Hol die Frau zurück«, stimmte Lutz ihm zu.

»Das ist leichter gesagt als getan«, wandte ich ein. »Und es gibt noch so viel zu tun, bevor die Gäste eintreffen.«

»Na ja, so viel nun auch wieder nicht«, sagte Harry. Auch wenn man seinen ständigen Zweckoptimismus mit einrechnete, hatte Harry nicht unrecht. Seine Verhandlungstaktik gegenüber dem Bautrupp hatte Erfolge gezeitigt. Anstatt direkt zu Uwe, dem informellen Gruppenführer, zu gehen, hatte er die vier Arbeiter individuell angesprochen und ihnen zehn Prozent mehr bar auf die Hand versprochen. Zugleich deutete er an, die Alternative könnte ein plötzlicher und unerwarteter Tod sein. Mit seinem fetten Mercedes, dem gestutzten Schnurrbart und dem Burberry-Trenchcoat wirkte er vielleicht glaubwürdiger als ich in meinem abgetragenen Dufflecoat und den Retro-Chic-Jeans von Humana. Nachdem die Jungen eingewilligt hatten, an die Arbeit zurückzukehren, blieb auch Uwe keine andere Wahl. Vier Tage vor der Ankunft der Fontane-Fans musste nur noch das Loch im Dach provisorisch geflickt und das ganze Haus aufgehübscht werden. Ein paar weitere Pflanzenkübel und dergleichen. Frauenkram.

Mich hielt also nichts davon ab, für einen Tag nach Berlin zu fahren, um unsere Probleme zu klären. Lena hatte den Opel genommen, und ich wollte, dass Harry im Schloss blieb und ein Auge auf die Arbeiter und Darren hatte. Also musste ich mit dem Zug durch eine Landschaft gondeln, die gerade die Farbe wechselte wie eine Armee, die die graue Tarnuniform gegen eine khakifarbene tauschte. Schon ab Köpenick begannen die Fahrgäste mit ihrem Gepäck herumzuhantieren, ungeduldig, die große, strahlende Stadt zu erreichen, als ob ein paar Kilometer Fahrt sie aus dem 19. ins 21. Jahrhundert katapultiert hätten und sie nun fürchteten, nicht rechtzeitig aus dem Zug zu steigen und von der ganzen Wucht der chaotischen deutschen Geschichte erschlagen zu werden. In meiner persönlichen Zeitrechnung erschien mir Berlin eher wie ein Rückschritt. In Brandenburg bewegte ich etwas, in Berlin machten nur sehr wenige Leute überhaupt irgendwas. Nach nur ein paar Wochen Abwesenheit kam mir Berlin vor wie eine rekonvaleszente Stadt, der deutsche Patient. Trotzdem war Lena hierher zurückgeeilt. Mir kam der Gedanke, dass ihr Herz vielleicht weniger an dem Schloss hing als meines, auch wenn das Haus ihr gehörte. In ihrem Ausbruch hatte sie es anders ausgedrückt und so dargestellt, als hätte ich ihre Idee gestohlen, aber so war es nicht. Vielleicht war ihre Liebe zu dem Schloss einfach erkaltet. Oder schlimmer, ihre Liebe zu mir verflüchtigte sich, und das Schloss war gewissermaßen zum Symbol unserer Beziehung geworden – eine chaotische Baustelle voller Lärm und ungelöster Probleme. Sowohl Hausrenovierungen wie Beziehungen brauchten ein gewisses Maß an Grundvertrauen. Ihres bröckelte, während meins irgendwie stärker geworden war.

Ein Taxi konnte ich mir nicht leisten, also nahm ich die S-Bahn zu der Wohnung in Grunewald, die wir uns auch nicht mehr leisten konnten. Auf der Fahrt dachte ich, dass ich Lena von meinen Ängsten erzählen musste. Es lag schließlich kein Voodoo-Fluch auf denen, die das Schweigen über eine Beziehung brachen. Unsere hatte den üblichen Weg genommen. Wenn man die Fotos aus unseren Erinnerungskästchen ziehen würde, fände man Frühstücke und Abendessen, Urlaube mit Sonnenbrand, gemeinsames Aufwachen, Über-Pfützen-Springen und ständiges Reden, Reden, Reden. Was wir nicht erlebt hatten, war ein Abenteuer, eine Expedition in den Dschungel. Das erlebten wir jetzt. Und nun war Lena weggelaufen. Das kam mir unfair vor. Ich brauchte eine Erklärung.

Niemand öffnete die Tür. Nichts hatte sich verändert, aber ich spürte, dass sie hier gewesen war. Vielleicht, um ein paar Kleider oder Kosmetika zu holen. Sie hatte das Schloss überstürzt verlassen und fast nichts mitgenommen. In der Wohnung war alles an seinem Platz und trotzdem in der Weise leicht verschoben, in der Putzfrauen ihren weiblichen Chefs signalisieren, dass eine Oberfläche gewischt worden ist. Aber natürlich hatten wir längst keine Putzfrau mehr. Der unausgesprochene Gedanke zu unserer Wohnung in Grunewald hatte darin bestanden, dass wir trotz der vielen Sonne und der speziell angefertigten Bücherregale nicht hierher zurückkehren, sondern unseren Pakt mit dem Land schließen würden.

Es gab drei Freundinnen, bei denen Lena sein konnte. Und ihre Mutter in Hamburg. Ich versuchte es bei den Freundinnen und hinterließ Nachrichten. Bei ihrer Mutter probierte ich es nicht. Sie war eine nach außen hin großzügige und gastfreundliche Frau, die, wenn sie ihre lebenswichtigen Interessen in Gefahr sah, an einen Eispickel von der Sorte erinnerte, mit der Leo Trotzki ermordet worden war. Stattdessen hinterließ ich eine Notiz:

»Liebste Lena, ich suche dich. Das Ganze ist ein Missverständnis. Ich weiß, dass in unserem Leben Platz für uns beide ist – und auch für das verdammte Schloss. Ruf mich an, wenn du das liest. Ich küsse dich.«

Die Handschrift war vorsätzlich zittrig, als hätte ich die Nachricht in der Hitze glühender Leidenschaft geschrieben, während ich in Wahrheit eine halbe Stunde darüber nachgedacht hatte, mit wie vielen Küssen ich enden sollte. Vielleicht würde sie mich noch am selben Tag zurückrufen, vielleicht auch nicht. In der Zwischenzeit musste ich die Angelegenheiten des Schlosses im Blick behalten.

Simon ging zum Glück ans Telefon, und wir verabredeten uns im Café Brel am Savignyplatz.

»Wer hätte das gedacht?«, schnaufte er, als er meinen Tisch im Kaminzimmer gefunden hatte, »ein Café, das nach einem berühmten Belgier benannt ist.« Der Laden war dem Sänger Jacques Brel gewidmet, seine sarkastisch-larmoyanten Lieder plärrten aus den Boxen, und an den Wänden hingen Schwarzweißfotos seines hässlich-attraktiven Gesichts.

»Tim und Struppi«, sagte ich. »Audrey Hepburn. Alles Belgier. Ich dachte, du bist im Nation-Branding-Business.«

»Du bist heute aber ausgesprochen widerborstig. Und siehst sogar noch schlimmer aus als sonst.«

»Frauenprobleme«, sagte ich. »Ich fühl mich missverstanden. Sie fühlt sich missverstanden.«

»Dann solltet ihr heiraten und missverstandene Kinder bekommen«, sagte Simon. »Aber vermutlich wolltest du mit mir nicht über Sex reden?«

»Nein, im Gegenteil – über die Engländer. Genauer gesagt über die Botschaft. Man verlangt einen Veranstaltungskalender, bevor der Scheck unterschrieben wird. Offenbar sind sie erst zufrieden, wenn es zu

Körperkontakt zwischen Briten und Ostdeutschen kommt.«

»Lass uns Muscheln essen. In Mollusken sind die Belgier gut.« Simon winkte den Kellner heran, nippte an seinem nichtbelgischen Wein und überlegte einen Moment.

»Was du tun musst«, sagte er dann, »ist, den Geist des Fairplay einzufangen. Die Deutschen glauben, das sei der Inbegriff alles Positiven an den Briten. Curling, Golf, Polizisten, die ›bitte‹ und ›danke‹ sagen. Das alles sollst du dort draußen im Busch vermitteln.«

Ich dachte an die einzige Partie Golf, die ich je mit Harry gespielt hatte, und daran, wie er meinen Ball im hohen Gras versteckt hatte.

»Ja«, sagte ich skeptisch, »obwohl ich mir nicht sicher bin, dass es bei uns noch lächelnde Polizisten gibt.«

»Nun, du könntest es mit Golf versuchen«, schlug Simon vor. »Eine große Tradition. Habt ihr ein geeignetes Grün in der Nähe?«

»Nur die alten Baracken der Sowjets«, sagte ich, »wo sie die Schießübungen für die Eroberung von Dortmund gemacht haben.«

»Das reicht nicht«, sagte Simon, dessen Miene sich aufhellte, als die Muscheln serviert wurden. Sie waren so hoch aufgetürmt, dass ich mir nicht vorstellen konnte, je im Leben solche Mengen belgischer Meeresfrüchte zu vertilgen. Meine Sorge um Lena hatte mir den Magen zusammengezogen.

»Mach dir um Himmels willen keine Gedanken, du könntest zu viel essen«, munterte Simon mich auf. Offenbar hatte er mein Zögern bemerkt. »Fressen ist die lässlichste aller Sünden – es zerbricht keine Ehen und verursacht keine Verkehrsunfälle.« Er tätschelte seinen

Bauch wie eine Schwangere, die ihren ungeborenen, ungeduldigen Nachwuchs-Bruce-Lee zu beruhigen suchte, und sagte dann keuchend: »Ich hab's!«

»Was? Eine Kolik?«

»Nein – Cricket! Du solltest ein Cricket-Match organisieren!«

Das kam mir nun nicht gerade wie ein weltbewegender Geistesblitz vor. »Deutsche mit einem Schläger sind hoffnungslos«, erklärte ich ihm. »Sicher, sie können gegen einen Ball treten. Tennisschläger und Bälle gehen auch. Es gibt sogar ein paar großgewachsene Deutsche, die Bälle in Netzen versenken oder mit den Händen über Netze schlagen können. Aber eine Art Baseballschläger und Ball, nein.«

Simon wirkte überrascht, dass ich nicht aufgesprungen war, um ihn zu umarmen.

»Sie kegeln«, sagte er ein wenig eingeschnappt.

Ich erinnerte mich an die Kegelbahn in Gundis Kneipe: das tiefe Stöhnen, mit dem Horst die überdimensionierte Kugel losließ, den absurden Triumph, aus kaum zwanzig Metern Entfernung unbewegliche und ungeschützte Holzklötze zu treffen. Auf einer Kegelbahn konnte auch ein Schimpanse reüssieren, was vermutlich der Sinn des Ganzen war: ein Spiel, das noch weniger Fertigkeiten erfordert als Mensch-ärgere-dich-nicht, was auch seine Popularität in Amerika erklärt.

»Kegelbahnen sind für Loser«, sagte ich.

»Und Cricket etwa nicht?«, gab Simon zurück. »Elf Mann pro Team, die die meiste Zeit darauf warten, zum Schlag zu kommen. Und elf Mann im gegnerischen Team, die herumstehen, um den Ball zu fangen, falls er zufällig in ihre Richtung fliegt.«

Simons Einsicht überraschte mich schon. Ich hatte

ihn für einen britischen Cricket-Patrioten gehalten, der an die Heiligkeit des Nationalsports glaubte.

»Der Sinn von Cricket, sein politischer Zweck, bestand darin, den nichtchristlichen Mitgliedern des britischen Empire das Prinzip der Langeweile zu vermitteln«, sagte Simon. »Am Ende sind alle so überwältigt von der Inaktivität und der schieren Masse undurchschaubarer Regeln, dass es ihnen gleichgültig ist, wer gewinnt und wer verliert – und das ist die Definition von Fairplay. So haben wir die halbe Welt zivilisiert.«

»Afghanistan«, sagte ich und nickte begeistert.

»Großartige Cricket-Spieler«, bestätigte Simon, »phantastische Schläger-Ball-Koordination.«

»Und jetzt ...«

»Brandenburg, genau!« Simon zückte ein Notizbuch und begann zu schreiben. »Also, wir laden die Presse ein, auch wenn es Hyänen sind ... Oh, Verzeihung«, unterbrach er sich und blickte zu mir auf, »ich vergesse immer, dass du selbst Journalist bist.«

»Ich auch«, sagte ich und überprüfte mein Handy. Keine Nachricht von Lena.

»Du musst elf einheimische Mitspieler organisieren, egal welchen Alters, sie trainieren, einen geeigneten Platz finden und Planter's Punch für die Zuschauer servieren. Ich nehme an, dein Freund ... äh ...«

»Harry.«

»... Harry könnte das regeln. Ich finde elf Engländer für dich. Vielleicht könnten wir einen unechten silbernen Pokal besorgen und es das alljährliche deutsch-britische Schloss-Alt-Globnitz-Turnier nennen. Allerdings sollten wir dem Ganzen noch ein wenig Zeit geben – ein bisschen Grün sollte in Brandenburg schon zu sehen sein. Außerdem wird es garantiert schwierig, aus diesem Ossi-Pöbel ein anständiges Team zu formen.«

»Hey!«, sagte ich. »Sie sind in Ordnung. Die meisten jedenfalls.«

»Du hast dich offenbar schon gut eingelebt. Sehen wir dich demnächst auch in Schlabberhose?«

»Du meinst Trainingshosen. Die sind sehr bequem. Mit elastischem Bund.«

Simon verdrehte die Augen. »Kein Wunder, dass Lena dich verlassen hat«, meinte er, »du lässt dich gehen.«

Ich stand auf, nickte knapp, legte ein paar Scheine auf den Tisch, bedankte mich und schritt zum Ausgang. Hatte Lena mich wirklich verlassen?

Der Weg vom Café Brel bis zum Bahnhof Zoo war ein trübsinniger Gang. Ein graubärtiger Stadtstreicher verscheuchte einen jungen Mann mit voller Blase, der die Toilette am Savignyplatz benutzen wollte, obwohl der Alte sie zu seinem Nachtquartier auserkoren hatte. Aus den Kabinen eines Beate-Uhse-Ladens um die Ecke wehte der Geruch von Desinfektionsmittel. Zwei Jugendliche tauschten verstohlen Päckchen aus, vermutlich voller Amphetamine. Der Bahnhof selber war frei von Dealern, jedoch nicht von Geisteskranken. Eine Frau mit einem knöchellangen grauen Mantel und einer Medusa-Frisur fing an zu heulen wie ein Nebelhorn. Zwei Polizisten gingen auf sie zu.

»Lassen Sie sie in Ruhe«, sagte ich. »Sie ist bloß unglücklich. Das ist schließlich nicht verboten.«

»Ja, sie übt für DSDS«, sagte ein besonders smartes Kind auf einer Bank.

Die Polizisten zuckten die Achseln und gingen Kaffee trinken.

Aus dem schmutzigen Fenster der S-Bahn zum Hauptbahnhof sah ich ein paar bibbernde Giraffen im Zoo und dachte: Die armen Viecher, so fern der Heimat. Ich rief Arbuthnot auf dem Handy an. »Das ist eine großartige Idee, ja, Cricket und Fairplay. Ausgezeichnet. Sehr britisch. Beim Cricket wird doch heutzutage nicht auch gedopt, oder? Es muss ein sauberer Sport sein, keine Radrennfahrer oder Sprinter. Sonst läuft das Projekt total verkehrt, verstehen Sie?«

Ich versicherte ihm, dass das einheimische Team unschuldig wie Chorknaben, ehrlich wie Pfadfinder und so drogenfrei wie Angela Merkel sein würde. Nicht einmal der Vatikan selbst könnte eine so aufrechte Mannschaft präsentieren wie die Gemeinde Alt-Globnitz. Solange die Botschaft den Scheck rüberwachsen ließ.

»Ist praktisch schon in der Post, alter Junge«, sagte Arbuthnot. »Der Deal ist so gut wie in trockenen Tüchern.«

Ich dachte an Lena, nichts als Lena. Würde es helfen, wenn ich Darren feuerte? Ich schlenderte durch die Haupthalle des Bahnhofs. Der letzte Zug nach Alt-Globnitz sollte in wenigen Minuten abfahren. Das nahm ich zumindest an: Der Bahnhof war gestaltet wie ein Flughafen, weshalb sämtliche Uhren verbannt worden waren. Der Hauptzweck bestand darin, die Reisenden zu verlocken, jedes Zeitgefühl zu verlieren und mehr Geld in den Einkaufspassagen auszugeben. Wenn das bedeutete, dass sie ihren Zug verpassten, nun, dann hatten sie noch mehr Zeit zum Einkaufen. Plötzlich entdeckte ich direkt vor mir eine vertraute Person – die kleine, aber topplastige und muskulöse Gestalt des ehrenwerten Bürgermeisters von Alt-Globnitz. Er trug einen Hut, vielleicht als Einziger im ganzen Bahnhof, so dass ich nur annehmen konnte, dass er größer wirken oder sein schütteres Haar verbergen wollte. Er hatte einen kleinen Rollkoffer – warum trugen Männer keine Taschen mehr? War ihre Wirbelsäule kollabiert? – und in der Hand eine zusammengerollte Zeitung. Als ich auf ihn zuging, wirkte er so verlegen, als hätte ich ihn bei einer einsamen sexuellen Handlung überrascht.

»Herr Bürgermeister«, rief ich, als würde ich einen alten Freund aus Texas begrüßen, »auf der Heimfahrt zu Ihrem Wahlvolk?«

»Ah«, sagte er und sprühte sich unverzüglich eine Ladung antibakterielles Spray in den Mund. »Ich bin gerade angekommen. Geschäfte in der Stadt. Gespräche mit Investoren.«

Er sagte das so hastig und nervös, dass ich sofort vermutete, er hätte einen Termin in einem Sex-Club. Das machte ihn mir seltsamerweise sympathischer. Warum erzähle ich ihm nicht von dem Cricket-Match, dachte ich, um ihn mit an Bord zu holen.

Aber bevor ich auf das Thema zu sprechen kommen konnte, sagte er unvermittelt: »Wie ich höre, haben Sie Ihren Streit mit den Arbeitern beigelegt. Die Arbeit läuft wieder nach Plan. Gute Neuigkeiten.« Er nahm noch eine Portion von seinem Spray. Ich hatte gar nicht erst versucht, ihm die Hand zu schütteln, weil das den Einsatz von sterilen OP-Handschuhen erfordert hätte.

»Ja«, bestätigte ich und wollte nach seinem Schwager Uwe fragen, um dessen Heimlichtuerei auf den Grund zu gehen. Aber in diesem Moment kamen zwei Männer mit knallenden Absätzen auf uns zu. Der eine hatte ein verkniffenes Gesicht und war ganz in Schwarz gekleidet, mit einer frisch gebügelten Dolce & Gabbana-Jeans, ein Russe. Der andere hatte eine Brust wie ein Bierfass und trug schmutzige Schuhe und einen engsitzenden, glänzenden Anzug, Nationalität unklar. Er war derjenige, der – mit leichtem Akzent – sprach. Es hätte Italienisch sein können, aber ein Italiener mit ungeputzten Schuhen? Und einem Hemdkragen, der sich nach oben rollte?

»Der Wagen wartet«, sagte er. Der Bürgermeister hob kurz die Hand und ließ sie wieder sinken wie eine Bahnschranke. Ich verstand die Geste. Sie bedeutete: Unter normalen Umständen hätte ich vielleicht erwogen, Ihnen die Hand zu geben, aber auf einem Bahnhof gibt es einfach zu viele Bazillen, also begnügen Sie sich bitte mit einem angedeuteten Winken. Ein wenig verwirrt über sein sonstiges Gebaren – wer schickte einen Wagen, allem Anschein nach mit Leibwächter, um den Bürgermeister einer winzigen ostdeutschen Gemeinde abzuholen – eilte ich zum Bahnsteig, um den letzten Zug nach Hause zu erwischen.

Es ist ein Klischee romantischer Kriege, dass Frauen in unglücklichen Momenten ihrer Beziehungen darauf warten, dass das Telefon klingelt. Das liegt griffbereit zwischen den Tempo-Taschentüchern und einem Becher Häagen-Dazs-Chocolate-Chip-Eiscreme und wird vielleicht nicht mal abgenommen, ist jedoch integraler Bestandteil des Trennungsrituals. Das Ausmaß des Leidens wird an der Zahl der nicht beantworteten Anrufe gemessen. Weniger offensichtlich ist die Tatsache, dass auch Männer in Momenten der Trennung ihr Telefon nicht missen wollen. Gewiss, sie schalten es auf stumm und lassen es in der Manteltasche, finden jedoch im Laufe eines Arbeitstages zahlreiche Vorwände, um nachzusehen, ob Nachrichten eingegangen sind; mehr als eine Viertelstunde Konzentration darf man von einem Mann in dieser Situation nicht erwarten.

Aber Lena rief nicht an. Beinahe vier Tage – genau gesagt 92 Stunden – waren seit dem Streit zwischen ihr und Darren verstrichen, und sie hätte ebenso gut entführt, zur Befragung in eine geheime CIA-Basis verschleppt oder von einem schwarzen Loch im Kosmos verschluckt worden sein können. Es gab genug Ablenkung für mich und Arbeit für die Schlossmannschaft: Das Gerüst vor dem Haus musste abgebaut werden, nachdem das Dach geflickt und provisorisch isoliert worden war, der Garten war ganz passabel hergerichtet worden, die letzten Möbel zusammengebaut, die Betten bezogen, die Abflüsse kontrolliert, passende Handtücher bereitgelegt und Darrens Vorräte aufgestockt. Wichtig war vor allem, dass wir uns als Effi-Briest-Experten präsentierten. Ich hatte eine Liste von Charakteren erstellt. Jeder von uns sollte die Identität eines von Fontanes Protagonisten annehmen und die Gäste durch die Mark führen. Harry hatte sich für den Part des unzuverlässigen Major Crampas entschieden. Ich sollte aus irgendeinem Grund die Welt des vertrockneten Barons von Instetten verkörpern. Lutz hatte widerwillig die Rolle des Ritterschaftsrats von Briest, Effis Vater, übernommen. Obwohl sie dunklere Haare hatte als Effi, hatte Lena ursprünglich eingewilligt, als Fontanes Heldin zu agieren. Wir hatten geplant, die Gruppe zu Pferde im Galopp über die Felder zu führen, den Wind im Gesicht wie seinerzeit Effi. Aber ohne Lena war die ganze Scharade nur schwer vorstellbar.

»Vielleicht können wir mit ihnen zum Tropical Island fahren«, murmelte Harry. Er meinte eine beheizte Schwimmbadlandschaft in Brandenburg, wo Unternehmer in den rauschhaften Tagen nach der Wiedervereinigung eine neue Art von Zeppelin bauen wollten und Pleite gemacht hatten. Jetzt versuchte man in der riesigen Werkshalle, die Karibik in den Osten zu bringen: Sand, Liegestühle, überteuerte Rum-Cocktails und auf dem Wasser schwimmende Pommes frites mit Mayonnaise. Das klang nicht wie das ideale Ziel für die ernsten, gebildeten Verehrer des großen Theodor Fontane.

Lutz unterbrach seine Lektüre des Briest-Romans; ich hatte einige Passagen mit gelbem Textmarker unterstrichen, und Lutz musste unsere begeistert zahlenden Gäste eigentlich nur auf ein paar einheimische Sehenswürdigkeiten hinweisen und dazu ein paar Sätze zitieren. Aber Lutz war kein geborener Leser und fand die ganze Idee lächerlich. Er klappte das Buch lautstark zu.

»Das funktioniert nicht«, sagte er mit unverbrämter Endgültigkeit. »Die geführten Touren und der ganze Kram. Ohne Lena läuft das nicht. Sie ist die Frau des Hauses. Nur sie«, wiederholte er und klopfte auf den Einband des Buches, »kann den Mist interessant klingen lassen.«

Ich kapierte, dass Harry nicht illoyal sein wollte und deshalb stumm blieb. »Wir sollten uns deswegen jetzt keine Sorgen machen«, meinte er schließlich. Wir standen auf und blickten in die Dämmerung. Der Bus mit den Fonty-Touristen war lange überfällig; trotz Lutz' Bedenken hatten wir Uwe mit einem gemieteten Minibus losgeschickt, damit er sie am Flughafen Schönefeld abholte. Nach einem Flug in der Viehklasse von Easy Jet würden sie hungrig und müde sein. Darren hatte eingewilligt, ihnen ein Abendessen zu kochen. Mit vollem Bauch würden sie wie die meisten britischen Touristen hoffentlich sanftmütig werden. Wir drehten uns um, um ein letztes Mal den Salon zu inspizieren, und versuchten, den Raum mit Lenas Augen zu sehen. Welke Blumen! Kaffeebecher auf dem Tisch! Ein Aschenbecher mit drei ausgedrückten Kippen! Die anderen halfen mir beim Aufräumen. Harry verteilte ein paar Kerzen, Darren nahm die Bob-Marley-CD aus dem Player und tauschte sie gegen Louis Armstrongs »Wonderful World« ein. Als der Bus quietschend vor dem Haus hielt, sah sogar Mac adrett aus.

Wie ein Trupp ermatteter Soldaten holten die sechs Touristen (einer hatte wegen Grippe abgesagt) ihr Gepäck aus dem Kofferraum und starrten das Haus an. Uwe sah aus, als würde er grinsen. Ich hatte irgendwie das Gefühl, dass er nicht den direktesten Weg vom Flughafen genommen hatte. Aber nun waren die Gäste da, und es war eine Freude zu sehen, wie der Stress des Schnäppchen-Reisens von ihren runden Schultern glitt. Wir führten sie hinein, und der Duft von Darrens Kochkünsten – er hatte beschlossen, Leber mit Zwiebeln zu machen – wehte uns entgegen.

»Willkommen im Schloss Alt-Globnitz«, sagte Harry und setzte zu der Rede an, die ich hätte halten sollen. »Sie haben die Ehre, die ersten Gäste in diesem Haus seit dem Zusammenbruch des Kommunismus zu sein. Sie werden feststellen, dass sich zumindest die Landschaft kaum verändert hat, seit Fontane die Gegend durchstreifte.«

Harry stellte mich als Miteigentümer neben Lena vor, die wegen einer Familienangelegenheit bedauerlicherweise unabkömmlich sei. »Danke, dass du mich überhaupt erwähnt hast«, zischte ich Harry ins Ohr.

»Wenn ich gewartet hätte, bis du deine Gedanken geordnet hast, hätten wir vor Fontanes 200. Geburtstag nichts gehört«, erwiderte Harry und fügte, um zu demonstrieren, dass er ein wenig recherchiert hatte, noch hinzu: »Im Jahr 2019.«

Die Gruppe war offensichtlich vor allem froh, in warmen Räumen zu sein. Zwei der Männer trugen grüne Anglerwesten mit zahllosen Taschen, gefüllt vermutlich mit Trillerpfeife, Kompass, Bleistift, Spitzer und Streichholzschachtel für den Fall, dass sie sich allein durch den Busch schlagen mussten. Außerdem gab es einen buckeligen Professor, der scheinbar permanent auf den Boden starrte. Ich hoffte, dass er keine Ratte entdecken würde. Eine Frau mittleren Alters mit Stupsnase und Stützstrümpfen war offenbar seine Gattin. Außergewöhnlichstes Mitglied der Reisegruppe war eine Frau Mitte dreißig mit langem Jeansrock, Fleecejacke und funkelnagelneuen Adidas-Sportschuhen, frisch aus dem Karton. Sie ging direkt auf mich zu, als wollte sie jemanden verhaften.

»Ich bin Elsie«, verkündete sie, »und mein Guru hat mir gesagt, dass ich eine Inkarnation der Seele von Effi Briest bin.« Sie sprach extrem schnell, so als müsste sie diese Information noch rasch übermitteln, ehe sie explodierte.

»Wie nett«, sagte ich. »Leber mit Zwiebeln?«

Nachdem einige Weinflaschen geöffnet und geleert worden waren, hatten Harry und ich das Gefühl, unsere Gäste eine Weile sich selbst überlassen zu können.

»Ich glaube, diese Elsie ist verrückt«, erklärte ich ihm.

»Glaub mir«, gab er zurück, »ich habe ihnen zugehört, sie sind alle klinisch wahnsinnig. Aber was hast du erwartet? Hast du gedacht, irgendein Engländer bei gesundem Verstand würde auf den Spuren einer fiktionalen Heldin wandeln wollen?«

»Das ist das Geschäftsmodell des Schlosses, oder nicht? Verrückte via Internet zusammenzubringen und sie dann in der wirklichen Welt zu bewirten und zu unterhalten.«

»Immerhin verlangen sie kein Schloss mit Gespenstern«, sagte Harry.

Aber nachdem wir alle Gäste die Treppe aufwärts in Richtung ihrer Betten geschoben hatten, fragte ich mich, ob es in dem Schloss nicht womöglich doch spukte. Denn als ich gerade eine lange E-Mail an Lena beginnen wollte, hörte ich einen markerschütternden Schrei, gefolgt von einem Krachen. Ich nahm an, dass es sich um die Frau des Professors handelte, und konnte nur vermuten, was er ihr antat. Dann ertönten ein männlicher Ruf und ein weiteres Krachen, wenig später ein weiterer verzweifelter Schrei.

»Was zum Teufel ist da los?« In Begleitung von Lutz und Harry, der ein bisschen unsicher auf den Beinen war, weil er, wie er sagte, »Dr. Johnnie Walker konsultiert« hatte, stürmte ich die Treppe hinauf. Oben trafen wir auf eine Gästeschar, die sich sichtlich aufgebracht den Hintern rieb.

»Das Bett ist zusammengebrochen«, sagte einer der Anglerwesten-Männer, der, wie ich erfreut bemerkte, jetzt einen gestreiften Flanellschlafanzug trug. »Dachte schon, es wäre ein Erdbeben. Wollte gerade ein Zelt im Garten aufschlagen, als ich die anderen gehört habe.«

Lutz ging von Zimmer zu Zimmer, kroch unter die zusammengebrochenen IKEA-Betten und winkte mich zu sich.

»Irgendjemand hat die Schrauben gelockert«, sagte er. »Das ist Sabotage.«

Kapitel 10

Vor dem Fenster heulte der Ostwind. »Das heißt, der Frühling kommt«, sagte Lutz, »das weiß jeder Seemann.« Lutz redete viel, vielleicht wollte er von seiner Schuld an den zusammengebrochenen Betten ablenken. Soweit es die Fontane-Fans betraf, hätte er sich die Mühe sparen können. Sie kamen gähnend zum Frühstück, aber nachdem Darren ihnen Kaffee eingeflößt hatte, zogen sie munter ihre wattierten Anoraks an und waren bereit für die Tour.

Harry hatte eine Route zusammengestellt, die Fontane-Sehenswürdigkeiten mit nahe gelegenen Gaststätten verknüpfte. Ich beschloss mitzukommen, falls für den Rückweg ein nüchterner Fahrer gebraucht wurde. Wir holperten die Einfahrt hinunter und machten uns auf den Weg zu einem Ort namens Hankels Ablage.

»Dort traf der adelige Offizier Botho von Soundso seine Geliebte in …«

»Irrungen und Wirrungen«, warf ich ein und dachte, dass man meinen stümperhaften Versuch, mich in der deutschen Provinz niederzulassen, nicht treffender hätte beschreiben können.

»Genau. Sie werden es lieben«, sagte Harry. »Es ist sehr romantisch, und laut Internet gibt es eine Kneipe in der Nähe. Zum Aufwärmen.«

Wir warfen einen Blick auf unsere Fahrgäste. Ich hatte erwartet, dass sie alle kurz vorm Eindösen sein würden, doch sie wirkten hellwach und starrten mit glasigen Augen aus dem Fenster. Wir hatten uns für die nächtlichen Unannehmlichkeiten entschuldigt, aber sie schienen den Zwischenfall als schlichtes Kuriosum hinzunehmen. Vielleicht gingen sie davon aus, dass alle ostdeutschen Betten von instabiler Bauweise waren, jedenfalls verlangten sie weder weitere Erklärungen noch drohten sie mit Klagen. So weit, so gut, auch wenn das Rätsel ungelöst blieb.

»Glaubst du, Lutz hat Murks gebaut?«, fragte ich Harry.

»Nee«, antwortete er und verzog kurz verärgert die Miene, als das Navi ihn einen schlammigen Feldweg hinunterschickte. »Irgendjemand hat daran herumgepfuscht.«

»Lutz glaubt, dass es Uwe war.«

»Na, ist doch klar, oder? Aber wie sagt Sherlock Holmes immer: Für ein Verbrechen braucht man Motiv und Gelegenheit. Welches Motiv sollte Uwe haben? Bei Lutz bin ich mir ehrlich gesagt nicht so sicher. Bei den Ratten ist er ein bisschen ausgeflippt – Uwe arbeitet schließlich nicht beim Zirkus. Woher soll er eine Rattenfamilie haben, die er dann auch noch auf den Speicher schmuggelt?«

»Auf Lutz lass ich nichts kommen. Er ist mein Fels in der Brandung«, beendete ich die Diskussion. Während wir uns der Stadt Zeuthen näherten, grübelte ich über das Problem nach. »Meinst du, es könnte die verrückte Elsie gewesen sein? Ihr Bett ist als einziges nicht zusammengebrochen.«

Harry musterte sie im Rückspiegel. Sie hatte ihr

Schminkset aufgeklappt, um zu kontrollieren, ob ihr Lippenstift verschmiert war.

»Warum sollte sie so etwas tun?«, flüsterte Harry und drehte demonstrativ das Radio lauter, um lauschende Mitfahrer abzulenken.

»Verrückt ist verrückt«, sagte ich, »da braucht man kein Motiv.«

»Ich werde sie im Auge behalten«, versprach Harry und parkte schwungvoll vor Hankels Ablage an der schlammig braunen Dahme, einem Fluss, so romantisch wie ein Klärwerk. Die Geschichte des Ortes war leicht genug zu erklären: Die Familie Hankel hatte das Grundstück im Jahr der Französischen Revolution als Holzlagerplatz gekauft, und im Laufe der Jahre war daraus ein Bahnhof auf der Strecke nach Görlitz geworden. Die Familie baute einen Gasthof, in dem Fontane den tragischen Höhepunkt einer Liebesaffäre spielen ließ, die zum Scheitern verurteilte Mesalliance zwischen einem schwachen Adligen und einer starken Arbeiterin. Harry erklärte der Gruppe diese Umstände ziemlich flüchtig, um sein fehlendes Detailwissen zu überspielen. Ich hatte einen kleinen Reiseführer dabei und beschloss, den Fonty-Groupies ein genaueres Bild zu liefern, sobald wir in dem Gebäude waren. Wir hasteten von dem Minibus durch den heulenden Wind zu der Fontane-Ausstellung. »Wenigstens schneit es nicht, sondern regnet nur ein bisschen«, rief der buckelige Professor, und ich staunte über die Energie, die Engländer in sinnlose Gespräche über das Wetter investieren konnten. »Ja«, rief seine Frau zurück, »es ist so frisch, nicht wahr?«

Drinnen schüttelten die Reisenden sich wie ein Labrador nach einem Bad im Meer. Bis auf ein paar Fotos von Fonty und der Ablage in früheren Zeiten gab es nichts zu besichtigen, deshalb räusperte ich mich und zitierte halb auswendig aus dem Reiseführer.

»Wie Sie sich gewiss erinnern werden, lernt Baron Botho von Rienäcker die Schneidermamsell Helene Nimbsch während einer Bootspartie kennen. Sie lebt mit ihrer Adoptivmutter in einem Häuschen in der Nähe des Berliners Zoos, er stammt aus einer Adelsfamilie, der langsam das Geld ausgeht ...«

Mein Publikum lauschte gebannt. Nur Harry wurde etwas unruhig, nachdem er festgestellt hatte, dass in dem zugehörigen Gastronomiebetrieb kein Bier mehr ausgeschenkt wurde. Auch die verrückte Elsie wirkte etwas abwesend und starrte aus dem Fenster in den Regen.

»Sie treffen sich hier in der Ablage, aber plötzlich tauchen drei Armeekameraden von Baron Botho mit ihren Geliebten auf, und ihm wird klar, dass Helene – die in dem Werk immer nur Lene genannt wird – nie seine Frau werden kann, weil sie aus einer anderen Welt stammt.« Lene, dachte ich. Lena. Wo bist du?

»Botho heiratet seine reiche Cousine, obwohl er sie nicht liebt. Lene ...« Ich räusperte mich erneut und hoffte, dass die Fonty-Fans nicht bemerkten, wie persönlich ich die Sache nahm. »Lene, die klüger ist als ihr Geliebter und schon immer gewusst hat, dass aus ihrer Liebe nichts werden kann, heiratet einen älteren Mann namens Gideon Franke. Lene erklärt ihm, dass sie keine Jungfrau mehr ist. Gideon bekümmert das nicht weiter – er hat eine Zeitlang in Amerika gelebt und ist deshalb in Fontys Augen ein Mann von Welt –, geht jedoch zu Botho, um mehr zu erfahren. Botho begreift, dass er die Liebe seines Lebens durch Feigheit verloren hat, und das ist es im Grunde.«

Es entstand ein längeres Schweigen, nur unterbrochen von Harry, der nervös mit den Fingern auf einem Tisch in dem beengten Ausstellungsraum trommelte.

»Das ist alles? So endet es?«, fragte einer der Anglerwesten-Träger, der das Buch offensichtlich nicht gelesen hatte.

»Mehr oder weniger. Der Baron erkennt, dass er ein Idiot war, als Gideon und Lena, Verzeihung, Lene ihre Hochzeit bekanntgeben. Er sagt: ›Gideon ist besser als Botho.‹«

»Aber Botho ist reicher«, sagte der Professor, »er hat das Anwesen gerettet.«

»Und unglücklicher ist er auch«, sagte seine Frau und warf ihm einen spitzen Blick zu.

»Was hat das mit Effi Briest zu tun?«, fragte die verrückte Elsie.

»Nichts«, sagte ich. »Anderes Buch.« Mir spukte die Lene-Lena-Frage zu sehr im Kopf herum, um höflich zu sein. Wo war Lena jetzt? Wie konnte ich sie mit ihrem eigenen Haus versöhnen?

»Das Leben ist hart, darin besteht der Zusammenhang. Fontane schreibt an seinen Chef bei der Vossischen Zeitung …« Ich blätterte zu der entsprechenden Stelle in dem Reiseführer. »… ›Die Sitte gilt und muss gelten, aber dass sie's muss, ist mitunter hart.‹« Ich spürte einen Kloß im Hals und hörte auf zu lesen.

Harry erkannte das Warnsignal und sprang auf.

»Gut«, sagte er, »Zeit für ein Glas in der lokalen Gaststätte, und dann geht's ins Briest-Land.«

Und tatsächlich fand Harry, der in puncto frisch gebrauten Bieres aus der Gegend über die feine Nase eines Sprengstoffhundes verfügte, nach kurzer Fahrt eine Kneipe mit Plastikblumen auf abwaschbaren

Kunststofftischen und in etwa so urig wie ein Handy-Shop.

»Dieses Lokal steht auf dem Fundament eines Lagerhauses aus dem 19. Jahrhundert«, improvisierte er. »Fontane hätte die Örtlichkeit bestimmt bewundert. Und er hätte sich aus tiefstem Herzen gewünscht, dass das Haus eines Tages eine Gaststätte beherbergt, die König Pilsener ausschenkt.«

»Sie stellen den großen Dichter als einen großen Trinker dar«, brummte der Professor und klang dabei so verärgert wie eine im Glas gefangene Wespe.

»Nur als einen großen Geist, Sir«, sagte Harry mit spöttischem Respekt, »dessen kreatives Hirn regelmäßig geölt werden musste.«

»Trinken wir auf die kreative Ölung«, sagte Anglerweste Nummer eins, mittlerweile so weit aufgeknöpft, dass darunter ein dicker blauer Pullover sichtbar wurde, wie sie U-Boot-Offiziere zu tragen pflegen.

»Auf die Kreativität!«, sagte die Frau des Professors.

»Auf die Ölung!«, pflichtete Harry ihr bei.

Nach drei weiteren Runden wurde deutlich, dass ich mich für den nächsten Streckenabschnitt hinters Steuer setzen musste. Während die Gruppe sich mit Harry verbrüderte, breitete ich die Karte aus und versuchte zu ergründen, wie wir nach Neuruppin – Fontys Geburtsort – und anschließend zu einem späten Mittagessen zurück zum Schloss gelangen würden. Es fiel mir schwer, mich zu konzentrieren; Lenas Abwesenheit und Harrys Anwesenheit verwirrten meine Sinne.

»Was ist Ihr Lieblingsbuch?«, fragte die verrückte Elsie Harry, der zwischen ihr und der Gattin des Professors am Tisch saß.

»Effi Briest natürlich«, erklärte er, obwohl er meines Wissens kein einziges Wort von Fontane gelesen hatte und ehrlich gesagt eher der Dan-Brown-Typ war.

»Das ist perfekt«, sagte Elsie und zwirbelte ihr wirres blondes Haar zwischen den Fingern.

»Na ja«, meinte Harry und kratzte sich am Hinterkopf, »es hat im Grunde nur einen Makel, nicht wahr: das völlige Fehlen einer dreißigseitigen Sex-Szene irgendwo mittendrin.«

Die versammelten Fontane-Verehrer starrten kommentarlos auf ihr Bier. Offenbar war es durchaus zulässig, über Effis amouröse Leidenschaft zu sprechen, aber nicht von verschwitzten Leibern. Harry hatte einen Frevel gegen den Meister begangen.

»Gut«, ging ich dazwischen, »Zeit zum Aufbruch.«

Nachdem wir Fontanes Geburtsort unsere Aufwartung gemacht hatten – inklusive diverser von Harry ausgebrachter alkoholischer Toasts auf das Andenken des Schriftstellers, seine Inspiration durch Sir Walter Scott und seine glücklichen Tage als Korrespondent in Großbritannien –, hätte ich die Pilger aus dem Minibus *gießen* können. Der Professor war so betrunken, dass er beinahe aufrecht ging. »Geh hin und zeig es!«, brüllte er in brüchigem Deutsch, als wir die Haustür öffneten. Es war natürlich ein Zitat von Fontane, der auf einer Insel im schottischen Loch Leven ein Schloss gesehen hatte, das ihn an Schloss Rheinsberg oder, wie Harry listig andeutete, vielleicht auch an unser eigenes Schloss erinnert hatte. Der Anblick hatte den Dichter dazu inspiriert, zu seinen Wanderungen durch Brandenburg aufzubrechen, auf der Suche nach einer Landschaft, die es an Schönheit mit dem aufnehmen konnte, was er in Schottland gesehen hatte. Diese für die Fonty-Fans aufgewärmte Anekdote hatte den Vorwand geliefert, von Bier auf Scotch umzusteigen.

Wir wurden nicht (wie ich irrational gehofft hatte) von Lena empfangen, zurückgekehrt aus ihrem selbst auferlegten Exil, sondern von dem Geruch oder besser dem Aroma von Hühnchen und Knoblauch. Die feuchtfröhlichen Literaturbegeisterten versammelten sich in der Küche und sahen zu, wie Darren letzte Hand an seinen trinidadischen Hühnereintopf legte. Der Ofen war mit Ölspritzern bekleckert, auf dem Fußboden lagen Reste von gehackten Zwiebeln, und die Arbeitsplatte sah aus wie ein Schlachtfeld, aber das Mahl war warm und süß – Darren hatte braunen Zucker ins Öl gegeben – und nicht so scharf, dass die Gäste die Abwasserrohre des Hauses einem ernsthaften Praxistest unterziehen mussten. Wir saßen in Eintopf schlürfender Runde um den Tisch versammelt, und niemand nahm Anstoß daran, dass Darren verdächtig nach Cannabis roch. Lutz zog sich einen Stuhl heran und flüsterte mir zu: »Ich habe alle Betten repariert – die würden jetzt auch einen Tsunami überstehen.« Die verrückte Elsie erklärte Harry, dass er sie an Major Crampas erinnerte, und griff ständig an ihm vorbei nach der Worcestersauce. Ansonsten aßen wir wortlos, aber geräuschvoll wie Schweine um einen Trog.

»Ist das auch britisches Essen?«, fragte Lutz.

»Britisches Essen ist das Essen des Empire«, sagte der Professor. Harry, der befürchtete, dass wir uns eine Vorlesung anhören mussten, füllte das Glas des Mannes mit Chateau Aldi nach. »Neben Speck zum Frühstück und Sachen wie Yorkshire Pudding und Fish and Chips haben wir eine Menge Rezepte gestohlen. Es gibt zum Beispiel nichts Britischeres als Chicken Marsala, das

Lieblingsessen des Landes. Das haben wir von den Indern geklaut und uns zu eigen gemacht.«

Harry seufzte vernehmlich und stellte die Weinflasche vor dem Professor ab, vermutlich in der Hoffnung, den Mann mitten im Satz in Tiefschlaf sinken zu lassen. Dabei schaffte er es irgendwie, die verrückte Elsie zu streifen, die wahrscheinlich von der frischen Luft und dem Alkohol förmlich glühte und auf einmal auch gar nicht mehr besonders verrückt aussah.

Reis und Sauce über den halben Tisch kleckernd – irgendjemand würde dem Jungen Manieren beibringen müssen –, verteilte Darren einen Nachschlag.

»In Trinidad kocht die ganze Familie«, erklärte er dazu. »Mein Dad hat genauso gut gekocht wie meine Mom, sie hat sogar ein paar Rezepte von ihm gelernt. Es ist nicht so wie hier, wo ein Mann, der kocht, na ja, praktisch schwul ist.«

Lutz schob seinen leeren Teller beiseite. »Das stimmt nicht. Einige der männlichsten Männer in Deutschland sind Köche.«

»Na ja, wie auch immer«, meinte Darren. »Jedenfalls denken wir, selbst wenn wir nur für drei Leute kochen, an unsere ganze Familie, im Geist kochen wir immer für unsere Onkel, Großmütter, Brüder und so weiter mit. Es ist ein Fest, und es spielt keine Rolle, ob die Verwandten weit entfernt auf der Insel hocken und wir in London, denn wir haben sie immer alle im Sinn. Deshalb machen wir ein Essen nicht zu süß, weil Onkel Fred zuckerkrank ist und keinen Zucker essen darf, und nicht zu zäh, weil der alte Großvater kaum noch Zähne hat.«

Es war die längste Rede, die ich je von Darren gehört hatte, und sie erinnerte mich daran, dass ihm das Kochen wirklich am Herzen lag. Ich war mir mittlerweile sicher, dass Darrens Leidenschaft fürs Kochen Lena gestört und vertrieben hatte. Wer immer die Kontrolle über den Herd hatte, kontrollierte das Herz dieses Hauses. Es ging um mehr als um einen Teenager, der engagiert worden war, um ein paar Eier zu braten, es ging um die Kontrolle des Territoriums. Vielleicht dachte Lena, dass Harry und ich Darren in die Küche geholt hatten, um sie zu verdrängen. Ich musste einen Weg finden, sie zu beruhigen. Sich selbst überlassen, würde Darren sich immer breiter machen und uns alle zu Ehrenmitgliedern seiner karibischen Familie. Bald würden wir in einer Steeldrum-Band spielen und Limbo tanzen.

Als das Geschirr abgewaschen war, wurde die Fontane-Brigade zur Siesta auf ihre Zimmer geschickt, während ich mich mit Lutz und Darren hinsetzte, um den Betten-Crash zu erörtern. Harry war schon eine Viertelstunde früher nach oben verschwunden, wo er sich um eine dringende Angelegenheit kümmern müsse, wie er uns murmelnd zu verstehen gegeben hatte.

»Lutz«, fragte ich ein wenig nervös, »bist du absolut sicher, dass du diese Betten richtig zusammengebaut hast?«

Er nahm es mir nicht übel.

»Selbstverständlich«, sagte er. »Und ich habe sie heute Morgen noch mal überprüft, als ihr unterwegs wart. IKEA-Betten sind so gebaut, dass man nur eine Schraube – eine einzige Schraube – lösen muss, damit alles auseinanderfällt. Der Trick besteht darin, diese Master-Schraube zu finden. Beim Zusammenbauen merkt man es nicht. Aber Umzugsleute kennen den Trick alle.«

»Eine Art nordische schwarze Magie«, sagte ich.

»Worum geht's?«, fragte Harry, der plötzlich die Treppe herunterkam.

»Wo bist du gewesen?«, fragte ich.

»Elsie hat mich gebeten zu überprüfen, ob ihr Bett sicher ist.«

»Aha.«

Lutz und Darren wechselten vielsagende Blicke.

»Und wie hast du das gemacht?«

»Ich habe die Matratze getestet. Wenn ein Saboteur sein Unwesen treibt, kann man gar nicht vorsichtig genug sein.«

»Nein«, stimmte ich ihm zu, »man kann nicht vorsichtig genug sein.«

Lutz breitete seine Theorie aus, nach der Uwe der böse Geist war, der hinter der Zerstörung der Betten steckte.

»Und warum sollte er das tun?«, fragte ich.

»Vielleicht ist er sauer, weil ich ihm wegen der Ratten auf dem Speicher misstraut habe.«

»Aber die Ratten waren real, er hat uns keinen Mist erzählt.«

»Er ist ein bösartiger Kerl.«

Darren hatte Tee à la Trinidad gemacht, mit Rum und Zucker. Es wurde höchste Zeit, dass Lena zurückkam und uns daran hinderte, uns zu Tode zu trinken.

Plötzlich fiel Darren etwas ein. »Als ich gestern einkaufen war, habe ich in der Stadt etwas Seltsames beobachtet.«

»Ich hoffe, du hast kein Marihuana gekauft, Darren«, sagte Harry. »Darüber hatten wir doch gesprochen, wenn du dich erinnerst.«

»Nein, Onkel Harry, ich hab bloß Paprika und Bananen besorgt. Ich habe gesehen, wie Uwe ins Rattenhaus gegangen ist.«

»Du meinst vermutlich das Rathaus«, sagte Lutz.

»Sag ich doch. Im Foyer hat er einem kleinen Mann die Hand gegeben, alt – etwa dein Alter, Onkel Harry –, und dann habe ich gesehen, wie ihm der alte Mann einen Umschlag gegeben hat. Bargeld, da bin ich mir sicher.«

»Das kann man nicht mit Gewissheit sagen«, bremste ich ihn.

»Der Bürgermeister und Uwe«, sagte Lutz, »da gibt es einen Zusammenhang.«

»Nun, sie sind miteinander verwandt«, sagte ich, »das ist kein Geheimnis. Deswegen haben wir Uwe ja überhaupt engagiert.«

»Und was war so seltsam an dieser Begegnung, Darren?«

»Dass dieser Uwe die ganze Zeit gelacht hat, Onkel Harry, und er kommt mir sonst eigentlich nicht besonders lustig vor!«

Wir mussten Darren recht geben. Uwe war kein Witzbold. Wir brauchten einen Plan. Lutz war dafür, sich Uwe zu schnappen und ihn unter Anwendung von Waterboarding zu zwingen, uns die Wahrheit zu sagen.

Harry stimmte ihm zu. »Waterboarding, eine große britische Erfindung«, sagte er.

»Amerikanisch«, verbesserte ich ihn.

»Stasi«, meinte Lutz.

Das brachte mich auf eine Idee. Vielleicht konnte Harry sich bei der Birthler-Behörde umtun, um herauszufinden, ob irgendwas gegen den Bürgermeister vorlag. Harry willigte ein.

»Wir können Uwe später immer noch foltern«, sagte er.

Das war der Punkt, an dem ich den Tisch verließ und

mich an den Kamin setzte, um meine Erinnerung bezüglich der Cricket-Regeln aufzufrischen.

Am nächsten Tag chauffierte Harry die Fontane-Fans inklusive der verrückten Elsie, die ihm weiterhin große Cockerspaniel-Augen machte, nach Caputh. Fonty hatte den Ort »das Chicago am Schwielowsee« genannt. Das hatte Harrys Phantasie geweckt – als junger Mann hatte er einmal einen Sommer bei der *Chicago Tribune* gearbeitet und »das knallharte Nachrichtenbusiness« gelernt, während er mit weichbirnigen Polizeireportern im Matchbox in der Milwaukee Avenue gesoffen hatte. Caputh war nicht direkt Al-Capone-Territorium, aber Fonty war hier gewesen, und Albert Einstein hatte ein Sommerhäuschen unweit des Sees gehabt, so dass es natürlich auch Kneipen für Touristen gab. Das Harry-Modell von Literatur-Tourismus (ein sinnhafter Ort + Alkohol = Empathie mit dem Dichter) stand auch am zweiten Tag auf dem Programm. Als Harry sich ans Steuer setzte, bemerkte ich, dass Elsie schon auf dem Beifahrersitz hockte.

Ich selbst hatte beschlossen, einen Tag in Alt-Globnitz zu bleiben. Wir mussten anfangen, unser lokales Cricket-Team zusammenzustellen. Das einzige Trainingsgelände, das ich auftreiben konnte, war eine Wiese hinter den alten sowjetischen Baracken, zu Fuß 25 Minuten vom Dorf entfernt und ein seltsamer Ort.

Auf den ersten Blick sah es aus, als wären die Baracken erst gestern verlassen worden; die Fenster standen offen und klapperten im Wind, der Appellplatz war leer, aber die angrenzenden Garagen rochen noch immer nach Öl. Es gab eine stillgelegte Tankstelle, Lagerhäuser mit offenen Toren, und man hörte das Ächzen von

Holz. Die Russen hatten jeden Beschlag, jeden Meter Kabel und alles, was daheim sonst noch nützlich sein könnte, mitgenommen. Wo die Öfen gewesen waren, klafften schwarze Löcher. Wie viele Männer brauchte man, um einen Backofen anzuheben? Zehn, zwölf?

Die Wiese passte perfekt zu den Gebäuden; vor Jahren war sie von 72-Tonnen-Panzern umgepflügt worden und hatte sich nie wieder richtig erholt. Strategisch über die Fläche verteilte Kuhfladen ließen immerhin darauf schließen, dass im Boden keine russischen Minen vergraben waren und man die Wiese sicher betreten konnte.

Es war wieder kalt geworden, und die sieben Männer, die vor mir standen, zitterten wie Gelee. Die sportlicheren unter ihnen sprangen auf und ab; die anderen waren damit beschäftigt, Wärme aus ihren Zigaretten zu saugen. Alle wirkten deprimiert und wie abkommandiert. Da waren zunächst unsere vier Arbeiter, allerdings ohne Uwe. Sie wurden weiter bezahlt, auch wenn wir ihnen für die drei Tage, in denen die Fonty-Fans bei uns residierten, freigegeben hatten. Das heißt, an diesem Tag wurden sie dafür bezahlt, Cricket zu spielen, und ich vermutete, dass sie lieber im Haus Zement angerührt hätten; immerhin sollte es hinterher trinidadischen Hühnereintopf für alle geben. Horst, der Stones-Fan aus Grundis Kneipe, hatte noch Bernie angeworben, der in seinem Tai-Chi-Kurs war und einen Ein-Euro-Job als Aushilfe beim Frisör hatte. Er wirkte ein wenig schmächtig, aber einige der größten Cricket-Spieler der Welt sahen unterernährt und heruntergekommen aus, so dass Grund zur Hoffnung bestand. Des Weiteren waren noch Peter, der Klempner, und Robert, der Sparkassenchef, erschienen. Horst hatte sie am

Abend zuvor bei Gundi überredet, und sie wirkten beide, als würden sie die Entscheidung bereuen. Aber Peter hatte gutes Geld damit verdient, unsere Toiletten funktionstüchtig zu machen, und konnte wahrscheinlich auf weitere Aufträge hoffen. Robert hatte uns einen Überbrückungskredit gewährt und musste wie jeder vernünftige Banker in diesen prekären Zeiten ein Auge auf seine Investition haben. Ich hatte gehofft, auch Gundi zu gewinnen – schließlich war sie sportlicher und im Grunde auch männlicher als alle anderen –, aber Horst hatte das als einen Verstoß gegen die guten Sitten des Dorfes ausgeschlossen. Es sei Sache der Männer, sagte er, die Ehre des Landes gegen ein Team von schmalbrüstigen Engländern mit weichen Knien zu verteidigen. Auch wenn Gundi markante Spuren eines Oberlippenbartes habe, erklärte er entschieden, würde sie das noch nicht zum Mann machen, und da konnte man Horst gewiss nicht widersprechen. Es bestand allerdings die Hoffnung, dass Gundi einen ihrer Exfreunde nötigen konnte, sich der Mannschaft anzuschließen, vielleicht sogar Knut den Ringer. Knut wäre perfekt. Er war breit wie Asien und würde allein dadurch jeden Werfer der gegnerischen Mannschaft gehörig Angst einjagen. Gundi und Knut waren einst ein großes Liebespaar gewesen, eine neunzig Kilo schwere Julia und ein hundertzehn Kilo schwerer Romeo. Die Beziehung war lange vorüber – trotzdem würde Knut daran gelegen sein, Gundi mit seiner Muskelkraft und seinem Geschick zu beeindrucken, das klassische Ex-Freund-Syndrom.

Horst und ich musterten das Team, oder was als ein solches durchging, und mir kamen die Worte des Duke of Wellington in den Sinn, der die zerlumpten britischen

Truppen vor der Schlacht gegen Napoleon inspiziert hatte: Mein Gott, mögen sie auch den Feind nicht erschrecken, mir machen sie fürwahr Angst. Vor uns lag eine lange schwarze Tasche mit gebrauchten Teilen einer Cricket-Ausrüstung, die man im Keller der britischen Botschaft gefunden hatte: zwei Schläger, ein paar Helme, Beinschoner und »Stumps«. Die Stumps waren drei achtzig Zentimeter hohe Holzpflöcke, die man in die Erde steckte, um darauf zwei »Bails«, kaum bleistiftlange Querstäbe, zu platzieren. Vor dieser »Wicket« genannten Konstruktion stand ein Mann mit einem Schläger, der sie verteidigte. Sein Gegner war der Werfer, so genannt, weil er versuchte, die Stumps mit einem Ball umzuwerfen. Wenn der Schlagmann den Ball traf und sein Gegner ihn nicht fing, konnte er zu einem zweiten Wicket laufen und damit einen Punkt, genannt »Run«, erzielen. Und das war's im Grunde. Ein Team versuchte das andere nach einer Reihe obskurer Regeln zu vernichten; es war Krieg, es war Leben. Und weil die Briten das Spiel erfunden hatten, galt es als Inbegriff des Fairplay. Das bedeutete, es war eine der Sportarten, bei der die Einnahme von Drogen einem nicht weiterhalf. Das Spiel war so langsam und ziellos, dass die meisten Zuschauer ohnehin glaubten, sie wären auf LSD.

Ich setzte an, meiner Mannschaft die Grundregeln zu erklären, und erkannte, dass ich sie so gründlich verwirrte, als hätte ich versucht, ihnen Hegels *Phänomenologie des Geistes* zu erläutern.

Um das Ganze plastisch zu veranschaulichen, rammte ich die drei Pflöcke in die Wiese. »Das ist ein Wicket«, sagte ich, schritt achtzehn Meter geradeaus, wobei ich nur knapp einem Kuhfladen ausweichen konnte, und baute das zweite Wicket auf. Dann zog ich einen Cricket-Schläger aus der Tasche von der Botschaft. Das weckte zum ersten Mal Interesse. Der Schläger war beinahe so lang wie ein Golfschläger, aber aus Holz, roch angenehm nach Leinöl und war auf einer Seite abgeflacht.

»Man steht vor dem Wicket und hält den Schläger genau so.« Ich hielt das Ende des Schlägers direkt hinter meine Füße. »Der Schlagmann wartet auf den Ball und tritt, wenn er auf ihn zufliegt, einen Schritt nach vorn, holt aus und schlägt den Ball weg.« Ich demonstrierte den Bewegungsablauf. »Wenn der Ball weit genug fliegt, kann der Schlagmann zu dem anderen Wicket laufen und wieder zurück, einmal, zweimal, bis der Ball wieder beim Wicket-Keeper ist.« Ich sah, dass ich ihre Aufmerksamkeit wieder verlor.

Ich warf Horst einen hilflosen Blick zu. Er nickte kaum merklich, ging zu seinem Passat und kehrte mit einer Tafel und Kreide zurück. Die Kreide quietschte wie Heidi Klum, als ich die Positionen aufmalte.

»Das ist alles«, sagte ich und zeigte auf die Tafel. »Unsere Mannschaft hat alle elf Spieler im Feld. Es gibt einen Werfer, einen Wicket-Keeper, der hinter dem Schlagmann kniet und darauf wartet, dass der einen Fehler macht, und die anderen neun sind auf dem Feld verteilt, um den Ball zu fangen. Die andere Mannschaft hat nur immer jeweils zwei Spieler auf dem Feld. Die beiden Schlagmänner vor den Wickets.«

»Und was machen die anderen?«, fragte Robert von der Sparkasse.

»Sie sitzen an der Seitenlinie, trinken Bier, reißen Witze und warten darauf, dass sie dran sind.«

Die Männer brummten zustimmend.

»Ihr werdet außerdem feststellen«, fuhr ich fort, »dass niemand besonders weit laufen muss. Deshalb ist es der perfekte Sport für jeden, der nicht mehr in der Blüte seiner Jugend steht oder es nicht geschafft hat, die *Brigitte*-Neujahrs-Diät einzuhalten. Wer möchte es mal versuchen?«

Es folgte ein verlegenes Scharren von Füßen, als hätte ich die Klasse aufgefordert, eine komplizierte trigonometrische Gleichung zu lösen.

Horst übernahm das Kommando. »Wer von euch hatte Wehrerziehung in der Schule?« Er wartete die Antwort nicht ab. »Peter und Robert auf jeden Fall. Los, kommt her.«

Alle anderen hatten das Licht der Welt erst nach dem Fall des Kommunismus erblickt, so dass ihnen die militärische Ausbildung erspart geblieben war.

»Peter, ich nehme an, du hast gelernt, wie man eine Granate wirft.«

Peter strich über seinen Bierbauch und bestätigte die Vermutung mit einem Nicken.

Horst gab ihm den Lederball und zeigte auf das Wicket. »Das ist der Klassenfeind«, bellte er, wahrscheinlich in der Hoffnung, irgendwelche schon lange in dem Klempner schlummernden Killerinstinkte zu wecken. »Vernichte ihn!«

Peter nahm kurz schnaufend Anlauf, holte aus und warf den Ball in Richtung Wicket.

Er verfehlte es um mindestens drei Meter.

»Und deshalb hat der Kapitalismus auch über den Kommunismus gesiegt«, sagte ich.

»Vielleicht hätte ich meine Brille aufsetzen sollen«, meinte Peter.

Aber sein Versagen wirkte wie ein Ansporn auf den

Rest der Mannschaft. Jedenfalls war es unbedingt interessanter, eine imaginäre Granate zu werfen als einen realen Cricket-Ball. Es war bloß eine andere Form von Kegeln; Kegeln ohne Verstand.

»Gut«, sagte Horst, nachdem alle zwanzig Minuten lang Pseudogranaten geschleudert hatten, »jetzt brauchen wir einen Schlagmann. Bernie!«

Alle meine Arbeiter kicherten, und ich wusste auch, warum. Bernie war zu drei Monaten Haft auf Bewährung verurteilt worden, weil er einen Ausländer – in Wahrheit nur einen besonders dunkel gebräunten Schwaben – mit einem Baseballschläger bedroht hatte.

»Also, Bernie, nimm den Schläger und konzentriere dich darauf, statt Menschen Bälle zu schlagen und dieses Wicket zu bewachen.«

Bernie postierte sich stolz und breitbeinig vor den Holzpflöcken.

»So, Peter«, sagte Horst. »Jetzt wirfst du deine Granate auf Bernie. Oder genauer gesagt: auf die Holzpflöcke hinter Bernie.«

Peter nahm den Ball in den Mund – »Warum macht er das?«, fragte ich Horst, der erwiderte: »Er reißt in der Phantasie den Zündring ab.« –, holte aus und schleuderte den Kork-Leder-Ball von sich. Bernie hatte drei Sekunden Zeit zu reagieren und entschied sich dafür, sich auf den Boden zu werfen und schützend die Hände über den Kopf zu halten. Der Ball brachte die Pflockkonstruktion zum Einsturz, und Peter brüllte: »Jaaaa!« Robert klatschte seinem Altersgenossen solidarisch Beifall, und einige meiner Arbeiter reckten die geballte Faust. Niemand konnte Bernie besonders gut leiden, und es war ein überaus befriedigender Anblick, ihn in einem Kuhfladen liegen zu sehen.

»Das ist ein Scheißspiel«, sagte er mit gedämpfter Stimme.

»Du musst deinen Schläger benutzen, Bernie«, sagte ich. »Man braucht Mut, um sich einem harten Ball zu stellen, der mit der Geschwindigkeit eines Ferraris auf einen zukommt.« Peters Wurf war allerdings eher ein Wartburg im Winter.

»Und was ist, wenn er mich trifft?«, flüsterte Bernie, während er sich wieder hochrappelte.

»Der Schlagmann hat die Wahl, einen Ball entweder mit voller Wucht zu schlagen oder ihn mit dem Schläger behutsam zu stoppen, so dass niemand ihn fangen kann. *Hit or kill,* wie wir in England sagen. Schlagen oder abmurksen.«

»Schlagen oder abmurksen?«, fragte Bernie und zeigte zum ersten Mal Interesse.

»Den Ball, ja«, sagte ich. »Mit Menschen machen wir das nicht.« Ich nahm mir vor, am Ende unserer Trainingseinheit zu kontrollieren, ob alle Schläger wieder in der Tasche waren.

Wir übten noch eine halbe Stunde, bis die Jungs anfingen zu jammern, dass es zu kalt sei, um Bälle zu fangen, dann gingen wir zurück zu unseren Autos. Auf dem Weg hörte ich, wie zwei von ihnen Cricket analysierten:

»Nur die Engländer können sich ein Spiel ausdenken, bei dem man Granaten wirft.«

»Verrücktes Volk.«

Kapitel 11

Es war der letzte Abend für die Fontane-Fans, und nach ein paar Tagen von Harrys energetischer Fremdenführung waren sie erschöpft. Darren hatte angeboten, ein traditionelleres englisches Gericht zuzubereiten – Bangers'n Mash –, aber die Fonty-Fraktion war ganz scharf darauf, sich noch einmal den Hühnereintopf einzuverleiben.

»Wir könnten etwas Deutsches machen«, schlug ich vor. »Kartoffelsuppe? Königsberger Klopse?«

»Nein danke«, sagte Anglerweste Nummer eins. »Wir brauchen Darrens Reis, um den ganzen Alkohol aufzusaugen, den Harry uns eingeflößt hat.«

Mit oder ohne Lena, an jenem Abend herrschte im Schloss eine Art Wärme. Die Gruppe war zusammengewachsen und hatte ein wenig gelernt. Es war ein einsames Geschäft, britischer Bewunderer der deutschen Literatur des 19. Jahrhunderts zu sein. Harry und ich waren schlicht erleichtert, dass wir keinen von ihnen verloren oder umgebracht hatten. Das war ein gutes Omen für das Schloss. Elsie schmiedete Pläne für Harrys Besuch bei ihr in Bournemouth, aber Harry sagte nichts beziehungsweise erfand einfach weiter extravagante Mythen, mit denen er die Runde unterhielt.

»Wusstet ihr, dass man in Venedig eine Bar nach mir benannt hat?«

»Harrys Bar?«, fragte Elsie mit aufgerissenen Augen.

»Unsinn«, unterbrach der Professor. »Sie ist nach einem amerikanischen Studenten und Trinker benannt, der das Cipriani gesponsert hat.«

»Oh, nicht *die* Harrys Bar«, sagte Harry. »Meine ist sehr viel interessanter, in einer Nebenstraße der Calle Vallaresso.« Er setzte zu einer langen, unglaubwürdigen Geschichte darüber an, wie er einmal beim Poker eine große Summe Geld gewonnen hatte und überredet worden war, sie in »liquide Werte« zu investieren – eine Bar, die auf Rum-Cocktails spezialisiert war –, wie man ihn um sein Geld betrogen, er jedoch mit Männern, die Sonnenbrillen und Panamahüte trugen, einen Deal ausgehandelt hatte, dass sein Name an der Fassade stehenblieb.

Solche Räuberpistolen schienen aus Harry zu strömen wie eine grandiose, sich entfaltende isländische Saga, und so sprudelten die Geschichten wie der billige Wein. Um Kosten zu sparen, hatten wir den Supermarktwein für die englischen Besucher in Karaffen umgefüllt und die guten Tropfen für uns reserviert. Es war sinnlos, sie an Gäste zu verschwenden, die allem Anschein nach in Kürze in einen glücklichen Tiefschlaf fallen würden. Sie sollten um zehn Uhr zum Flughafen gebracht werden – Uwe war da gewesen, um zu bestätigen, dass er sie nach Schönefeld fahren würde –, konnten also relativ lange ausschlafen. Trotzdem mussten wir sie am Ende des Abends stützen, als sie die Treppe erklommen.

»Morgen zum Frühstück unbedingt Alka Seltzer bereithalten«, wies ich Darren an, als ich in den Salon zurückkehrte. Darren räumte die Küche auf – allerdings so nachlässig, dass ich mich schon darauf einstellte, es selbst noch einmal zu machen – und ging in sein Zimmer. Harry hatte ihm einen tragbaren Fernseher besorgt, damit er nicht in Versuchung kam, das Nachtleben von Alt-Globnitz zu testen, und dabei Ärger bekam. Manchmal kam ich abends an seinem Zimmer vorbei, hörte die Reggae-Rhytmen aus seinem Ghettoblaster und fragte mich, ob er glücklich war. Ein Teenager brauchte Freunde, und sei es nur, um anzugeben, ein Publikum. Das Schloss war vielleicht ein nützlicher Zufluchtsort für ihn, fernab der neugierigen Blicke der Polizei, aber ich wollte nicht, dass es für ihn zum Gefängnis wurde.

Harry und ich packten das Brett aus und spielten ein paar Runden Blitzschach – zehn Sekunden pro Zug. Es war eine Karikatur des Spiels, wir spielten um Geld, und Harry gewann jedes Mal, aber ich zog sie der nachdenklicheren Version vor. Harry hätte die langen Denkpausen nur genutzt, um über Lena zu reden, und ich wollte ehrlich gesagt nicht über sie reden. Ich stand gerade im Begriff, eine weitere Partie zu verlieren, als ich von oben eiliges Fußgetrappel aus einem der Zimmer zum Bad hörte. Und kurz darauf machte sich noch jemand auf den Weg. Dazu die Geräusche eines Mannes, der versuchte, sich zu übergeben.

»Du bist am Zug«, sagte Harry.

»Hörst du nichts?«

»Bloß jemanden, der auf die Toilette geht«, sagte Harry. »Passiert ständig überall auf der Welt.«

Ich stand auf, und Harry folgte mir widerwillig.

Die erste Etage war zu einem Bild aus Dantes Inferno geworden. Die kreidebleiche Elsie versuchte, an die Wand gestützt, unsicher Schritt für Schritt den Flur entlangzugehen. Einer der Anglerwesten im Pyjama hielt sich die Hand vor den Mund und wartete vor einer Toilette, wo ein anderer Gast sich hörbar erbrach. Die Frau des Professors hatte einen roten Christstern ausgetopft, damit ihr Mann sich in den Übertopf übergeben konnte. Eine halbe Stunde zuvor hatte der ganze Flur tief geschlafen, jetzt war er auf die radikalste Art wieder zum Leben erwacht. Der saure Geruch von frisch Erbrochenem hing in der Luft, dazu vernahm man ein Geräusch wie das Kratzen einer Schneeschaufel in Verbindung mit trockenem Würgen.

»Eine Lebensmittelvergiftung«, erklärte ich Harry. »Geh und weck Darren.«

Harry hatte Elsie gerade geholfen, sich hinzusetzen, damit sie nicht umkippte.

»Alles dreht sich«, krächzte sie. »Ich muss mich hinlegen.« Und damit rollte sie sich auf dem Flur zu einem kleinen blonden Ball zusammen.

Ich ging eine Schüssel heißes Wasser, Handtücher und Plastiktüten für diejenigen holen, die es nicht auf die Toiletten schafften. Als ich wieder nach oben kam, war Darren auf den Beinen.

»Ich war es nicht, Onkel Harry, ehrlich nicht!«, flehte er. Ich sah, dass Harry kurz davor war, seinen Neffen zu ohrfeigen. »Du bist doch auch nicht krank, oder? Keiner von euch beiden ist krank. An dem Essen kann es also nicht gelegen haben.«

Ich war mir nicht sicher, ob ich Darrens Logik traute. Möglicherweise war nur ein Teil des Hühnchens verdorben gewesen. Aber wir hatten uns alle aus demselben Topf bedient.

»Vielleicht ist es eine Magen-Darm-Grippe«, sagte ich skeptisch.

»Aber sie ist bei allen in exakt demselben Moment

aufgetreten«, sagte Harry. »Was für eine Grippe soll das denn sein?«

Darren wirkte verängstigt. Er war in seinem Leben schon des Öfteren in Schwierigkeiten geraten – Carjacking hatte immer besonders viel Spaß gemacht –, aber nun befürchtete er, von der deutschen Polizei des versuchten Mordes beschuldigt zu werden. »Ich sag euch, mit dem Essen war alles in Ordnung. Ich habe es selber probiert, und mir ist nichts passiert.«

Ich beschloss, Lena anzurufen. Falls sie wieder nicht abhob, würde ich Harrys Telefon benutzen, das würde sie bestimmt nicht ignorieren. Wahrscheinlich war sie noch immer sauer auf mich, aber sie würde eine Erklärung für die Vorgänge haben. Mit Küchen und Essen kannte sie sich aus. Ich brauchte ihren Rat.

Als sie sich meldete, obschon mit einem unfreundlichen Unterton, war ich über die Maßen erleichtert. »Gott sei Dank«, sagte ich. »Und hi.«

»Hi.«

»Wo bist du?«, fragte ich.

»Bei Adele.« Eine Psychologenfreundin von ihr, kein gutes Omen.

Ich erklärte ihr die Lage und hörte, dass sie geschockt war. Trotzdem reagierte sie ruhig und präzise, mehr Hamburg als Sorrento, wofür ich sehr dankbar war.

»Gib mir Darren«, sagte sie.

Wir stellten das Telefon auf laut.

»Sag mir genau, was du in diesen Eintopf getan hast«, wies sie Darren an.

»Klar doch«, sagte Darren mit leicht zitternder Stimme, »wo soll ich anfangen?«

»Am Anfang.«

»Also, zuerst habe ich Schnittlauch, Thymian, Pfeffer und so weiter im Mixer püriert und in den Kühlschrank gestellt.«

»Am Tag davor gab es auch Hühnereintopf?« Lena war gut informiert. Hatte sie in meiner Abwesenheit mit Lutz gesprochen?

»Ja.«

»Hast du die alte grüne Sauce mit der neuen vermischt?«

»Nein, Ma'am.« Harry und ich hörten Lenas Seufzer am anderen Ende und erkannten ihn als Ausdruck tiefer Skepsis.

»Erzähl mir von dem Hühnchen, Darren.«

»Ich habe es nur gewürzt, gesalzen, gepfeffert und im Kühlschrank marinieren lassen.«

»War noch anderes rohes Fleisch im Kühlschrank?«

»Nein, ganz bestimmt nicht.«

»Woher hattest du das Hühnchen? Hast du eins von unseren genommen?«

»Nein, der Boss ...« Darren blickte zu mir; ich war der Boss. »... hat gesagt, die Hühner im Garten werden zum Eierlegen gehalten. Ich hab die Hühnchen im Supermarkt gekauft. Sehr günstig. Wirklich günstig.«

Harry und ich sahen uns an. Es bedurfte schon einiger spezieller Fähigkeiten, um den Supermarkt von Alt-Globnitz zu einem Rabatt zu überreden.

»Und dann?«

»Hab ich das Öl erhitzt.«

»Frisches?«

»Sicher. Ich habe braunen Zucker und Knoblauch dazugegeben und gewartet, bis die Soße dunkel war, dann hab ich das Hühnchen darin angebraten und gewendet ...«

»War das Hühnchen auch gar?«, fragte Lena. »Oder war es vielleicht in der Mitte noch rot?«

»Ich habe mit der Gabel hineingestochen, Ma'am. Es war gar«, versicherte Darren ihr.

Lena bohrte noch eine Weile weiter, wie eine *Tatort*-Kommissarin, die das Verbrechen noch aufklären will, bevor Anne Will anfängt. Unmittelbar verdächtig war meines Erachtens das Hühnchen. Vielleicht war Darren insgeheim ein Hygiene-Fanatiker, aber wenn er die Messer nicht ordentlich abgewaschen, ein dubioses Hühnchen zerteilt, danach mit demselben Messer irgendwas anderes kleingehackt und womöglich sogar vergessen hatte, sich die Hände zu waschen, hätten wir den Fall gelöst.

»Und der Reis?«

»Frisch gekocht.« Das stimmte. Ich erinnerte mich, den Topf in der Küche dampfen und blubbern gesehen zu haben.

»Hast du den Eintopf zwischendurch irgendwann unbeaufsichtigt gelassen?«

»Nein, Ma'am. Ich hab ihn die ganze Zeit im Blick gehabt.«

Lena verlangte mich zu sprechen. »Was meinst du?«, fragte sie.

»Keine Ahnung. Vielleicht sind wir mit der Befolgung der Hygieneregeln nicht super penibel. Und Hühnchen sind heikel – wahrscheinlich dieser Camp-Beobachter-Bazillus.«

»Campylobacter.«

»Wie auch immer. Stutzig macht mich nur, dass weder Harry noch Darren noch ich irgendwelche Symptome haben. Es hat bloß die Gäste getroffen. Und sie reagieren nicht so wie ich damals nach meiner Sushi-Vergiftung.«

»Du meinst, als du dich vor dem japanischen Botschafter übergeben hast?« Ich hörte ein verhaltenes Glucksen, die warme Andeutung einer gemeinsamen Erinnerung. Wie seltsam, dass wir unseren Streit ausgerechnet inmitten eines Horrorszenarios wie von Goya beilegten. Aber ich hatte recht: Sie reagierten anders. Vor allem der Professor schwankte, als wäre er seekrank; sein Gleichgewichtssinn schien beeinträchtigt, was wiederum die Übelkeit auslöste. Alle wollten sich übergeben, aber soweit ich erkennen konnte, kam nicht viel heraus. »Sie haben Dünnpfiff«, sagte Harry mit seiner Vorliebe für britischen Militärslang, »und leichtes Fieber. Aber was das wirklich ernsthafte Kotzen angeht, ist es nicht schlimmer als in einem durchschnittlichen Londoner Pub an einem Freitagabend.«

»Irgendwas stimmt da nicht«, sagte Lena. »Wenn Darren die Wahrheit sagt, war sein Essen okay. Ich komme morgen früh. In der Zwischenzeit sorgt dafür, dass sie jede Menge Wasser trinken.«

»Klar«, sagte ich. »Lena?«

»Ja?«

»Warum bist du einfach so weggelaufen?«

»Ich musste nachdenken.«

Warum sagten Frauen das so häufig? Warum flüchteten sie, um nachzudenken, als hätten sie gerade eine Bank überfallen? Warum konnten sie nicht einfach auf dem Sofa liegen, Schwarzwaldklinik oder irgendeine Telenovela gucken und dabei nachdenken? Hielt die Nähe der Männer sie davon ab und verwirrte ihre Gedanken?

»Also gut«, sagte ich. »Glaube ich zumindest. Komm einfach zurück, wir brauchen dich hier.«

»Klingt jedenfalls so, als würdet ihr ohne mich ein totales Chaos anrichten.« Damit war die Verbindung beendet.

Es war zwei Uhr morgens, und die Patienten hatten sich beruhigt; ihr Fieber war abgeklungen, und fast alle waren in einen unruhigen Schlaf gesunken. Einer der Anglerwesten hatte seine Matratze von seinem Bett genommen und in der Nähe der Toilette auf den Boden gelegt, fest überzeugt, dass seine Probleme wiederkehren würden. Der ganze Flur erinnerte an ein Feldlazarett: vor den Zimmern Schüsseln, verdreckte Kleidung und Wasserflaschen.

»Sie können morgen früh nicht fliegen«, sagte Harry.

»Ich buche die Flüge um«, sagte ich, griff nach dem Laptop und bereitete mich innerlich auf ein finanzielles Desaster vor.

Darren hatte seine harte Pose vergessen und schien den Tränen nahe. Er wanderte durch das Erdgeschoss und starrte mit leerem Blick auf die Küchenoberflächen, als fahnde er dort mit bloßem Auge nach Bazillen. Ich konnte es ihm nicht verdenken: Jahrelang hatte er unter ungleich schmuddeligeren Bedingungen für seine ganze Familie gekocht, und nie war etwas passiert. Im Gegenteil, Kochen war das Einzige, wofür er im Leben je gelobt worden war; es war sein einziges öffentlich anerkanntes Talent.

»Setz dich zu uns«, forderte ich ihn auf. Harry wirkte nachdenklich und kaute an den Nägeln. Ich brauchte eine Zigarette, entschied mich jedoch für Entsagung. Ich wollte nicht, dass das Schloss roch wie eine aufgetakelte Amüsierkneipe aus dem 19. Jahrhundert, wenn Lena zurückkam.

»Also gut, Darren«, sagte sein Onkel, »im Zweifel für den Angeklagten. Aber wenn es nicht deine Kochkünste waren, was dann? Könnte irgendjemand was in den Eintopf gekippt haben?«

Darren schüttelte den Kopf. »Dieser Uwe war eine Weile hier, aber das war, bevor ich angefangen habe zu kochen.« Er dachte angestrengt nach. »Lutz hat auch rumgelungert und irgendwas repariert, aber er hat sich früher verpisst.«

Das stimmte. Lutz war ungewöhnlich früh gegangen, angeblich, um seinen Hochzeitstag zu feiern. Allerdings hatte er nicht erwähnt, ob er das mit seiner Frau tun wollte.

»Sonst nichts?«

»Nee, es war ziemlich öde. Du warst mit den Gästen unterwegs, Onkel. Und Sie«, fuhr er mit einem Nicken in meine Richtung fort, »waren beim Cricket-Training.«

»Das heißt, sowohl Lutz als auch Uwe hätten etwas tun können«, schlussfolgerte Harry. »Aber wir wissen nicht, was. Und wir wissen nicht, warum. Kein besonders toller Start. Was denkst du, Hercule Poirot?«

»Nun, es könnte auch eine vollkommen andere Erklärung geben, nehme ich an. Irgendein seltener Virus, den sie sich in der Mark eingefangen haben.«

»Und gegen den ich immun bin«, erwiderte Harry.

»Andererseits bildet sich langsam ein Muster heraus«, fuhr ich fort. »Erst die Ratten, dann die zusammenbrechenden Betten und jetzt das …«

»Von Uwe, meinst du«, sagte Harry. »Aber es gibt ein Problem: Nur Lutz sieht da einen Zusammenhang. Ich hab ihm die Geschichte, dass Uwe die Ratten auf den Speicher gebracht hat, um dem Schloss zu schaden, nie abgekauft. Hast du jemals versucht, Ratten irgendwohin zu schmuggeln? Wie zum Teufel will man das anstellen? Und warum sollte er die Bauarbeiten sabotieren, die seinen Lohn garantieren?«

Harry kam jetzt richtig in Fahrt.

»Was die zusammenbrechenden Betten betrifft, haben wir nur Lutz' Wort für die lockeren Schrauben. Vielleicht hat er die Betten einfach schlecht zusammengebaut. Oder vielleicht spielt er ein eigenes Spiel.«

»Was für eins denn?« Ich konnte nicht glauben, dass Lutz versuchte, das Schloss zu ruinieren. Er hätte auf Dutzend verschiedene Arten verhindern können, dass Lena das Haus überhaupt kauft. Aber das hatte er nicht getan. Er schien ehrlich froh darüber, dass wir es übernommen hatten.

Weder Harry noch ich wussten, was wir mit dieser Information anfangen sollten. Außerdem war Darren zurzeit nicht unbedingt eine absolut verlässliche Quelle.

»Okay, ich schlage Folgendes vor«, sagte Harry. »Morgen beschatten wir Lutz und am Tag danach Uwe. Unauffällig, versteht sich, wie der Typ aus den Romanen von Raymond Chandler.«

»Philip Marlowe.«

»Genau. Wir geben Lutz einen Tag frei – das heißt, wir geben allen einen Tag frei, auch Uwe. Wir wollen schließlich nicht, dass er hier rumschleicht – und behalten ihn im Auge.«

»Und was soll das bringen?«, fragte ich.

»Ich weiß nicht. Mehr Informationen, als wir im Augenblick haben. Wir sitzen in diesem verdammten Haus fest und haben keinen Schimmer, was um uns herum passiert. Wenn uns jemand aus dem Geschäft drängen will, müssen wir eben ein bisschen graben.«

»Das ist cool, Onkel«, sagte Darren. »Ich könnte Lutz beschatten.«

»Meinst du nicht, du würdest vielleicht ein bisschen hervorstechen?«, fragte Harry und klopfte seinem Neffen auf die Schulter. »Dich könnten wir nur nachts einsetzen.«

»Weil junge Menschen besser sehen, weißt du«, beeilte ich mich hinzuzufügen, damit Darren keinen falschen Eindruck bekam.

»Und jetzt ab ins Bett«, sagte Harry. »Ich will dieser Sache so bald wie möglich auf den Grund kommen.« Ich ging nach draußen, um meine Zigarette zu rauchen, und wusste schon, dass ich nicht schlafen würde.

Am nächsten Morgen war Darren vor allen anderen auf den Beinen. Ich habe die Engländer aus der Karibik immer für Voodoo-Leute gehalten – ich erinnere mich sogar, dass ich einmal mit einer ehemaligen Freundin nach Brixton gefahren bin, dem Viertel der Trinidader und Jamaikaner in London, um ein Puder zu kaufen, das eine ungeliebte Person per Juckreiz in den Wahnsinn treiben sollte. Man musste nur ein wenig davon auf die Handtücher im Bad streuen. Logischerweise war ich überaus vorsichtig, als ich die Beziehung mit dieser speziellen Freundin beendete. Jedenfalls sind die meisten Trinidader offenbar Katholiken und sehr viel stärker mit Reue und Sühne beschäftigt als in einer durchschnittlichen Voodoo-Gemeinde üblich. Darren war eifrig um Wiedergutmachung bemüht, obwohl er weiterhin seine Unschuld beteuerte. Ein guter Koch hörte eben nicht auf, sich um das Wohlbefinden seiner Gäste zu sorgen, nachdem das Dessert verzehrt (oder in diesem Fall erbrochen) war.

»Heißer Tee hilft immer«, sagte Darren, »das ist jedenfalls unser Familienrezept.«

»So was kommt bei euch wohl häufiger vor, was?«, fragte ich.

»Nein, noch nie, aber wir wissen, was zu tun ist.«

»Für alle Fälle«, sagte ich.

»Ja, für alle Fälle. Tee mit einem Hauch Ingwer. Keine Milch, kein Zucker.«

»Klingt gut«, sagte ich, »aber vielleicht bringe besser ich ihn nach oben zu den Gästen, okay? Wir wollen ja nicht, dass sie dich kreuzigen.«

»Gründlich langmachen würden sie dich. Oder vielleicht eher breit«, sagte Harry, der in diesem Moment die Treppe heruntergeschlendert kam, als wäre er aus einem langen erfrischenden Schlaf in den Alpen erwacht, gestört nur von Kuhglocken und jodelnden Almbauern. Er gab seinem Neffen einen freundlichen Klaps auf den Hinterkopf und riet ihm, zu duschen, bevor wir gemeinsam die Tabletts mit Ingwertee zu den rekonvaleszenten Fonty-Fans trugen.

»Mein Bauch tut immer noch weh«, klagte Elsie.

»Wenigstens bist du nicht mehr grün im Gesicht«, sagte Harry und reichte ihr eine Tasse. »Trink das, dann bist du in null Komma nichts wieder auf den Beinen.« Das war sie genau genommen bereits und schwebte durch den Flur wie Ophelia, wobei Elsie sich natürlich in einer anderen Rolle sah.

»O Harry«, seufzte sie. »Gestern Nacht dachte ich, ich müsste sterben, genau wie Effi. Wäre das nicht romantisch, im selben Haus zu sterben, in dem sie übernachtet hat?«

Ich warf Harry einen fragenden Blick zu. Offenbar hatte er den Beitrag des Schlosses zur deutschen Literaturgeschichte ein wenig ausgeschmückt. Aber er verteilte ungerührt weiter Tee an die Bedürftigen – an den Professor, der an diesem Morgen die Blässe und die überraschend roten Lippen eines Vampirs hatte, und seine leidgeprüfte Frau, die für die Abreise packte. Wie ich vermutet hatte, war sie eine Katalog-Shopperin: Ihre Tasche war voll mit Blumenmusterkleidern, die auf den Seiten des Bestellhefts gut ausgesehen hatten und die sie zweifelsohne zu einer Reihe interessanter Cocktail-Partys mit Fontane-Gelehrten zu tragen geplant hatte. Wir hatten die Erwartungen nicht ganz erfüllt. Ich wusste, dass wir unsere Gäste enttäuscht hatten. Natürlich konnte man sie für die Dauer ihres Aufenthaltes in einem alkoholisierten Dauerrausch halten, einer Art seligem Vergessen, aber spätestens nachdem ihre Mägen gestreikt hatten, musste Harrys Tourismus-Modell wie Hochstapelei wirken. Deshalb konzentrierten wir uns nun auf Schadensbegrenzung: Wir mussten ihren Kreislauf so weit stabilisieren, dass sie einen Puls spürten, um sie zurück nach England zu verfrachten, ehe sie uns verklagen konnten. Allein der Verdacht auf eine Lebensmittelvergiftung würde das Schloss geschäftlich ruinieren.

Mit Ausnahme von Elsie in ihrem fast durchsichtigen Nachthemd trugen alle Bademäntel und Handtücher, als hätten sie sich für den Besuch eines Wellnesscenters inklusive Fangopackungen bereitgemacht.

»Sieht aus, als wären wir alle in die *Playboy*-Villa eingeladen worden, was, Professor?«, fragte Harry, »mit Ihnen als Hugh Hefner, versteht sich.« Der Professor war körperlich zu erschöpft, um zu protestieren. Oberste Priorität war, das Haus so schnell wie möglich gründlich zu reinigen, entschied ich, um es von der klammen Erinnerung an die Krankheit zu befreien.

Aber bevor ich alle zu einem Blitz-Putz-Einsatz einteilen konnte, klapperte ein Schlüssel im Schloss, und Lena trat ein.

»Hi!«, rief ich von oben und wandte mich von den Patienten ab.

»Hallo!«, ließ sich Harry wie ein Echo vernehmen.

Darren klapperte in der Küche herum und nickte schüchtern.

»Das ist die Frau, die Sie auf einem Effi-Briest-Ritt durch die Felder führen wollte«, erklärte Harry den Gästen. »Aber nun sieht es leider so aus, als müssten wir uns mit einer Fahrt im Krankenwagen begnügen.«

Lena stellte ihre Koffer ab und warf ihren Daunenmantel auf einen Stuhl.

»Hier riecht es wie in einem Zoo«, sagte sie.

»Schön, dich zu sehen, Schatz«, erwiderte ich und ging die Treppe hinunter, um sie zu begrüßen. Sie ließ sich einen Kuss auf die Wange geben.

Ich wartete, während sie argwöhnisch den Salon musterte. Er sah eigentlich mehr oder weniger genauso aus wie an dem Tag, an dem sie aus dem Haus gestürmt war.

»Warum ziehst du deinen Mantel nicht wieder an, und wir machen einen Spaziergang«, schlug ich vor, während ich Harry und Darren Zeichen machte, mit der Reinigung des ersten Stocks zu beginnen. »Wir haben das eine oder andere zu besprechen, nicht wahr?«

Genau genommen hatte vor allem Lena einiges zu sagen. Sie hatte sich schließlich vier Tage lang in Berlin verkrochen. Mein Job war es, zuzuhören. Das wusste ich. Trotzdem fand ich es schon immer schwer, mich zu konzentrieren, wenn ich getadelt wurde. Es war nicht anders als in der Schule, wenn mein Lateinlehrer über eine untaugliche Hausarbeit schimpfte. Ich starrte zu Boden und zählte die Risse in den Dielen. Oder tat so, als würde ich ihm in die Augen sehen, während ich in

Wahrheit über seine Schulter hinweg einen Vogel vor dem Fenster beobachtete. Aber jeder Mann, gleichgültig wie unterentwickelt, und das gilt sogar für Hollywood-Regisseure, hat mittlerweile begriffen, dass man die Kunst des mitfühlenden Zuhörens beherrschen muss, dass das Ohr der alles entscheidende Körperteil ist. Es ist bloß so schwierig, sich in der Praxis daran zu halten.

Es begann einigermaßen vernünftig. Lena rekapitulierte das Silvesteressen im Borchardt's. Ich erinnerte mich gut: Kobe-Rind.

»Ich gebe zu, dass ich dich überrumpelt habe«, sagte sie. »Ich wollte nicht dein ganzes Leben auf den Kopf stellen.«

»Das ist schon okay«, sagte ich. »Vorher habe ich verkehrt herum gelebt. Du hast mich einfach vom Kopf auf die Füße gestellt.«

»Tatsache ist jedenfalls, dass du vom Journalismus die Nase schon voll hattest, bevor ich das Schloss geerbt habe, stimmt's? Du hast deinen unbezahlten Urlaub genommen«, sagte sie. »Außerdem ist es nicht so, als hättest du besonders viel aufgegeben, um nach Brandenburg zu gehen.«

»Also, ich habe der Zivilisation den Rücken gekehrt. Ich habe intellektuelle Gespräche aufgegeben. Kobe-Rind, tiefschürfende Gedanken über das jüngste Feuilleton von Frank Schirrmacher. Ganz ohne Opfer war's für mich nicht.«

Lena wurde bereits ungeduldig.

»Hör mir zu«, sagte sie streng. »Du könntest morgen ohne weiteres nach Berlin zurückkehren und wieder über die Eisbären im Berliner Zoo schreiben.«

»Und Nazis«, ergänzte ich.

»Ja, ja. Aber ich meine etwas anderes: Für dich steht mit dem Schloss nichts auf dem Spiel. Aber für mich schon – für mich verändert es mein ganzes Leben. Die Idee, dass ich im selben Haus lebe wie meine Vorfahren und mich vielleicht eines Tages in ihren uralten Rhythmen wiederfinde – darauf kommt es im Grunde an. Bei dem Schloss geht es um mich, darum, dass ich mich finde. Nicht um irgendein Männerspiel mit Frühstücksspeck, Eiern und viel Alkohol.«

Ich dachte eine Weile darüber nach. Lena empfand Leidenschaft für das Schloss, das wusste ich. Jeder wusste das. Aber warum hatte sie dem Projekt dann mittendrin den Rücken gekehrt?

»Wir haben bloß versucht, das Haus irgendwie zu finanzieren«, sagte ich.

»Es war eher ein Putsch.«

»Und deshalb bist du weggelaufen? Du bist der Chef, es ist dein Haus – warum hast du nicht darum gekämpft?«

»Es hat aufgehört, sich anzufühlen wie mein Haus, als dieser Darren die Küche übernommen hat«, erwiderte sie.

»Das können wir ändern. Das müssen wir sogar ändern«, versicherte ich ihr.

Kapitel 12

Nach einer langen Regennacht machten sich die Frösche auf den Weg. Die männlichen Frösche hatten im Teich schon eine Woche gequakt, ein wilder Singsang, rau und heiser wie Fanchöre in der Südkurve eines Fußballstadions. Die weiblichen Frösche hörten ihre männlichen Artgenossen, ließen alles stehen und liegen und machten sich mir nichts dir nichts, auf den Weg zum Teich. Sie waren schwer von den Eiern, und trotz des Frühlings gab es nur wenige Insekten, von denen sie sich ernähren konnten. Als sie sich über das Feld gekämpft hatten, waren sie bestimmt erschöpft und hungrig. Um nicht wie amphibische Jogger Evian-Flaschen mit sich herumtragen zu müssen, setzen Frösche sich einfach in Pfützen und saugen das Wasser auf, damit sie nicht vollkommen dehydriert sind, wenn sie Sex haben. Aber sie brauchen auch Glück, wenn es darangeht, vielbefahrene Straßen zu überqueren und lebendig auf der anderen Seite anzukommen. Sämtliche Anzeichen waren erkennbar gewesen, aber wir waren trotzdem überrascht worden. Jetzt war es zu spät, den Verkehr davon abzuhalten, Püree aus den Tieren zu machen. Der Bürgermeister hatte seinen Teil der Vereinbarung nicht eingehalten; ich hatte Einheimische für die Renovierung des Schlosses engagiert, aber er hatte kein Schild aufgestellt, um Autofahrer auf die Froschwandersaison hinzuweisen. Lutz und ich beobachteten die Frösche beim Hüpfen und Springen, Sklaven ihres Sexualtriebs, und dachten angestrengt über ihre Rettung nach. Bis jetzt waren sie von einem Gemetzel unter den Reifen eines Sattelschleppers verschont geblieben, weil die meisten Sattelschlepper Alt-Globnitz großräumig umfuhren und Straßen mit Hamburger-Restaurants und bulgarischen Prostituierten bevorzugten. Aber es war nur eine Frage der Zeit, bis ein Traktor tonnenweise Froschhack produzieren würde.

»Wir müssen unser eigenes Warnschild aufstellen«, sagte Lutz. Er war der Erste gewesen, der am frühen Morgen das Geraschel gehört und sofort begriffen und die Bewegung gespürt hatte. Aber ich war nicht so wachsam gewesen, wie ich hätte sein sollen, was zum Teil daran lag, dass ich in letzter Zeit nicht viel mit Lutz geredet hatte. Unser Verhältnis war etwas abgekühlt seit unserer Spionageaktion mit ihm als Spionageobjekt.

Die hatten Harry und ich in Angriff genommen, gleich nachdem wir die Fontanistas auf den Heimweg nach England geschickt hatten. Es war sein freier Tag: Was würde er unternehmen, wen würde er treffen? Wenn er wirklich etwas mit den Ereignissen im Schloss zu tun hatte, musste er doch irgendjemandem über den Erfolg oder Misserfolg der Lebensmittelvergiftungsgeschichte berichten. Es war natürlich nur eine vage Chance. Wir hörten schließlich nicht sein Telefon ab oder hackten uns in seinen E-Mail-Account; wir versuchten lediglich, ein wenig mehr über einen Mann herauszufinden, dem wir instinktiv vertraut hatten. »Nur ein bisschen ehrliche Detektivarbeit«, sagte Harry, der einen Trenchcoat angezogen hatte, weil er sich einbildete, dass er damit aussehen würde wie ein hartgesottener Privatschnüffler aus L. A., die Art heruntergekommener Antiheld, der seine Schuhe auf den Schreibtisch legt, mit Scotch gurgelt und seine Zigaretten mit Streichhölzern anzündet, die er an seinem stoppeligen Kinn angerissen hat. In Wahrheit sah Harry eher aus wie Nick Knatterton.

Wir holten uns von Lena den Opel zurück und schauten bei Gundi vorbei, um zu hören, ob irgendjemand Lutz gesehen hatte. Seine Frau schien zu glauben, er sei im Schloss, aber wir wussten es besser. Eher durch Glück denn durch brillante Schlussfolgerung erblickten wir ihn beim Betreten der Apotheke. Es war kurz vor Ladenschluss, also hielten wir uns im Schatten und warteten, dass er wieder herauskam. Nach einer halben Stunde wurde Harry ungeduldig.

»Was macht er denn da drin, das verdammte Aspirin neu erfinden?«

Anhand der ein- und wieder ausgeschalteten Lampen konnte ich genau erkennen, wo Lutz und Doris, die Apothekerin, sich jeweils befanden. Mindestens zwei Stunden lang hielten sie sich in dem Schlafzimmer der Ferienwohnung auf, in der Lena und ich gewohnt hatten. Dann ging das Licht eine Stunde lang aus, ohne dass es ansonsten irgendeine sichtbare Bewegung gab. Viel Glück, dachte ich, und hoffentlich behält er die Socken an: Doris war keine Anhängerin des überflüssigen Heizens; sie wollte den Planeten retten, selbst wenn dafür ihre Gäste erfroren. Außerdem sollte er auf die niedrig hängende Lampe achten, wenn er sich wieder anzog. Zwei Stunden später verließ Lutz schließlich das Haus.

»Was für eine Zeitverschwendung«, sagte ich.

»Keineswegs«, erwiderte Harry. »Wir wissen jetzt, dass er eine Affäre mit Doris Bonkerz hat.«

»Genau genommen wissen wir nicht einmal das«, erinnerte ich Harry. »Wir wissen nur, dass Lichter an- und wieder ausgemacht wurden. Und selbst wenn er eine Affäre mit Doris hat, welche Rolle spielt das? Das hat nichts mit uns zu tun.«

»Und ob«, sagte Harry, ballte die Faust und streckte seine manikürten Finger dann wieder. »Er berichtet seiner Geliebten jeden Klatsch aus dem Schloss brühwarm weiter, und wer weiß, mit wem sie redet. Wir müssen Lutz äußerst sorgsam im Auge behalten.«

»Aber bitte nicht mehr heute Abend«, sagte ich. »Ich will zurück zu Lena.«

Ihr hatten wir von unseren verdeckten Ermittlungen nichts erzählt, erstens, weil sie die Beschattung sofort als lächerlich entlarvt hätte, zweitens, weil sie große Stücke auf Lutz hielt. Genau wie ich, weshalb ich unsere Spionagemission auch erst als ein weiteres von Harry inspiriertes Quatschabenteuer abtat. Wir hatten absolut nichts herausgefunden, was uns geholfen hätte zu verstehen, warum im Haus einiges schieflief. Aber Harrys moralische Empörung über Lutz' mögliche Tändelei mit Doris begann auf mein Urteil abzufärben. Es unterstrich zumindest die Tatsache, dass wir nicht viel über das Dorf und darüber wussten, wer für und wer gegen uns war. Am darauffolgenden Abend beschatteten wir Uwe und fanden lediglich heraus, dass er früh ins Bett ging.

Trotzdem machten diese Ausflüge mich in Lutz' Gegenwart verlegen, während er und Lena sich weiter prächtig verstanden und das Schloss Stück für Stück eleganter wurde. Zugegeben, der Union Jack, der mittlerweile vor dem Haus flatterte, senkte das Niveau auf das eines Drei-Sterne-Hotels für Geschäftsreisende, das auf seine internationale Kundschaft aufmerksam machen will, indem es auf dem Vorplatz die kanadische, die japanische und die EU-Flaggen hisst. Das war zum letzten Mal Anfang der 1960er schick, als John F. Kennedy es auch noch okay fand, mit einem Cabriolet herumzufahren. Aber zwischen Lutz und mir baute sich eine Spannung auf, die wir uns beide nicht recht erklären konnten. Mit dem Ergebnis, dass wir unseren Froschwanderplan nicht umgesetzt hatten, nämlich Fischernetze mit langen Stielen zu besorgen, mit denen wir die Frösche in Eimern sammeln konnten, um sie in den Teich zu kippen. Ich konnte mich nicht einmal mehr erinnern, wo wir die Eimer aufbewahrten. Lutz und ich machten uns auf die Suche, und ich zerrte Darren aus der Küche.

»Frösche! Mann, ich liebe Frösche! Köstlich!«

Mit fünf Eimern und drei Netzen von der Art, mit der Kinder am Meer Krebse fangen, standen wir in einem See von hundert großen braunen Fröschen und versuchten mit einer sensenden Bewegung jeweils zwei von ihnen zu fangen und direkt in einen Eimer zu geben. Wenn der Eimer fünfzehn Frösche enthielt, brachte Darren ihn in den Garten und setzte die Weibchen in der Nähe der quakenden Männchen im Teich ab. Der Rest blieb ihnen überlassen. Es war wie die zweite biblische Plage, die den ägyptischen Pharao überzeugen sollte, die Israeliten ziehen zu lassen. Im Kindergottesdienst hatte eine Helferin immer die Verse aus dem zweiten Buch Mose vorgelesen, um uns zu zeigen, dass die Natur ein Werkzeug Gottes war: »Der Nil wird von Fröschen wimmeln. Sie werden in deinen Palast und dein Schlafzimmer und dein Bett kommen, in die Häuser deiner Beamten und deines Volkes, in deine Öfen und Knettröge.« Während die anderen Kinder die Vorstellung eklig fanden, war ich entzückt: Frösche im Bett, Frösche in der Küche! Das klang aufregend, interessant, faszinierend. Ich wollte, dass Gott unser Haus mit einer Plage schlug. Und jetzt wurde mein Wunsch wahr.

Glitsch. Schöpf. Plopp.

Glitsch. Schöpf. Plopp.

Wir entwickelten einen Rhythmus.

»Ein bisschen wie die Zuckerrohrernte, was, Darren?«, fragte Lutz.

»Ich komme aus London, Mr. Lutz«, sagte Darren, ein wenig atemlos von der Anstrengung. »Wir kaufen unseren Zucker im Supermarkt.«

Lutz richtete sich auf, antwortete jedoch nicht. Er hörte den Motor eines Wagens.

»Schnell«, sagte er. »Wir müssen ihn warnen und aufhalten!«

Das bedeutete allerdings, der Froscharmee zu entkommen und etwa fünfzig Meter bis zur Straße zu rennen, um den Wagen zu stoppen. Die Netze noch in der Hand, bahnten wir uns einen Weg zu dem hernannahenden Fahrzeug. Es war ein schwerbeladener Allradantrieb-Mercedes, der in hohem Tempo näher kam.

»HALT!«, bellte Lutz.

»Bitte anhalten!«, rief ich.

Der Wagen sauste an uns vorbei in die Froschlegionen, bremste und würgte den Motor ab.

»Was zum Teufel ist hier los?«, dröhnte eine Stimme, so mächtig wie ein Dundee Fruitcake. Wir sahen das Bein einer Cordhose und einen teuren Lederschuh, die zögernd aus dem Wagen gestreckt wurden und ebenso schnell wieder darin verschwanden, als Simon – denn er war es – begriff, dass er von Dutzenden verzweifelter Frösche umringt war.

Ich näherte mich dem Wagen und hob unterwegs ein paar Frösche auf. »Wie fühlt man sich so als Froschmörder, Simon?«

»Das kann ich dir sagen – man fühlt sich wie in einem verdammten Hitchcock-Film. Werden sie mich angreifen?«

»Schon möglich«, sagte ich. »Einzeln sind Frösche an sich ziemlich nett. Aber wenn man anfängt, sie systematisch zu ermorden, wer weiß? Vielleicht planen sie schon, dich zu holen, während wir uns noch unterhalten.«

»Steig ein und mach die Tür zu«, sagte der sensible Schotte.

Darren inspizierte Simons Reifen, die mit Amphibienleichen verklebt waren. Für die armen Tiere kam jede Rettung zu spät, platt, wie sie waren. Um die Reifen lagen Dutzende von toten, aber ansonsten unversehrten Fröschen, die möglicherweise am Schock gestorben waren. Darren schlich um den Wagen, hob einzelne Frösche auf und begutachtete sie wissenschaftlich. »Was hast du vor, Darren? Du sollst lebende Frösche retten und keine toten obduzieren.«

»Ich überlege bloß, was ich mit ihren Schenkeln machen könnte.«

Simon war sichtlich nervös. »Mach das Fenster zu! Sie könnten reinkommen.« Er rieb sich den Hals, als fürchtete er Vampirfrösche.

Ich konnte Simons Angst nicht nachvollziehen – trug er doch nicht mal einen Kilt –, registrierte jedoch mit Befriedigung, dass es tatsächlich irgendetwas gab, und sei es braun, klein und glitschig, was die Mauer seiner Selbstgefälligkeit durchbrechen konnte.

Simon erklärte, dass er gekommen sei, um sich vor Ort ein Bild von meinen Cricket-Vorbereitungen zu machen. Er kam in der Tat genau zur richtigen Zeit: Wir hatten mit dem Dorfteam eine zweite Trainingseinheit absolviert, und langsam bekamen die Jungs eine Ahnung von dem Spiel. Aber bei meinem Bemühen, der Mannschaft die Feinheiten näherzubringen, hatte ich die praktischen Aspekte übersehen: Das Feld war ein Schlammbad, es gab keinen Platz für die Zuschauer, und die Atmosphäre erinnerte eher an Minsk als an Manchester. Simon hatte eine lange Rolle Kokosmatte mitgebracht, die als Teppich von einem Wicket zum anderen ausgerollt werden sollte, damit der Ball korrekt aufsprang und der Schlagmann laufen konnte, ohne auf Kuhfladen auszurutschen. Im Laderaum seines Mercedes lag auch ein großes Banner mit der Aufschrift »FAIRPLAY FOR ALL«, das in China hergestellt worden war, wie ich dem Etikett entnahm.

»Lass uns zum Schloss gehen, Simon«, schlug ich vor. »Wir können nicht einfach hier sitzen bleiben wie in einem Stau.«

»Aber wie?«

»Wir steigen aus dem Wagen, der für heute genug Schaden an der Artenvielfalt angerichtet hat, und transportieren mit dem Banner so viele Frösche wie möglich in den Teich.«

So rettete FAIRPLAY das Leben Hunderter Frösche – schließlich brannte jedes gerettete Weibchen aus der Masse darauf, sich zu paaren und mehr und mehr Nachwuchs zu produzieren – und verhinderte ein mögliches Blutbad. Darrens Stapel mit Froschleichen – »Opfer von *friendly fire*«, wie er sagte – war nichts im Vergleich zu dem, was hätte geschehen können. Lutz befestigte ein großes ACHTUNG-Schild am Heck des Mercedes, damit andere Fahrer bremsten, und verteilte ein paar von Simons rot-weißen Signalkegeln um das Fahrzeug.

»Simon ist da«, verkündete ich Lena und küsste sie auf die Wange. Sie verzog das Gesicht, nicht wegen unseres Krieges – die Friedensverhandlungen waren weiter im Gange –, sondern weil ich nach brünstigen Fröschen roch. In den Tagen nach ihrer Rückkehr hatten wir einiges besprochen. Ich hatte ihr ein bis zwei Stunden lang versichert, dass ich ein egoistisches Schwein gewesen sei, ein Egomane, der ihr den Platz zum Atmen genommen hatte, unsensibel und manchmal gemein. Dann ließ ich sie reden und beschränkte meine Kommentare auf knappe, aber weise Einwände, die ich etwa alle fünf Minuten einstreute. Manches war leicht zu klären gewesen: Lena verlangte die Kontrolle über die Küche, also wurde Darren zu einer Art Souschef degradiert, wenngleich zu einem Souschef mit beträchtlich mehr Talent als die Nummer eins. Aber das konnte ich Lena natürlich nicht sagen. Die Wahrheit liegt auf dem Tisch, wie der Feinschmecker sagt! Da wir nach Abreise der Fontane-Gruppe keine Gäste hatten, gab es in der Küche ohnehin nicht viel zu tun.

Die nächste große Herausforderung stand in einer Woche an: die Verpflegung für das große britisch-deutsche Cricket-Match inklusive Mittagessen für den Botschafter. Wenn Lena und Darren es schafften, für diesen Anlass zusammenzuarbeiten, konnte aus dem Schloss doch noch ein florierendes Unternehmen werden. Durch Lena wurde das ganze Haus stilvoller – so sehr, dass Simon sie drängte, *The Lady,* einer britischen Zeitschrift für Frauen, die Schlösser und Hunde besaßen, ein Interview zu geben –, weil sie sich den Details widmete. Es war ihr Beruf und ihre Leidenschaft, und es erfüllte mich mit Freude, ihr vom Sofa im Wohnzimmer aus bei der Arbeit zuzusehen. Sie blühte richtig auf und wirkte nach unserem wochenlangen Streit seltsam heiter. Simon brachte das Beste in Lena zum Vorschein. Offenbar vermittelte er Frauen das Gefühl, im Mittelpunkt des Geschehens zu stehen, und ich fragte mich, ob der wichtigtuerische Schotte mir vielleicht ein bisschen Unterricht geben könnte. Vielleicht reichte es auch, ihm zuzuhören, wie er ein Bild von Alt-Globnitz als zukünftigem gesellschaftlichem Zentrum von Ossi-Land malte. Zelte für die Spieler und ausgewählte Zuschauer. Ein rot-weiß-blau gestrichenes Dixie-Klo. Eine Highland-Blaskapelle mit Kilts und behaarten Knien. Eine Bitte an Richard Branson oder irgendeinen anderen Unternehmer mit mehr Geld als Verstand, ein Wii-Cricket-Spiel für Gundis Kneipe zu stiften. Simons Augen strahlten, und es fiel einem schwer, sich von seiner Begeisterung nicht anstecken zu lassen.

»Ich bin sicher, du wirst das Schloss für den Anlass absolut« – er dehnte das Wort ab-so-lut – »verdammt zauberhaft herrichten.« Lena wurde rot. Simon war ein postmoderner Betrüger, aber falsche Komplimente waren besser als gar keine.

»Eins darfst du auf gar keinen Fall vergessen«, sagte er, »die Ossis *müssen* das Spiel gewinnen. Wenn die Engländer gewinnen, sehen es hinterher nur alle als ein typisches Beispiel für Neo-Imperialismus. Erst besetzen wir ein Gebiet, lehren die Bewohner unsere Sitten, Bräuche und Spiele – und dann besiegen wir sie darin und beweisen damit, dass wir eine überlegene Kultur und ein moralisches Recht zu herrschen haben.« Simon machte eine Pause zum Luftholen. Manchmal schien er nur für den Augenblick zu proben, in dem er einen Sitz im Oberhaus einnehmen und seine adelige Zuhörerschaft noch tiefer ins narkoleptische Koma stoßen konnte.

»Aber so was kommt bei uns nicht in Frage«, fuhr er fort. »FAIRPLAY ist der Slogan des neuen Britanniens. Und das bedeutet, dass unsere moralische Überlegenheit darauf fußt, dass wir die anderen gewinnen lassen! Wenn die Ossis verlieren, bricht das ganze Konzept zusammen und damit, so fürchte ich, auch die Unterstützung der Regierung für das Schloss. Die Ossis müssen sich wieder wie Sieger fühlen – und wenn wir sie gewinnen lassen, werden sie uns lieben.«

Ich dachte an unser Team: Bernie, der mit einem Baseballschläger politische Debatten bestritt, Peter, den Granaten schleudernden Werfer, und Knut den Ringer, der immer noch mit den Folgen seines Steroid-Missbrauchs kämpfte. Wie gut, dass Gundi ihren Exfreund hatte überreden können mitzumachen. Knut war einige Jahre älter und bereits ein erfolgreicher Ringer, als Gundi damals als Teenager für zukünftige mögliche Schwimmtriumphe aufgebaut wurde. Ihr Trainer missbilligte die Beziehung, aber Gundi ließ sich nicht abhalten. Sie schwänzte ihr Training, um ihren Geliebten zu einem Ringerturnier für Frieden und Völkerfreundschaft in Varna zu begleiten. Als dort einmal der Fahrstuhl defekt war, trug er sie von der Athleten-Mensa hinauf in ihr Jugendherbergszimmer im siebten Stock. »Das mache ich wieder, wenn wir heiraten«, erklärte er ihr in plötzlicher emotionaler Aufwallung. Aber es sollte nicht sein: Als sie in die DDR zurückkehrten, wurde Gundi getadelt und Knut zu seiner

Frau zurückbeordert. Ihre Liebe welkte, aber Gundi sagte immer: Auf Knut kann man sich verlassen.

»Ganz ehrlich, Simon, die Ossis würden ein Wunder brauchen, um zu gewinnen.«

»Sei kein Weichei«, munterte er mich auf. »Das Leben ist voller Wunder.«

Während er sprach, entdeckte ich einen verirrten Frosch, der durch das Wohnzimmer in Simons Richtung hüpfte. Ich beschloss, ihn nicht zu warnen, bevor das Tier in sein Hosenbein kroch.

Kapitel 13

Die Sonne kam wieder zum Vorschein. Wohin man in Alt-Globnitz auch kam, verdrehten die Leute die Köpfe, um nach der langen Abstinenz ein paar Strahlen abzubekommen. Man konnte förmlich zusehen, wie die Spannung aus ihren Muskeln und Gesichtern wich; die Alt-Globnitzer wurden wieder jung. Farbe kehrte zurück, nicht nur in ihre teigigen Gesichter. Monatelang war die brandenburgische Landschaft schwarzweiß gewesen, nun leuchteten Bäume, Büsche und Frauenbeine plötzlich in sesamstraßenbunten Farben. Beinahe ein halbes Jahr lang hatte das Wehrmachtsgrau alles beherrscht, jetzt endlich hatte es kapituliert und war einer zartgrünen Besetzung gewichen. Sogar die Frösche, vor allem die Frösche, hatten den Unterschied bemerkt. Um zwei Uhr nachmittags hockten sie reglos im Teich wie Teenager nach einer durchtanzten Nacht in den Clubs.

Ein guter Tag für ein Cricket-Match. Simon war in der vergangenen Woche sehr emsig und mehr oder weniger Dauergast im Schloss gewesen. Er hatte einen Bauunternehmer überredet, uns einen Bagger zu leihen, um zumindest einen Teil der russischen Wiese zu ebnen. Auf den achtzehn Metern zwischen den Wickets war Kunstrasen verlegt worden. Es war kein Astro Turf, es war nicht der Lord's Cricket Ground in London und nicht das strahlend üppige Grün des »Ould Course« von St. Andrew's, aber es war besser als vorher.

Theoretisch tragen Cricket-Spieler weiße Kleidung, was sofort Besorgnis ausgelöst hatte. Die Engländer hatten natürlich ihre weißen Flanellhosen und ihre weißen Hemden, was ihnen einen unfairen Vorteil gegenüber den Ossis verschaffte, die von Natur aus zum blauen Trainingsanzug neigten. Aber wo sollte man in einer Welt, in der alle T-Shirts neonfarben oder voller Logos waren, makellos weiße Kleidung beschaffen? Lutz hatte die zündende Idee: Krankenhäuser. Ein alter Freund von ihm arbeitete in der Wäscherei eines Krankenhauses und ließ sich überreden, ein Dutzend Hosen zu verleihen – unter der Bedingung, dass sie nach der Partie so schnell wie möglich zurückgebracht wurden, um den Patienten den Anblick von Ärzten mit nackten Beinen zu ersparen.

Harry war zum Glück noch in Berlin, so dass es nicht zu Reibereien zwischen ihm und Simon kommen konnte. Selbst einem toleranzbegabten Menschen wie mir fiel es nach über einer Woche zunehmend schwer, auf so engem Raum mit dem Schotten zusammenzuwohnen. Aber Simon hatte Organisationstalent, das musste man ihm lassen: Irgendwie hatte er eine PR-Agentur überredet, zwanzig Journalisten zu dem Spiel einzufliegen, Experten für Kulturdiplomatie. Für sie war ein Zelt mit einem kleinen Safari-Tisch und fünf Flaschen Scotch aufgestellt worden. Simons Schulkamerad, der Premierminister, hatte ein Telegramm geschickt, das zwar nicht unbedingt einfallsreich formuliert war, jedoch dazu beitrug, allgemeines Interesse zu wecken. »MEINE BESTEN WÜNSCHE FÜR DAS CRICKET-TURNIER, PM.«

»Wunderbar, das reinste Haiku«, sagte Harry, als ich es ihm am Telefon vorlas. »Man bemerke, sieben Wörter. Ab acht wird es teurer.«

Immerhin bewog es einen überaus zögerlichen Botschafter, die Reise aus Berlin anzutreten, und den Bürgermeister, seine Skepsis uns gegenüber kurz hintanzustellen. In einem Sprachduktus, der königlichen Hoheiten vorbehalten war, ließ seine Sekretärin verlauten, er werde »anwesend sein«, und bat um die Reservierung von drei Plätzen, da er zwei Gäste mitbringen würde.

Lena hatte das Schloss Stück für Stück verändert, und ich erkannte, dass es nun wirklich ihr Heim wurde; der Keller war getrocknet, strahlend weiß gestrichen und zu ihrem Arbeitsbereich umfunktioniert worden. Obwohl wir ursprünglich geplant hatten, uns Büroräume zu teilen, würde ich zum Schreiben nach oben in den nunmehr dankenswert rattenfreien Speicher verbannt werden. Im Keller gab es mittlerweile eine Stereoanlage, einen riesigen Tisch – eine weitere von Lutz' umgewandelten Türen –, Blumen und Licht. Auf dem Speicher war es hingegen nach wie vor feucht, es roch unangenehm, und nach dem Leeren von zwei kleinen Gläsern Whisky konnte man ihn nicht mehr gefahrlos erreichen, da der einzige Weg über eine wackelige Leiter führte. Möglicherweise eine ungerechte Aufteilung, aber im Augenblick kam es vor allem darauf an, dass Lena glücklich war. Und sie sah in der Tat glücklich aus, voll nervösem Selbstbewusstsein in die Match-Vorbereitungen vertieft. Es sollte ein Lunch-Buffet für den Botschafter und das englische Cricket-Team geben, an dem wir und Simon, möglicherweise auch Harry teilnehmen würden, was die Verköstigung von mindestens sechzehn Personen bedeutete. Lutz und ich schleppten den Tisch in die Mitte des Salons, während Lena und Darren das Essen vorbereiteten. Nach ein paar Streitereien hatte Darren Lenas Autorität akzeptiert, und auch wenn er zweifelsohne der bessere Koch war und ständig mit neuen Geschmacksrichtungen experimentierte, tat ihm die Disziplin gut. Gemeinsam hatten sie eine kulinarische Überraschung erdacht, und solange es den Botschafter nicht auf die Toilette stürzen ließ, war mir alles recht, was sie zusammenrührten. Vielleicht war eine leichte Lebensmittelvergiftung in der Tat die einzige Möglichkeit, wie die Ossi-Elf auf einen Sieg über Englands Eleven hoffen konnte. Die britischen Spieler waren gesund lebende Diplomaten – und muskulöse Personenschützer. Ein paar von ihnen waren schon Mitte vierzig, aber selbst die sahen aus wie Fitness-Fanatiker. Unsere Spione hatten berichtet, dass ihre Mannschaft seit einem Monat trainiert hatte, in Marines-Manier »One, two, three – vic-to-ry« skandierend durch den Tiergarten gejoggt war und in der Kantine der Botschaft kalorienarme Mahlzeiten zu sich genommen hatte. Alle elf waren verdonnert worden, ab sieben Tage vor dem Spiel keine Gin Tonics mehr zu trinken und keinen Sex mehr zu haben (Letzteres eine Last, die Engländer leicht ertrugen). Die Anweisung kam vom Botschafter persönlich, da er unbedingt wollte, dass das englische Team die Ossis vernichtete – und damit vielleicht auch unsere Chance, mehr Regierungssubventionen für das Schloss einzuheimsen. Unserer Mannschaft fehlten immer noch Spieler. Das war beim Cricket kein gravierendes Problem. Anders als beim Fußball bevölkerten nicht ständig 22 Spieler das Feld. Die Mannschaft, die am Schlag war, schickte vielmehr nur zwei Mann auf den Platz. Der Rest konnte abhängen und warten, bis er an der Reihe war. Damit blieb uns Zeit, im Zweifelsfall bis zur letzten Minute jemanden zu rekrutieren. Weit beunruhigender war der miserable körperliche Zustand unseres Teams. Mein größter Erfolg als Trainer bestand bisher darin, Peter, den Klempner, überredet zu haben, beim Werfen die Zigarette aus dem Mund zu nehmen.

»Wir haben einen phantastischen Teamgeist entwickelt«, sagte Adrian, der englische Mannschaftskapitän, der beim Berliner Diplomatischen Corps als »Zweiter Sekretär für Welthandelsfragen« registriert war, jedoch vermutlich für den Geheimdienst arbeitete. »Wie steht es mit eurer Mannschaft?«

Ich dachte an unser letztes Training am Abend zuvor. Anschließend hatten wir bei Gundi ein paar Bier getrunken, und Toni, der Exbundi und Mitglied unseres Schloss-Teams, war mit Bernie in Streit geraten, und am Ende hatten wir uns um zwei Uhr nachts auf dem Marktplatz alle angebrüllt.

»Prima«, sagte ich, »bestens, eine fein geölte Maschine.«

Das englische Team war früher eingetroffen, eine Stunde vor dem Lunch – der Botschafter wurde in seinem Rolls Royce ein wenig später erwartet –, damit die Spieler noch ein kleines Fangtraining einschieben konnten. Die komplette Mannschaft sollte im Schloss übernachten. Das Haus kam mir jetzt schon voll vor, Leute prallten gegeneinander wie auf einem japanischen U-Bahn-Bahnsteig zur Hauptverkehrszeit.

»Wo wollen wir die alle unterbringen?«, flüsterte Lena.

»Wir können Feldbetten in deinem Büro aufstellen.«

»Nein«, erklärte Lena entschieden. Der Keller war

heiliger Grund. »Die können sich jeweils ein Schlafzimmer teilen.«

Ich sah auf meine Uhr. Der Anblick der Engländer, die sich wie auf einem Kindergeburtstag Bälle zuwarfen, brachte mich auf den Gedanken, dass ich die Ossis vielleicht ebenfalls auf die Schlacht vorbereiten sollte. Es war elf Uhr an einem Samstagmorgen, so dass die meisten wahrscheinlich noch schliefen oder zu Gundi und ihrem berühmten Blutwursteller-Frühstück stolperten. Aber Lutz vereitelte meine Pläne.

»Kann ich dich und Lena mal kurz sprechen?«, fragte er mit einer Miene, als ob sein Hund gestorben wäre. Lena ließ Darren beim Schneiden des Gemüses allein, und wir nahmen in einer Ecke des Salons Patz.

»Ich habe gerade mit Doris gesprochen, Doris Bonkerz. Und ich ... wir ... dachten, dass ihr es wissen solltet, nachdem es jetzt sicher ist.«

Weil ich ungeduldig darauf brannte, mit meinem Mannschaftstraining zu beginnen, entschied ich, die Sache ein wenig zu beschleunigen. »Lass mich raten, Lutz – du willst deine Frau verlassen und mit Doris zusammenleben.«

Lutz wirkte wie vom Donner gerührt. »Wie kommst du denn auf die verrückte Idee?« Er stand auf und machte Anstalten, aus dem Zimmer zu stürmen.

»Ja«, meinte auch Lena, »bist du betrunken?«

»Äh, nein«, stotterte ich. »Ich habe nur angenommen, ich dachte, es wäre ...«

»Tut mir leid, wenn es ein Missverständnis gegeben hat«, sagte Lena zu Lutz. »Setz dich und erzähl uns, was du auf dem Herzen hast.«

»Ja, tut mir leid, Lutz«, sagte ich. »Tut mir leid, wenn ich mich irre.«

Lutz starrte mich irritiert an und fuhr mit seiner Erklärung fort.

»Nach der Sache mit der Lebensmittelvergiftung bin ich zu Doris gegangen und habe sie gefragt, wie das passieren konnte und welche Medikamente die Gäste nehmen sollten. Wir sind ins Reden gekommen, und sie hat erzählt, dass Uwe ein paar Tage zuvor ein paar Schachteln Antibiotika gekauft hat. Das hat sie zunächst nicht groß überrascht, weil der Bürgermeister, der, wie ihr wisst, ein …«

»Hypochonder ist«, sagte ich.

»… genau, Uwe häufig geschickt hat, um Rezepte einzulösen. Diesmal bat Uwe um die Granulat-Version des Medikaments. Als ich ihr von der Vergiftung erzählte, wurde sie ganz aufgeregt und schlug das Medikament in der Roten Liste nach, um mögliche Nebenwirkungen auch in Verbindung mit anderen Substanzen zu überprüfen. Sie sagte, vielleicht war es der Wein, nicht das Essen.«

»Du meinst, Uwe hat Antibiotika in den Wein gekippt, um die Gäste krank zu machen?«, fragte Lena fassungslos. Sie fand Uwe sonderbar, aber nicht bedrohlich und hatte Lutz' Misstrauen nie verstanden. »Er hat vorsätzlich versucht, uns zu vergiften?«

»Vielleicht wollte er nur ein bisschen Übelkeit auslösen«, sagte Lutz, »es war schließlich kein Zyanid oder so. Bloß Antibiotika, die sich nicht mit Wein vertragen. Jedenfalls haben wir beschlossen, die Sache zu überprüfen, bevor wir es euch erzählen. In einem Glas, das Darren nicht richtig abgespült hatte, habe ich Ablagerungen auf dem Boden entdeckt und eine Probe genommen, die Doris zum Test ins Labor geschickt hat. Die Ergebnisse sind gerade gekommen – alle Symptome, die Übelkeit, die Darmkrämpfe, das Erbrechen, lassen sich darauf zurückführen, dass das Medikament mit Rotwein gemischt wurde.«

»Deshalb wurden Harry und ich auch nicht vergiftet – wir hatten unsere eigene Flasche«, sagte ich, »und Darren hat den ganzen Abend gar nichts getrunken.«

»Uwe ist ein Schwein, das habe ich euch immer gesagt«, meinte Lutz.

»Also, ich will keine Gewalt«, sagte Lena. »Und ich will nicht, dass irgendjemand vor dem Lunch etwas unternimmt.«

»Ich würde sagen, wir rühren Uwe nicht an, bis das Match vorbei ist«, sagte ich.

»Und der Botschafter abgefahren«, fügte Lutz hinzu, immer noch über alle Maßen beeindruckt, dass ein Mann, den die Queen geadelt hatte, zum Mittagessen kam.

»Aber was wollen wir mit Uwe machen? Ihn der Polizei übergeben?«, fragte ich.

»Ich hoffe, ihr redet nicht über mich«, dröhnte eine vertraute Stimme.

»Harry!«, rief ich, froh, ihn nach seiner Auszeit in Berlin wiederzusehen.

Lena war nicht ganz so begeistert; sie fand, dass Harry einen schlechten Einfluss auf mich ausübte und dass unsere Freundschaft meinen ohnehin langsamen Reifungsprozess weiter verzögerte. Aber seit Beginn der Arbeiten an dem Schloss musste sie widerwillig zugeben, dass Harry wusste, wie man Sachen erledigen konnte. Selbst wenn seine Methoden ans Kriminelle grenzten.

»Aha«, sagte Harry, nachdem wir ihm die Lage dargelegt hatten.

»Aha«, wiederholte ich. »Nur eine Bitte, Harry. Bitte arrangiere keinen Autounfall für Uwe, bevor das Spiel zu Ende ist.« Wir mussten sichergehen, dass die britische Regierung uns weiter dafür bezahlte, dass wir die Flagge in Brandenburg hissten. Versuchter Mord war also tabu, zumindest bis auf weiteres.

»Soweit ich mich erinnere, bedeutete es auch, dass du und deine Jungs das Spiel gewinnen müsst«, sagte Harry. »Vielleicht solltest du dich lieber darum kümmern. Was Uwe betrifft, habe ich einen anderen Plan.« Er zeigte auf seine Arzttasche. »Ist alles da drin.«

»Ich weiß nicht, aber das hört sich so an, als würde es mir nicht gefallen«, sagte Lena.

Harry schwieg, aber ein seliges Lächeln breitete sich auf seinem Gesicht aus. Er sah – nur einen Moment lang – aus wie der Dalai Lama.

Kapitel 14

Noch zwei Stunden bis zum Mittagessen, dreieinhalb Stunden bis zum Spiel, also Zeit, nach meiner Mannschaft zu sehen. Ich zählte auf die Schlossarbeiter, vor allem auf Toni. Abgesehen von Uwe war er wahrscheinlich der schlaueste aus der Truppe und auf eine Art fit, wie deutsche Männer es gewesen waren, bevor sie anfingen, ins Fitness-Studio zu rennen. Das heißt – keine walnussförmigen Muskeln, sondern bloß ein kerniger Mann, der gern an der frischen Luft war und mit den Händen arbeitete. Als Toni nicht ans Telefon ging, wusste ich gleich, dass irgendetwas nicht stimmte. Seine Frau nahm ab, und ehe ich ein Wort sagen konnte, setzte sie zu einer langen Rede darüber an, dass der arme Toni einen Grippeanfall hätte, so hohes Fieber, dass das Quecksilber beinahe aus dem Thermometer geschossen wäre. Ich startete einen Rundruf. Auch die anderen Mitglieder des Schloss-Teams waren anscheinend außer Gefecht gesetzt worden; die Beschreibung ihrer Symptome klang identisch und fürwahr überall in die Höhe schießendes Quecksilber.

»Die antworten alle wie nach einem Drehbuch«, sagte Harry. »Irgendjemand hat sie unter Druck gesetzt, damit sie nicht spielen. Sorg nur dafür, dass der Ringer kommt. Du brauchst Schlagkraft.«

Er hatte recht, ohne ihn wären wir noch chancenloser.

Ich beschloss, den Anruf von Gundi aus zu tätigen. Wenn Knut ihre Nummer sah, würde er nicht auf Abweisen drücken.

Als ich bei Gundi ankam, fiel mein Blick sofort auf Robert. Er stützte sich genauso schwer auf die Theke wie mein altes Rolling-Stones-Cogroupie Horst. Beide grunzten einen Gruß. Ich sah, dass Robert den Moment bedauerte, in dem er sich entschieden hatte, bei dem noblen Spiel mitzumachen. Als Bestechung spendierte ich ihm ein vormittägliches Weizenbier. Aber Horst war derjenige, den ich unbedingt rekrutieren musste. Wir hatten das Team gemeinsam trainiert, wobei Horst seine Tai-Chi-Kenntnisse irgendwie auf das sanfte Cricket-Spiel übertragen hatte. Aber er stand nicht auf der Liste der Aktiven. Jetzt wurde er gebraucht – wir waren peinlich knapp an Spielern.

»Diese kleinen Schweine«, sagte er. »Die Grippe, mein Gott.«

»Du spielst also mit?« Horst faltete die Gesichtszüge, als wäre sein Bier plötzlich schal geworden. Ich wusste, dass ihm die Vorstellung missfiel, wie ein Zirkuspudel vor dem Botschafter und diversen Ausländern aufzutreten. Er gab wie viele Ehrenamtliche gern Anweisungen, doch es gefiel ihm nicht, nur ein bescheidenes Mitglied der Mannschaft zu sein. Der in ihm schlummernde Rebell brachte mich auf eine Idee.

»Mick hat Cricket gespielt, bevor er in die Band gekommen ist.«

»Mick?« Horsts Augen leuchteten auf.

»Klar«, sagte ich, »du kennst doch ›Street Fighting Man‹. Da geht es um Cricket.«

»Das ist nicht dein Ernst! Ich dachte immer, es geht ...«

»Revolution, ja, den Fehler machen die Leute oft.«

»Vielleicht könnte ich ja spielen«, sagte Horst und ließ sich die Idee sichtbar durch den Kopf gehen. »Aber vor allem braucht ihr Knut.«

Was mich wieder darauf brachte, warum ich hier war. Ich bat Gundi um ihr Handy, um Knut anzurufen, doch sie wollte den Anruf selbst übernehmen. Sie hatte kaum gewählt, da wurde sie schon mit einem Trommelfeuer von Flüchen bombardiert. Offenbar war Knuts Wagen auf dem Weg nach Alt-Globnitz zusammengebrochen, und er drohte das Spiel zu verpassen.

»Sag ihm, er soll ein Taxi nehmen«, flüsterte ich Gundi zu.

Der Vorschlag provozierte Knut zu weiteren Verwünschungen.

»Er fragt, ob Sie eine Ahnung hätten, was ein 55-jähriger Ringer im Vorruhestand mit Bandscheibenschaden in Brandenburg verdient?«

Horst riss Gundi den Hörer aus der Hand. »Hör auf zu jammern«, fuhr er Knut an, »bist du ein Mann oder eine Maus? Unsere Ehre steht auf dem Spiel!«

Er machte eine Pause, um die schlechtgelaunte Antwort des Ringers abzuwarten. »Okay«, sagte er nach ein paar Minuten. »Ich komm selbst und hol dich ab.«

»Echt nett von dir, Horst«, sagte ich, obwohl ich wusste, dass sein Angebot Ausdruck schierer Verzweiflung war. Wenn Knut spielte, musste Horst nicht spielen. So einfach war das.

»Ich bringe ihn rechtzeitig her«, sagte er, kippte sein Bier hinunter und machte sich auf den Weg zur Feuerwehrwache. Ein Notfall erforderte einen Notfalltransport, Zeit für Horsts Feuerwehrauto der Marke Horch mit Blaulicht und allem.

Als ich zum Schloss zurückkehrte, war der Botschafter bereits eingetroffen. Sein Rolls Royce stand in der Auffahrt, und der Chauffeur, der ihn bewachte, damit er nicht von Ossi-Banditen gestohlen wurde, beäugte Mac misstrauisch. Hunde haben einen Grundinstinkt, an Luxuslimousinen zu pinkeln, sind sich jedoch, ein weiteres Rätsel der Natur, der Tatsache bewusst, dass Chauffeure häufig ihre Stahlkappenstiefel benutzen, um ihr Revier zu verteidigen. Mac schnupperte beiläufig an den Reifen.

»Ist Ihr Boss da drin?«, fragte ich den Chauffeur.

»Jawohl, Sir«, antwortete er.

»Mein Gott«, rief ich plötzlich, »ist das ein Seeadler?« Dabei zeigte ich in den blauen Himmel.

Der Blick des Chauffeurs folgte meinem ausgestreckten Finger. »Ich sehe nichts, Sir«, sagte er.

»Ich jetzt auch nicht mehr«, sagte ich. »Schade.«

Mac folgte mir ins Haus und sah mich an, mit heimlicher Bewunderung, wie ich gern glauben möchte, weil ich ihm die Gelegenheit verschafft hatte, einen Rolls Royce anzupinkeln. Es gab nicht viele West Highland Terrier, die das von sich behaupten konnten.

Drinnen stellte ich keineswegs überrascht fest, dass der Botschafter die Statur eines Pygmäen hatte, eine napoleoneske Gestalt. Er steckte seine Hand sogar nach Bonaparte-Manier in seinen zweireihigen Blazer. Statt einer Krawatte trug er ein seidenes Krawattentuch, dazu ein Hemd mit Manschetten und Flanellhosen. Beinahe alles an ihm störte mich. Ich hatte nicht erwartet, ihn zu mögen, und ich wurde nicht enttäuscht.

»Ah, da sind Sie ja«, sagte er, »Ihre charmante, äh, Partnerin hat sich in Ihrer, äh, Abwesenheit um mich gekümmert.« Eine erleichterte Lena entschuldigte sich und verschwand in der Küche.

»Gute Fahrt gehabt?«, fragte ich den Botschafter.

»Ja, äh, sehr interessant.« Das leichte Zögern in jedem Satz war, wie ich erkannte, keine ironische Pause, sondern ein nervöser Tick. Er schien nach Luft zu schnappen oder nach Insekten wie meine geliebten Frösche.

»Sie müssen ziemlich nervös sein«, sagte ich, »zum ersten Mal im Osten.«

»Keineswegs«, erwiderte der Diplomat. »Ich war schon, äh, in Potsdam.«

»Ich glaube, Sie werden feststellen, dass Potsdam im Südwesten von Berlin liegt.«

»Aber Sie, äh, wissen, was ich meine.«

»Eigentlich nicht.« Ich hatte keine Lust, höflich zu dem Mann zu sein, der weiterhin offen gegen die Idee des Schlosses war und alles östlich der Berliner Wilhelmstraße für gefährliches Ödland hielt.

Der Raum füllte sich. Die englische Mannschaft war vom Ballspielen hereingekommen und wusch sich die Hände. Harry lächelte immer noch still vor sich hin. Simon plauderte mit der Sekretärin des Botschafters, einer jungen Frau mit rosigen Wangen und langen Fohlenbeinen. Offenbar verfügte sie nicht nur über das Aussehen eines Models, sondern auch über das entsprechende Konversationstalent. Ich hatte mir gewünscht, dass Knut als integraler Bestandteil meiner Blitzkrieg-Taktik ebenfalls anwesend sein würde, nachdem diese Strategie im Irak so erfolgreich war. Es gab nichts Besseres als einen leibhaftigen Ringer, um die Konversation einer vornehmen Lunchgesellschaft zum Verstummen zu bringen. Aber es sah danach aus, als sollte mir der Einsatz dieser psychologischen Waffe nicht vergönnt sein.

»Übrigens«, sagte der Botschafter, als wir an den

Tisch gingen, »ich glaube, Sie haben den Union Jack verkehrt herum aufgehängt.« Ich verfluchte die britische Flagge mit ihren vielen verschiedenen rot-weißen Linien auf blauem Grund – alle voller symbolischer Bedeutung. Es war eine Wissenschaft für sich, die richtig zu hängen.

Ich setzte Harry neben den Botschafter, weil ich die Aussicht auf eine halbe Stunde Smalltalk mit Napoleon nicht ertragen konnte. Harry beschwerte sich erstaunlicherweise nicht, er war auf einem unerklärlichen Dauerhigh, obwohl ihm genauso klar sein musste wie mir, dass unsere Ossis nicht den Hauch einer Chance gegen die Engländer hatten. Schließlich hatten die das Spiel schon mit acht im Internat gelernt. Außerdem waren sie auf eine diskrete Art muskulös, wie die Menschen, die in Gebäuden lieber die Treppe als den Lift nehmen.

Der Botschafter war von Anfang an darauf bedacht, seine Autorität zu demonstrieren, und schnippte mit den Fingern, um Darren zu rufen.

»Mehr Wein hierher, bitte«, bellte er.

Darren blieb wortlos vor dem Diplomaten stehen.

»Ja?«, fragte der. »Worauf wartest du?«

»Nur eine Frage.«

»Schieß los«, sagte der Botschafter mit einem langen theatralischen Seufzer.

»Darf ich Sie fragen, woran Ihr letzter Sklave gestorben ist?«

Napoleon wandte abrupt den Blick ab, Darren tappte zurück in die Küche und zog sich die Cargo-Hose hoch, im vollen Bewusstsein, dass alle um den Tisch den Wortwechsel mitgekriegt hatten. Als er zurückkam, brachte er nicht den erbetenen Wein, sondern eine dampfende

Schüssel mit Froschschenkeln, Darrens Überraschungsgericht.

»Ich dachte, wir versuchen, französische Essgewohnheiten in Ostdeutschland auszulöschen, anstatt die Leute zu ermutigen, den Dreck zu essen«, sagte der Botschafter, der nun nicht einmal mehr den Schein von Höflichkeit wahrte.

»Das sind keine französischen, sondern ostdeutsche Frösche, oder, Sir?«, sagte Darren und drehte sich hilfesuchend zu Simon um.

»Absolut«, sagte Simon. »Ich habe sie selbst getötet.«

»Es ist eine Feier der multinationalen Genialität des britischen Commonwealth«, warf ich ein. »Ziemlich brillant.«

»Nur zu, Euer Exzellenz, hauen Sie rein«, sagte Harry, der bereits das Fleisch von den Froschschenkeln lutschte. Die Spieler griffen beherzt zu, während der Botschafter seinen Teller just in dem Moment zur Seite schob, als Harry vier oder fünf der fettigsten Froschschenkel darauflegen wollte – die nun stattdessen im diplomatischen Schoß landeten.

»Oh, gut gefangen, Sir«, sagte einer der Cricket-Spieler in der typisch vornehmen Manier, mit der Cricket-Zuschauer auf einen gefangenen Ball reagieren. Es war ein schlichter, unschuldiger Witz, deshalb lachte der ganze Tisch ungehemmt los.

Aber der Botschafter kochte vor Wut. So musste Napoleon bei der Völkerschlacht von Leipzig ausgesehen haben. »Unter normalen Umständen«, zischte er, »würde ich jetzt gehen, nach Hause fahren und alle Ihre Aktivitäten und jämmerlichen Bemühungen verfluchen, britische Lebensart in dieses gottverlassene Ödland zu bringen. Aber ich werde mir das Vergnügen nicht entgehen lassen, zuzusehen, wie Ihre Ossi-Mannschaft von unserem Team englischer Gentlemen vernichtend geschlagen wird.«

Harry schob seinen Stuhl zurück, stand auf und klatschte laut. »Große Rede, Herr Botschafter. Wirklich ausdrucksstark!«

»Sehr 19. Jahrhundert«, fügte ich hinzu. »Erfrischend ehrlich.«

Unter dem Vorwand, die Ossi-Elf für das Spiel aufzuwärmen, brach ich etwas früher von dem Mittagessen auf. In Wahrheit musste ich meine Recken zählen.

»Es reicht nicht«, erklärte ich Harry. »Selbst wenn Knut auftaucht und Horst mitspielt, haben wir mit Robert und Peter, dem Klempner, nach wie vor nur vier Leute. Dann ist da noch Bernie, der Junge mit dem Baseballschläger, macht fünf. Außerdem Simon ...«

»... der ein aufgeblasener Wichtigtuer ist.«

»... macht sechs.«

»Und dann bleiben noch ich und du.«

»Ich?« Harry wirkte ehrlich überrascht, obwohl ich das Thema mit der Feinfühligkeit einer Donnerbüchse angesprochen hatte. »Ich kann nicht spielen.«

»Glaubst du, irgendeiner von uns könnte spielen?«

»Aber es ist ein Sport für Gentlemen – und ich bin kein Gentleman.«

»Stimmt«, sagte ich, »du bist ein Lügner und Betrüger. Aber genau die brauchen wir, wenn wir gewinnen wollen.«

»Na schön«, schickte Harry sich in die Logik meiner Argumente. »Aber wir müssen mit dem Schlagen beginnen. Ich hab noch was zu klären und kann meine Zeit nicht damit verschwenden, auf einer Wiese rumzustehen und darauf zu warten, dass ein verdammter Ball vom Himmel fällt.«

Beim Cricket sind die beiden Mannschaften abwechselnd am Schlag oder im Feld. Die Mannschaft, die am Schlag ist, hat nur zwei Spieler auf dem Feld, die den Ball schlagen und zwischen den Wickets hin und her rennen, bis die Mannschaft im Feld entweder die Stumps umwirft oder den Ball fängt. Wenn man also zu der Mannschaft am Schlag gehört und nicht einer der ersten Schlagmänner ist, kann man noch in Ruhe ein Nickerchen halten, ein Buch lesen oder sich ein Bier aufmachen. Die einzige Gefahr besteht darin, dass die Schlagmänner so schlecht sind, dass sie binnen Minuten ausgeschaltet werden, eine Möglichkeit, die bei der Ossi-Elf nicht auszuschließen war. Zunächst jedoch mussten wir den Münzwurf gewinnen, denn die Frage, welches Team zuerst am Schlag war und welches im Feld spielte, wurde stets durch das Werfen einer Münze entschieden.

»Sieht so aus, als wäre heute dein Glückstag«, sagte Harry, als ein knallrotes Feuerwehrauto in Sicht kam und mit quietschenden Bremsen hielt. Big Knut sprang heraus, und man spürte förmlich die Erde beben.

»Entspannte Muskulatur«, sagte er und packte eine der Fettrollen unter seinem T-Shirt.

»Ja, sehr entspannt«, antwortete ich, »die Muskeln sehen aus, als hätten sie ein Jahr Urlaub am Strand gemacht.«

Das Cricket-Feld hatte anscheinend eine wundersame Verwandlung erlebt, denn es wirkte einigermaßen überzeugend. Die Grenzen des Spielfelds waren durch Flaggen markiert, ein paar gestohlene Coca-Cola-Fahnen, ein paar kaum taschentuchgroße rote Wimpel, wie man sie in den alten Tagen zur Dekoration deutsch-sowjetischer Freundschaftsabende benutzt hatte. Zweimal sechs Stühle waren von der Kirche »geliehen« worden. Da der Priester wochenlang nirgends aufgetaucht war, hatte Lutz das Schloss des Kirchenkellers geknackt und die dort eingelagerten Plastikstühle geholt.

Alles in allem ließ sich das Ganze gut an. Eine kleine schottische Blaskapelle war eingetroffen – zwei Dudelsäcke, eine Basstrommel und zwei Querflöten –, und Simon gab ihnen Anweisungen. Sie wurden von einer schottischen Whisky-Firma gesponsert, die auch die Verpflegung des Pressezelts übernommen hatte. Ich hatte zwar kein komplettes Team, aber immerhin sahen die spielbereiten Mitglieder in ihren weißen Hosen wie echte Cricket-Spieler aus. Die Delegation des Bürgermeisters traf als erste ein. Sein Wintermantel und die schwarzen Lederhandschuhe wirkten leicht übertrieben, als hätte er Insider-Informationen über die plötzliche Wiederkehr der Eiszeit. Flankiert wurde er von dem Mann mit dem verkniffenen Gesicht, den ich im Berliner Hauptbahnhof gesehen hatte, sowie von einem zweiten Mann mit breiter, getönter Brille und einem Anzug, der gleichzeitig verbeult und modisch aussah. Lena, strahlend in einem Rot, das eher Kirsche als Sowjet war, führte sie zu ihren Plätzen. Derweil war auch das Dorf in voller Stärke angerückt. Gundi, die man selten bei Sonnenlicht sah, hatte ihren eigenen verstärkten Campingstuhl mitgebracht; als sie mich sah, reckte sie den Daumen, um mir zu signalisieren, dass ihre ehemaligen Sportkameraden eingetroffen waren. Sogar Lutz' Frau hatte kurzzeitig die Arbeit eingestellt, während Lutz selber an den Außenlinien patrouillierte. Er hatte von sich aus angeboten, als Sicherheitsmann zu fungieren und nach Uwe Ausschau zu halten, und erinnerte mich jetzt an einen Schäferhund, der seine Herde bewachte. Harry und ich waren uns einig, dass Uwe wahrscheinlich Druck auf seinen Arbeitstrupp ausgeübt hatte, nicht zu der Partie zu erscheinen. Vielleicht steckte er sogar hinter Knuts Autopanne. Unserer aktuellen Geisteshaltung nach war Uwe die Inkarnation des Teufels, der Obersaboteur. Auch wenn ich keinen Schimmer hatte, wofür er sich all die Mühe machte.

Endlich rollte auch der britische Botschafter an, der sich die kurze Strecke zum Spiel in seinem schnurrenden Rolls Royce chauffieren ließ. Als er ausstieg – oder sich eher wie ein Adliger des 17. Jahrhunderts von seiner Kutsche bemühte –, blickte er himmelwärts, als hoffte er auf einen Regenguss, der die Veranstaltung doch noch verhinderte. Auf Simons Zeichen spielte die Marschkapelle »Amazing Grace«, ein deprimierendes Lied, das eher für Bestattungen geeignet schien. Lena begrüßte den Botschafter – nicht zum ersten Mal bewunderte ich ihre Haltung, ihre Gabe, Gefühle zu unterdrücken und einfach eine Rolle zu spielen – und führte ihn vorbei an dem Pressezelt zum Bürgermeister. Die beiden gaben sich die Hand, der Botschafter, als wäre er ein Astronaut, der auf dem Mars einen Außerirdischen begrüßt, der Bürgermeister, als wäre er unvermittelt dem Überträger einer exotischen Krankheit begegnet. Die beiden Gäste des Bürgermeisters blieben sitzen, starrten geradeaus und schnippten Asche von ihren Zigaretten. Ein Hauch exotischen Tabaks stieg mir in die Nase.

Harry hatte derweil das Pressezelt betreten und verteilte die Reste der gegrillten Froschschenkel.

»Wirklich großartig, Harry«, sagte der Kulturkorrespondent eines britischen Boulevardblatts, »vertragen sich prächtig mit Scotch.«

»Alles verträgt sich prächtig mit Scotch«, erwiderte Harry unter zustimmendem Gemurmel. Das war eines der wenigen Dinge, auf die sich das britische Pressecorps einigen konnte. »Froschschenkel, karibische Art, zubereitet von einem brillanten jungen englischen Koch.«

»In einem Kaff wie diesem? Willst du uns für dumm verkaufen?«, fragte der Reporter des *Economist*.

»Würde ich das tun? Könnte ich das tun? Der Junge wird schon als der neue Jamie Oliver gefeiert. Freche Fusionsküche – Trinidad meets ostdeutsche Provinz.«

Harry machte auf der Stelle drei Interviews für Darren klar und verhandelte noch über die Fotorechte, als die Kapelle verstummte. Es gibt nichts vergleichbar Befriedigendes wie den Moment, in dem Dudelsäcke aufhören zu spielen. Plötzlich erweist sich das, was man schon für die Anfänge einer Migräne gehalten hat, als bloße Reaktion auf äußere Faktoren, und man hat das Gefühl, die Kontrolle über den eigenen Verstand und die eigenen Ohren wiederzuerlangen. Das Pochen oberhalb der Augen ebbt ab. Man ist geheilt.

Die beiden Teams versammelten sich in der Mitte des Spielfelds. Die englischen Spieler mit dem federnden Schritt der Siegessicherheit, die Ossis schlurfend wie Kettensträflinge. Der Schiedsrichter war ein gebildet aussehender Mann um die vierzig, Partner einer in Berlin ansässigen deutsch-britischen Anwaltskanzlei, der Simon noch einen Gefallen schuldete.

»Wer macht eine Ansage?«, fragte er.

»Ich«, meldete sich Knut, gab dem Schiedsrichter einen Euro und sagte: »Kopf.«

Die Münze wurde geworfen.

»Kopf«, sagte der Schiedsrichter, was weder Harry noch mich überraschte. Harry besaß eine Euromünze mit einem Kopf auf jeder Seite, eine Fehlprägung aus Irland, die immer ausgepackt wurde, wenn wir einen Münzwurf unbedingt gewinnen mussten.

»Das heißt, wir sind als Erste am Schlag«, erklärte Knut und hob die Münze rasch auf. Knut und Robert von der Sparkasse sollten als Schlagmänner anfangen. Beide waren kräftig gebaute Männer, die den Werfern zumindest die Sicht auf die Wickets versperren konnten.

Der englische Werfer war ein gefährlicher Mann, Botschaftsexperte für deutsch-britische Waffengeschäfte. Er wusste, wie man ein Geschoss abfeuerte. Der Ball raste auf Knut zu, der zu langsam reagierte. Der Ball tropfte von seinem Schläger ab, und wenn die englischen Feldspieler wachsamer gewesen wären, hätten sie Knuts Traum, in seinem allerersten Match 100 Runs zu erzielen, jäh beenden können. Der zweite Ball war genauso schnell, sprang auf dem Boden auf und streifte Knuts Ellenbogen. Als der dritte Ball kam, war Knut bereits wütend und schmetterte ihn, ohne nachzudenken, aus dem Feld – sechs Runs! Der nächste Ball erlitt das gleiche Schicksal und erfuhr eine Behandlung ähnlich der, die Knut in einem legendären Catch-Kampf Anfang der 1990er Jahre Jack dem Rächer hatte angedeihen lassen. Knut war Mitglied der DDR-Ringermannschaft für die Olympischen Spiele 1980 in Moskau gewesen und dann Trainer geworden. Aber nach dem Mauerfall wurde er Catch-Profi und bald in einem Kampf gegen einen Amerikaner mit Irokesenschnitt eingesetzt. Dessen Spezialität hatte darin bestanden, auf die Seile des Rings zu klettern und mit lautem Indianergeheul auf die Wirbelsäule seines am Boden liegenden Gegners zu springen. Ein derartiges Gebaren hatte das Winnetou liebende deutsche Publikum bestimmt nicht erwartet, so dass Knut, als er Jack den Rächer mit einem einzigen Hieb durch den Ring schleuderte wie einen fetten Schinken, zum Liebling des Abends avancierte. Jetzt schickte er sich an, diese Vorstellung mit einem Schläger zu wiederholen. Alt-Globnitz verstand beinahe nichts von Cricket, aber die Dorfbewohner begriffen, dass Knut die Engländer ordentlich vermöbelte, und sie quittierten es mit lautem Gejohle.

Der britische Botschafter hingegen saß mit offenem Mund da. Die Dinge liefen überhaupt nicht nach Plan.

Der Bürgermeister zappelte ebenfalls nervös auf seinem Stuhl herum. So hatte sich ganz bestimmt auch er den Verlauf des Alt-Globnitz-Turniers nicht vorgestellt.

Das hieß: Es musste dringend etwas unternommen werden.

Kapitel 15

Knut war zugegeben nicht der Alleranmutigste. Er hatte etwas von Conan dem Barbaren; Arnold Schwarzenegger, der eine Tür eintrat und »Hasta la vista, Baby« rief, wirkte daneben beinahe subtil. Wenn man den Ball so hart trifft, dass er außerhalb des Spielfelds landet, erzielt man sechs Punkte – sogenannte »Runs« –, ohne wirklich rennen zu müssen. Knut erkannte die Attraktivität dieser Regel, zumal in seiner wütenden Gemütsverfassung. Cricket-Bälle, Kork mit hartem Leder umwickelt, verursachen beim Aufprall ein typisches Geräusch, und so ging es: PLOCK! PLOCK! PLOCK!

Das Publikum raste. Gundi hüpfte in Cheerleader-Manier auf und ab.

»Jetzt ist ein guter Moment, um zuzuschlagen«, sagte Harry und griff in seinen Aktenkoffer.

»O ja, sieht ganz so aus«, sagte ich. »Aber was meinst du?«

»Hol Lena, dann zeige ich euch, was ich habe.«

Ich winkte Lena zu mir, die im Pressezelt offenbar mit einem Fachjournalisten für Kulturdiplomatie flirtete. Dafür, dass sie mich gedrängt hatte, den Journalismus als ein im Grunde kindisches Streben aufzugeben, schien sie sich in Gesellschaft seiner Vertreter recht wohl zu fühlen. Aber das ging mir ja genauso.

Lena, Harry und ich versammelten uns am anderen Ende des Spielfelds. Lutz hatte ein paar alte sowjetische Munitionskisten aufgetrieben, und Lena breitete eine karierte Picknickdecke über das splitternde Holz, damit wir uns setzen konnten.

»Das ist es!«, sagte Harry wie ein Bühnenmagier, der gerade seine Assistentin zersägt hat.

Auf den ersten Blick wirkte es nicht besonders spektakulär. Ich hatte mindestens eine Piratenkarte erwartet, auf der ein vergrabener Schatz verzeichnet war.

Stattdessen hatte Harry nur drei locker betippte Seiten mit geschwärzten Stellen und einem BStU-Stempel hervorgezaubert – Auszüge aus einer Stasiakte. Soweit ich erkennen konnte, war es der Teil eines Dossiers, in dem ein Stasi-Führungsoffizier den Lebenslauf eines Informanten zusammenfasst und eine Einschätzung seiner Eignung und Verlässlichkeit gibt.

IM Pille, geb. 16. Feb. 1959, Karl-Marx-Stadt, FDJ, 1980 Chemiestudium an der Universität Jena, 1987 wissenschaftlicher Mitarbeiter am Institut für Sport unterstützende Pharmakologie, Zuständigkeitsbereich: Laborrattenzucht und leistungssteigernde Pharmazeutika für Wassersportler, 1988 Mitglied der olympischen Delegation der DDR in Seoul.

»Nicht unbedingt Unterhaltungslektüre«, sagte ich und gab Harry das Blatt zurück.

»Jetzt lies das.«

Auswertung von IM Pille (richtiger Name geschwärzt)

IM Pille hat sich als begeisterter und einfallsreicher Partner des MSS erwiesen. Seine direkte Mitarbeit bei der Vorbereitung unserer Olympia-Mannschaft musste wegen verschiedener Hautallergien infolge der Laborarbeit eingestellt werden. IM Pille konnte in Abstimmung mit unseren Brüdernationen jedoch unverzichtbare Erkenntnisse über pharmazeutisch unterstützte Trainingsmethoden liefern, die er auf Auslandsreisen gewonnen hat, darunter nach Kuba (Aktenzeichen HVA 403bKu) und in die UdSSR (Aktenzeichen 3960 Sub 87). Bei seinem Besuch des Moskauer Instituts für sporttechnische Wissenschaften (Humanabteilung) knüpfte IM Pille Kontakt zu Andrej (Name geschwärzt) und Petr (Name geschwärzt), Gastdozent aus Sofia. Es wurde vereinbart, ein informelles Netzwerk zum Austausch neuester Entwicklungen der sportpharmazeutischen Forschung aufzubauen (siehe: Beobachtungsbericht HVA 7396 X Suzy 88). Die Zusammenarbeit dauert an, und IM Pille liefert weiter regelmäßig Berichte, so dass wir für ihn eine vielversprechende Zukunft sehen.

Gez. Schiller (Major)
8. November 1988

»Begreifst du's nicht?«, fragte Harry ungeduldig.

»Oh, ich schon!«, rief Lena plötzlich. »Das ist der Bürgermeister.«

»Klar doch«, sagte Lutz, der über meine Schulter hinweg mitgelesen hatte.

»Phantastisch!«, sagte ich und fragte mich: War es das wirklich?

»Was können wir damit anfangen?«, äußerte Lena meine Zweifel laut. »Ich meine, haben sie nicht alle eine Akte?«

»Nein, das haben *sie* ganz gewiss nicht.«

»Verzeihung, Lutz«, sagte Lena. »Ich meinte bloß, dass Leute eines bestimmten Alters IM-Akten haben und trotzdem in der Lokalpolitik überleben. Was ändert sich?«

Ich nickte. Auch in meinen Augen hatte er nicht gerade eine Bombe zum Platzen gebracht.

»Geduld«, sagte Harry, als ob er meine Enttäuschung bemerkt hätte. »Wir sollten ein Wörtchen mit dem Bürgermeister reden.«

Wir marschierten um das Spielfeld, gefolgt von Lutz in der Rolle des bis zum letzten Biss treuen deutschen Schäferhundes. Knut drosch noch immer gegen den Ball. Simon erklärte den Journalisten im Zelt ganz genau, was sie schreiben sollten. Ich bemerkte, dass die Whiskyflaschen praktisch leer waren.

»Was soll das werden?«, fragte ich Lena.

»Es geht darum, den Bürgermeister bloßzustellen, damit er die Finger vom Schloss lässt«, sagte Lena, »aber ich weiß nicht, was Harry noch im Ärmel hat.«

Als wir das Pressezelt erreichten, bat Harry Simon, kurz beiseitezutreten, und räusperte sich.

»Trink ein Glas Scotch, Harry«, sagte einer der Reporter, »wirkt Wunder bei Trockenheit des Ösophagus.«

»Verehrte Kollegen«, sagte Harry, als würde er sich in den Tagen Ciceros an den römischen Senat wenden. »Von Simon habt ihr wahrscheinlich einen Haufen PR-Gesülze über den Ausbau der Beziehungen zwischen zwei großen Nationen gehört, Großbritannien und, äh, Deutschland, das heißt, dem Ministaat Ossiland. Nun, das könnt ihr vergessen.«

Simon lief rosafarben an.

»Ich liefere euch die eigentliche Story. Kurz gesagt – los, Stifte raus! – versucht der Bürgermeister dieser kleinen Oase in der Brandenburger Wüste, dieses tapfere deutsch-britische Paar daran zu hindern, das Schloss zu restaurieren – in das ihr nach dem Match übrigens alle herzlich zu Drinks und weiteren von Darrens Köstlichkeiten eingeladen seid –, und das nur aus einem Grund: Weil er mit der russischen Mafia unter einer Decke steckt. Er möchte das Schloss übernehmen und ein Spielkasino daraus machen.«

»Nicht so schnell, Harry«, beschwerte sich einer der Reporter.

»Was soll ich tun – stottern lernen?« Harry, selbst ein unverbesserlicher Reporter, hegte keine besonders ausgeprägte Wertschätzung für seine Kollegen. Die meisten seien gutherzige und langsam denkende Zeitgenossen, die als Wächter eines mehrstöckigen Parkhauses besser eingesetzt wären, hatte er mir einmal erklärt.

»Wo bleiben die Beweise, Harry?«, fragte der Reporter des *Economist*.

Harry griff in seinen Aktenkoffer und zog einen Stapel Mappen heraus. »Lena«, sagte er, »kannst du das an die Hohlköpfe verteilen?« Es handelte sich um Kopien der IM-Akte des Bürgermeisters, übersetzt und in Klarsichthüllen getütet, damit sie am Buffet nicht bekleckert wurden.

»Bei genauerem Hinsehen – und hier wende ich mich an diejenigen unter euch, die ihre Lesefähigkeit noch nicht eingebüßt haben – werdet ihr feststellen, dass IM Pille Kontakte zu einem Russen und einem Bulgaren pflegte. Das sind die beiden Herren, die dort drüben sitzen und aussehen, als wären sie lieber bei einem Casting von *Der Pate,* Teil V, als dem britischen Nationalsport zuzusehen.«

»Ich hoffe, er hat recht«, flüsterte Lena. Ich mochte

das Gefühl ihres heißen Atems in meinem Ohr, den Duft ihres Parfüms an ihrem Hals.

»Hat er«, flüsterte ich ihr zu, denn ich erkannte, dass es die beiden Typen waren, die ich in Begleitung des Bürgermeisters am Hauptbahnhof in Berlin gesehen hatte.

»Die Story ist folgende: Putin geht neuerdings hart gegen das Glücksspiel in Russland vor. Das heißt, Leute mit Geld suchen gewogene Ortschaften, wo sie ungestört Roulette spielen können. Der Russe, der Bulgare und der Bürgermeister haben eine Firma gegründet, die in Alt-Globnitz ein Kasino eröffnen will. Genauer gesagt, im Schloss.«

»Woher weißt du das, Harry?« Es war wieder der auf Fakten fixierte Korrespondent des *Economist,* der offensichtlich weniger Scotch getrunken hatte als alle anderen.

»Weil deutsche Beamte so viel gründlicher sind als die britischen. Wenn man sich um eine Glücksspiellizenz bewirbt, muss man alles offenlegen, von der Farbe seiner Unterhosen bis zu dem Namen des Postboten, der eine Affäre mit der eigenen Mutter hatte. Ich habe die Details für euch fotokopiert.«

Die Reporter musterten den Antrag für die Kasinolizenz. Dieses Dokument war nicht ins Englische übersetzt worden, so dass sie blinzelten wie Archäologen, die eine Papyrusrolle begutachten.

»Als Adresse des Kasinos wird das Schloss Alt-Globnitz angegeben, richtig?«, fragte ein adleräugiger Reporter.

»Nein, das kann nicht sein«, meldete sich Lena zu Wort. »Ich bin die Besitzerin des Schlosses.«

»Und der Bürgermeister hat unsere Pläne sabotiert, das Haus in eine ostdeutsch-britische Begegnungsstätte umzuwandeln«, fügte ich hinzu. »Wahrscheinlich wollte er, dass wir das Gebäude renovieren und dann bankrottgehen, damit er es billig übernehmen kann.«

»Nun«, sagte Harry, »wenn ihr noch aufrecht stehen könnt, schlage ich vor, ihr kommt mit mir, um den Bürgermeister um eine kurze Stellungnahme zu bitten.« Lena verteilte Fishermen's Friends an die Journalisten mit Scotchfahne. Sie kannte sich aus mit der britischen Presse und ihren kleinen Schwächen.

Als sie ihre Laptoptaschen einsammelten und über Zeltleinen stolperten, ertönte vom Spielfeld ein lauter Schrei. Der Ball hatte Knuts Knie getroffen, worauf der Riese zu Boden gegangen war wie ein Elefant, der wegen seiner Stoßzähne gejagt wurde. Gundi und die anderen Dorfbewohner protestierten lautstark. Ich sah, wie sich ein kleines zufriedenes Lächeln in das Gesicht des Botschafters schlich.

»Verdammter Mist«, sagte ich, ließ die Presse-Posse allein und rannte aufs Feld. Der Schiedsrichter sah besorgt aus. Bei Catchern war es immer schwer zu unterscheiden, was der Stanislawski-Schule des *Method Acting* zuzuschreiben war und wo der Körper tatsächlich aufbegehrte.

»Er kann nicht weiterspielen«, stellte der Schiedsrichter fest, und ich musste ihm zustimmen. Wir organisierten fünf Engländer – jeweils einen für Arme und Beine sowie einen weiteren, um Knuts Hals zu stützen –, um ihn vom Feld zu tragen. Schwitzend und keuchend transportierten sie den fluchenden Ringer an die Seitenlinie, wo sie von Gundi und ihren Freunden attackiert wurden.

Für Knut schickte ich Bernie aufs Feld, was in etwa so war, als würde man Placido Domingo durch Daniel

Kübelböck ersetzen, dann wurde die Partie fortgesetzt. Mir wurde klar, dass das Match nun nicht mehr zu gewinnen war; wir konnten dankbar sein, wenn es kein Blutvergießen gab.

Mittlerweile hatte der Pressetross die reservierten Ehrenplätze erreicht. »Herr Bürgermeister«, fragte Harry, »haben Sie vielleicht einen Augenblick Zeit für die Damen und Herren der Presse?«

Der Bürgermeister blickte auf. Zum ersten Mal bemerkte ich, dass er die Schultern eines Schwimmers hatte, breiter und muskulöser als sein übriger Körper. Vielleicht hatte IM Pille ein paar seiner eigenen Pillen geschluckt. Sein rechtes Bein zitterte, aber ansonsten verrieten seine Miene und seine Haltung keinerlei Panik.

»Das ist nicht der passende Zeitpunkt«, sagte er. »Wir können nach dem Spiel gern eine Pressekonferenz über Investitionsmöglichkeiten abhalten.«

»Hier ist etwas, was Sie vielleicht ebenfalls gern ansprechen würden«, sagte Harry und überreichte ihm die IM-Pille-Akte. Der Bürgermeister wurde blass.

»Und hier eine Abschrift für Ihre beiden Freunde«, fuhr er fort und gab Andrej (Name geschwärzt) und Petr (Name geschwärzt) ebenfalls ein Exemplar. »Entschuldigen Sie, dass ich keine Zeit hatte, eine russische und eine bulgarische Übersetzung erstellen zu lassen.«

»Herr Bürgermeister«, fragte der Reporter vom *Economist*, »warum haben Sie auf Ihrem Antrag für eine Glücksspiellizenz gelogen?«

»Das lasse ich mir nicht bieten!«, empörte sich der Bürgermeister und griff in sein Jackett. Einen Moment lang dachte ich, er würde eine Pistole ziehen. Stattdessen förderte er ein Halsspray zutage und gab sich eine Dosis.

»Ich meine, wie konnten Sie das Schloss Alt-Globnitz als Standort des geplanten Kasinos angeben, wenn Ihnen das Gebäude gar nicht gehört?« Der *Economist* war journalistisch schwer auf Zack.

»Und was halten die anderen Dorfbewohner davon, dass ein altes Denkmal in eine Geldwaschanlage für die Russenmafia umgewandelt werden soll?«, wollte ein Boulevardreporter wissen.

Die beiden Geschäftspartner des Bürgermeisters erhoben sich wortlos, steckten die Kopien ein, die Harry ihnen gegeben hatte, und zogen von dannen.

»Wartet!«, rief der Bürgermeister. »Ich klär das nur eben!«

Aber die Männer gingen hastigen Schrittes weiter zu ihrem geparkten BMW. Einige der Reporter liefen ihnen nach, während sich die meisten, durch den bereitgestellten Alkohol zu erschöpft und aufgewühlt, auf die Stühle um den Bürgermeister fallen ließen und ihn weiter mit Fragen bombardierten.

Nach zehn Minuten schob der Bürgermeister den *Daily Telegraph* (»Hey, pass auf!«) und die *Daily Mail* (»Bloody Kraut!«) beiseite und machte seinen Abgang. Nachdem er sich von der Meute entfernt hatte, stieß er wütend mit dem Zeigefinger in ihre Richtung: »Sie können mir nichts beweisen!«

»Da ist was dran«, erklärte ich Harry außer Hörweite der Reporter. »Wir können fast nichts belegen.«

»Ja, ich weiß«, sagte er, »aber es war gut, ihn ein bisschen aufzuscheuchen.«

Rechts von uns hörte man ein höfliches, beinahe kindliches Hüsteln, ein leises »Ä-hem«. Wir drehten uns um und sahen die hinreißende persönliche Assistentin des Botschafters.

»Entschuldigen Sie die Störung«, sagte sie, »aber der Botschafter war einfach neugierig, was eigentlich los ist.«

»Warum kann er nicht selber fragen?«, gab ich zurück. »Wo er doch nur wenige Meter entfernt sitzt.«

»Weil ich dann arbeitslos wäre«, sagte die Frau mit einem kurzen Lächeln.

»Unterrichten Sie den Botschafter darüber, dass wir das Spiel für eine kurze Pause unterbrechen«, sagte Harry.

»Das ist ein wenig unorthodox«, erklärte ich ihm. »Beim Cricket nimmt man normalerweise eine Pause, wenn alle Schlagmänner ausgeschieden sind.« Das konnte bestimmt nicht mehr lange dauern. Während wir den Bürgermeister gelöchert hatten, waren die Bälle sowohl von Bernie als auch von Peter, dem Klempner, von englischen Feldspielern gefangen worden. Ohne Knut brach das Team auseinander.

»Verklicker du es dem Schiedsrichter«, sagte Harry, »schieb ihm zwanzig Euro rüber. Und sag Darren, er soll dem Botschafter Tee servieren. Ich habe mit Lutz noch was zu erledigen, und das kann ich nicht, wenn ich mit einem bescheuerten Schläger in der Hand auf dem Feld rumstehen muss.«

Die Ossi-Elf war froh über die Spielunterbrechung, obwohl die meisten nicht mehr als ein paar Minuten auf dem Feld gewesen waren. Prompt wurden Zigaretten angezündet; Peter und Robert verschwanden, um im Autoradio die Bundesliga-Ergebnisse zu hören. In dem Bewusstsein, dass der Botschafter sie mit Habichtsaugen beobachtete, hüpften die Engländer dynamisch auf und ab. Ich fragte mich, ob sie das auch in der Botschaft taten, wenn sie seine Schritte nahen hörten.

»Hallo, Darren«, sagte ich, als er mit einem leeren Teller auf mich zukam. Er hatte den Mannschaften Orangen- und Zitronenscheiben angeboten, die traditionelle Halbzeiterfrischung. Argwöhnisch gegenüber Vitaminen jedweder Art hatten die Ossis abgewunken, so dass sich das englische Killerteam über eine doppelte Portion freuen durfte. »Gib dir Mühe, den Botschafter nicht mit heißem Tee zu bekleckern.«

»Ich habe extra darauf geachtet, dass er lauwarm ist, Mann, kann also nichts passieren«, erwiderte Darren. »Aber ich habe eine Bitte.«

»Schieß los«, sagte ich, »aber ich habe mein letztes Geld gerade für die Bestechung des Schiedsrichters ausgegeben.«

»Keine Sorge. Ich möchte bloß eine Chance zu spielen.«

»Du, Darren? Ich dachte, du stehst mehr auf, du weißt schon, urbane Freizeitaktivitäten. Vor Polizisten weglaufen, Messer werfen und dergleichen. Nicht direkt olympische Disziplinen.«

»Cricket ist auch keine olympische Disziplin.«

»Stimmt. Traurig, aber wahr«, musste ich ihm beipflichten.

»In der Karibik haben wir Cricket im Blut.«

»Das stelle ich mir ziemlich unbequem vor.«

»Wir hatten wirklich super Spieler«, fuhr Darren unbeirrt fort. »Viv Richards zum Beispiel.«

Viv Richards war tatsächlich ein brillanter Cricket-Spieler gewesen. Sein Spitzname lautete Mister Blaster, wegen der Wucht, mit der er den Ball zu schlagen pflegte. Und er stammte zweifelsohne aus der Karibik.

»Okay«, sagte ich zu Darren, »du kannst nach der Pause als Schlagmann aufs Feld gehen. Sag Uwe, er soll dir weiße Klamotten geben.«

Einige Minuten später wurde die Partie fortgesetzt. Darren sah vollkommen lächerlich aus. Die geliehene weiße Hose war für jemanden gemacht, der doppelt so breit war wie er – vielleicht einen marsriegelsüchtigen Gynäkologen –, und wurde von einer Kordel gehalten, die Lena im Verbandskasten von Horsts Feuerwehrauto gefunden hatte. Und so entwickelte er einen ganz speziellen Rhythmus: Er sah den Ball auf sich zufliegen, drosch ihn in Richtung der oberen Etagen der ehemaligen Sowjetbaracken und band dann die Kordel um seine Hüfte wieder fest. Es funktionierte ausgezeichnet. Ich konnte mich vage an meine Jugendzeit erinnern, als Viv Richards dem englischen Nationalteam vernichtende Niederlagen mit astronomischen Resultaten wie 126 oder einmal gar 291 Runs beigebracht hatte. Das war in den 1970ern, als alle übergebildeten, heißblütigen jungen Engländer wollten, dass England gegen seine ehemaligen Kolonien verlor; alles andere hätte uns zu Verbündeten der imperialistischen, plutokratischen, ausbeutenden Klasse gemacht. Natürlich hatten die Zeiten sich geändert, doch es bereitete mir immer noch eine perverse Befriedigung, dabei zuzusehen, wie Darren, Spross einer Immigrantenfamilie, den Ossis half, einen Sieg über ein englisches Team zu erringen, das von einem bornierten, postkolonialen Botschafter unterstützt wurde. PLOCK. Hose hoch. PLOCK.

»Komm mit«, sagte Harry, der sich von hinten angeschlichen hatte. »Sofort!«

Ich verließ das Spielfeld nur ungern; der Farbwechsel auf den Wangen des Botschafters war ein ungeheuer faszinierender Anblick. Als wir hinter ein paar Büschen und Bäumen außer Sichtweite der Zuschauer waren, forderte Harry mich auf, geduckt loszurennen, als befürchte er einen Scharfschützenangriff. Sekunden später hatten wir Lenas Opel erreicht. Daneben stand Lutz und tippte mit den Fingern auf den Kofferraum.

»Sie hat uns die Schlüssel geliehen«, erklärte Harry, ohne dass ich etwas sagen musste. »Mach auf, Lutz!«

Im Kofferraum lag Uwe, in Seitenlage und verschnürt wie ein Truthahn.

»Ein Wort, und ich kleb dir den Mund mit Klebeband zu«, sagte Lutz.

Von weitem hörte ich ein PLOCK, gefolgt von erneutem Ossi-Applaus.

»Uwe hat gestanden«, sagte Harry, »nicht wahr, Uwe?«

Uwes Augen wirkten übernatürlich groß. Aus ihnen leuchtete blankes Entsetzen.

Harry schlug gegen den Wagen. »Nicht wahr, UWE?«

»Ja.« Uwe klang unsicher.

»Was hat er gestanden?«

»Ich habe mit meinem Schwager zusammengearbeitet …«

»Dem Bürgermeister«, warf Lutz ein.

»Dem Bürgermeister«, wiederholte Uwe. »Um die Renovierung des Schlosses zu sabotieren.«

»Siehst du«, sagte Harry, »ein Geständnis, und wir mussten seinen Kopf nicht mal unter Wasser halten oder ihm Schlaf entziehen oder diesen ganzen anderen amerikanischen Kram veranstalten, stimmt's, Lutz?«

Lutz bestätigte das mit einem Nicken. Offenkundig genoss er die Situation.

»Nein«, sagte Harry, »wir mussten lediglich an die Kraft der Vernunft appellieren.«

»Die Kraft der Vernunft«, wiederholte Lutz.

»Die bekanntlich am besten funktioniert, wenn der Kopf kopfsteht«, fuhr Harry fort, »sagen Wissenschaftler. Ich hab's gegoogelt. Alles Blut fließt ins Gehirn; es ist die logischste Position für einen Menschen. Also haben wir ihn eine Weile verkehrt herum aufgehängt. Ein bisschen wie Yoga, oder, Uwe?«

Uwe schwieg.

»Das könnt ihr nicht machen«, sagte ich.

»Warum nicht, es ist leicht«, erwiderte Harry. »Man braucht nur ein Seil, einen Haken, eine Augenbinde und zwanzig bis dreißig Minuten Freizeit.«

»Nein, ich meine, das könnt ihr moralisch nicht machen.«

»Oh«, sagte Harry, *»moralisch.«* Er sprach es aus wie ein Fremdwort, das er beim Blättern im Lexikon zufällig entdeckt hatte. Uwe wand sich in seinen Fesseln.

»Aber wir sind Freunde, Uwe und ich, nicht wahr?« Harry beugte sich in den Kofferraum, bis sein Gesicht nur noch Zentimeter von Uwes Nase entfernt war.

»Ja, Harry.«

»Gut, Uwe. Jetzt musst du, sobald wir das Match gewonnen haben, nur noch kurz mit einem Polizisten reden.«

Harry hob den Kopf. Er hatte das Geräusch von Holz auf Leder vernommen, gefolgt von Beifall. »Wer ist am Schlag?«, fragte er.

»Darren«, sagte ich.

»Ah, das ist mein Neffe!«, sagte Harry, ganz überschwänglich vor onkelhaftem Stolz. »Tja, die Familie, was, Uwe?«, fuhr er vor Sarkasmus triefend fort. »Nicht zu schlagen.«

»Ja, Harry«, sagte Uwe, »da hast du recht.«

Und Lutz schnitt seine Fesseln durch.

Wir brauchten noch zehn Runs, um uns unseres Sieges sicher sein zu können. Darren stand weiterhin vor dem Wicket. Im Gegensatz zu Knut schlug er den Ball mit einer natürlichen, beinahe lässigen Eleganz.

Plötzlich entdeckte er, dass Harry an den Spielfeldrand zurückgekehrt war. Die Anspannung seiner Schultern verriet, dass er seinen Onkel mit dem nächsten Schlag beeindrucken wollte. Also sagte ich Harry, er soll, mit dem Telefonieren aufhören, sein Handy einstecken und aufpassen. Diesmal war der Werfer einer der Sicherheitsleute der Botschaft. Die waren für ihren Job – das Abweisen unbequemer Besucher – eher aufgrund der Breite ihres Brustkorbs als wegen der Tiefe ihres Intellekts ausgewählt worden. Eine gewisse Grundfrustration war also nur natürlich. Schließlich wollten Männer genauso wenig wie Frauen allein auf Basis ihrer anatomischen Maße eingestellt werden. Ein Teil dieses angestauten Ärgers war zu erkennen, als der Wachmann wie ein Zugpferd zur Wurflinie stampfte und sein rundes Geschoss auf Darren schleuderte. Angesichts solcher Feindseligkeit hätte Darren seinen Angreifer normalerweise des Rassismus bezichtigt (auch wenn dieser selbst schwarz war, denn es gab nichts Schlimmeres, wie er mir kürzlich erklärt hatte, als den Rassismus von Schwarz gegen Schwarz). Aber wenn ein wütender Mann einen Ball mit hundert Stundenkilometern auf einen wirft, fängt man nicht an zu diskutieren. Entweder man duckt sich oder man wirft sich wie Bernie zu Boden oder sorgt dafür, dass man den Ball sicher trifft.

Darren schmetterte ihn mit Hilfe seines Schlägers himmelwärts. Bis der Ball den Zenit seines Fluges erreicht hatte, blieb den englischen Diplomaten reichlich Zeit, in die Sonne zu blinzeln und seine Bahn zu verfolgen.

»Achtung, Herr Botschafter! Er fliegt in Ihre Richtung!« Aber nachdem seine Exzellenz erkannt hatte, dass das Spiel nicht mehr zu gewinnen war, hatte er jedes Interesse daran verloren, weshalb er jetzt damit beschäftigt war, seiner persönlichen Assistentin einen Brief zu diktieren. Als er schließlich doch aufblickte, war es bereits zu spät.

Der Ball landete mit voller Wucht in seinem Schoß, der an diesem Nachmittag bereits mit klebrigen Froschschenkeln und milchigem Tee Bekanntschaft gemacht hatte. Bisher waren dabei nur die Hose und der Stolz ihres Trägers in Mitleidenschaft gezogen worden. Letzteres würde ein stattliches Ego richten, für die Reinigung Ersterer ohne Zweifel der britische Steuerzahler aufkommen. Aber dieser Angriff war alles in allem intimer, und es war überdies nur schwer ersichtlich, wie selbst der leidgeprüfte britische Steuerzahler diesen Schaden beheben sollte.

»Aaaaaagghuuuuugh!«, schrie der Botschafter.

Ohne die Ursache des diplomatischen Unbehagens mitbekommen zu haben, notierte seine persönliche Assistentin das in Kurzschrift auf ihrem Block.

Der Botschafter sprang auf und reckte sich zu voller napoleonischer Größe. Um seinetwillen konnte ich nur hoffen, dass sein Gemächt ebenfalls bonapartische Ausmaße hatte.

»Voll ins Ziel«, sagte Harry, während der Botschafter zu seinem Rolls Royce humpelte, einen Arm um die Schulter seiner persönlichen Assistentin gelegt, mit der anderen Hand die beschädigte Zone schützend.

»Dem Botschafter ist eben eingefallen, dass er noch eine andere Verpflichtung hat«, rief seine persönliche Assistentin uns zu. »Tut uns wirklich leid, wir müssen los!«

»Soll ich Ihnen etwas Eis bringen?«, fragte Lena und dachte dabei garantiert an den Eimer im Pressezelt. Einige Reporter bevorzugten ihren Whisky on the rocks.

»Nein, wir haben genug im Wagen.«

Wenige Minuten später hatte Darren ein paar weitere Runs erzielt – und die Ossi-Elf gewonnen. Ein Triumph des Fairplay-Gedankens, selbst wenn weder der Bürgermeister von Alt-Globnitz noch der britische Botschafter in Deutschland diesem Höhepunkt der Völkerverständigung beiwohnten.

Bleibt noch eine wichtige Frage zu beantworten: Was geschah mit dem Bürgermeister?

Lutz' Frau hatte durch das Fenster ihres Cafés beobachtet, wie er und seine Sekretärin Pappkartons voller Akten in einen Transporter geladen hatten. Es sah aus wie eine Komplettevakuierung. Selbst der Kaktus thronte auf einem der Stapel. Man konnte den Bürgermeister in sein Handy brüllen sehen. »Dazu noch ein paar Hubschrauber, die in der Luft kreisen, und es wäre wie der amerikanische Abzug aus Saigon gewesen«, berichtete Harry, ebenfalls Augenzeuge des überstürzten Umzugs. »Ich habe noch nie einen Menschen gesehen, dem derart die Panik ins Gesicht geschrieben stand.«

Wir nahmen an, dass die Freundschaft des Bürgermeisters mit seinen russischen und bulgarischen Investoren nun auf sehr wackeligen Füßen stand. So wackelig, dass er für die nächsten ein bis zwei Jahre regelmäßig die Adresse würde wechseln müssen. Zwielichtige Kasinobetreiber vertragen nicht allzu viel Sonnenlicht. »Er muss untertauchen«, sagte Harry. »Was glaubt ihr, wohin er gegangen ist?«

»St. Helena«, sagte ich und dachte an Napoleons letztes Exil, eine entlegene Insel im Atlantik.

»Island«, sagte Lutz, der sich einmal im Hafen von Reykjavik betrunken hatte.

»In die Sahara«, sagte Lena. »Er wird einen Brandenburg-Themenpark im Sand errichten.«

»Nee«, meinte Harry, »er geht nach Bochum, glaubt mir. Alle verschwinden in Bochum.«

Die Nachricht von der Flucht des Bürgermeisters machte in Alt-Globnitz die Runde, und obwohl der Ort nun führerlos dastand, herrschte ein Gefühl von Befreiung und Karneval. Mir dämmerte, dass die Ossis ihre Anführer immer hassen würden – selbst wenn J. F. Kennedy oder Mutter Teresa den Posten übernähmen – und bei ihrem Abgang stets frohlocken. Für den Moment, wenngleich bestimmt nicht für lange, wurde das Schloss zum Mittelpunkt des Dorfes, ein Gegengewicht zum Rathaus, das gerade die Läden herunterließ.

Die Dorfbewohner drängten sich im Garten des Schlosses, und die Cricket-Siegesfeier fühlte sich immer mehr an wie ein revolutionäres Ereignis. Es war einer dieser Wo-warst-du-als-Augenblicke, die ins historische Bewusstsein eingebrannt sind. Die Hochzeit von Prinzessin Diana, der Fall der Berliner Mauer, die Verabschiedung von Angela Merkels Wirtschaftsbeschleunigungsgesetz.

»Du solltest besser auf den Balkon treten und eine Rede halten«, sagte Harry. »Du weißt doch, wie sie sind. Gleich rufen sie: ›Willy, komm ans Fenster!‹«

Ich ignorierte Harry. Das würde mein guter Vorsatz fürs nächste Silvester werden: Harry öfter ignorieren.

Drinnen gab es genug zu tun. Ein anwesender IM hätte Folgendes notiert:

Die englischen Cricket-Spieler ließen sich, befreit vom wachsamen Blick des Botschafters, gehen.

Der Anwesenheit der persönlichen Assistentin des Botschafters beraubt, widmete Simon seine Aufmerksamkeit Lena.

Lutz diskutierte mit dem britischen Verteidigungsattaché über Foltermethoden und stand ab und zu auf, um Uwe, der wieder gefesselt worden war, diesmal an einen Baum unweit des Froschteichs, eins von Darrens Kanapees zu bringen.

Darren unterrichtete Robert von der Sparkasse im Darts-Spielen.

Mac wurde bei dem Versuch beobachtet, einen Dudelsack zu begatten.

Bernie kam, um sich dafür zu entschuldigen, »Ausländer raus« an die Schlossmauer geschrieben zu haben, und erklärte, er wolle sich um die britische Staatsbürgerschaft bemühen.

Knut, der humpelnd am Stock ging, diskutierte mit dem Reporter des *Economist* über die drei besten Methoden, einem Menschen den Hals zu brechen.

Doris Bonkerz kam vorbei, um sich zu vergewissern, dass niemand vergiftet worden war, und lächelte Lutz an.

Harry öffnete eine Flasche Wein.

Harry öffnete noch eine Flasche Wein.

Um Lena zu beeindrucken, machte einer der englischen Diplomaten einen Handstand, verlor das Gleichgewicht und ruinierte das Fell der schottischen Trommel.

Toni und die anderen Arbeiter kamen vorbei, um sich dafür zu entschuldigen, dass sie nicht mitgespielt hatten. Uwe hatte gedroht, sie zu feuern, wenn sie mitmachten.

Doris enthüllte, dass der Bürgermeister in einem großen Puppenhaus in seinem Garten Ratten hielt und sie in seiner Freizeit dressierte.

Mac biss Bernie in den rechten Arm.

Simon erklärte, dass er nach dem abgeschlossenen Re-Branding von Brandenburg nach Nordkorea fliegen würde, um zu erörtern, wie man den Spaßfaktor des Landes erhöhen konnte.

Die persönliche Assistentin des Botschafters rief an, um zu sagen, dass der Rolls Royce zum ersten Mal in der Geschichte der Marke eine Panne habe und ob irgendjemand sie bitte abholen könne.

Horst stieg in sein Feuerwehrauto, um den Botschafter zu retten.

Simon sprang in seinen Mercedes, um die persönliche Assistentin zu retten.

Lutz stieg auf einen Tisch, um die Rede zu halten, die er halten wollte, wenn er zum Bürgermeister gewählt werden würde.

Er versprach, Alt-Globnitz zum Frosch-Dorf Deutschlands zu machen.

Der Tisch brach zusammen.

Darren servierte Fish & Chips für die Dorfbewohner im Garten.

Die Party verlagerte sich von drinnen nach draußen.

Nachdem später alle in ihren Betten lagen, saßen Harry, Lena und ich in einer Ecke des Salons, fernab der Trümmer der Party. Keiner von uns war betrunken, nicht einmal Harry, der Tee mit einem Hauch Ingwer nippte.

»Der Botschafter tut mir schon irgendwie leid«, sinnierte er, »so von Darrens Ball erwischt zu werden.«

»Er muss dir nicht leidtun«, meinte Lena. »Ich hatte nicht den Eindruck, dass es einen besonders aktiven Teil seiner Anatomie getroffen hat.«

»Ich meine, es tut echt weh. Ich bin mal von einem Cricket-Ball am Kopf getroffen worden. Ich ging am Oval Cricket Ground in London vorbei, als plötzlich dieser verdammte Ball über die Mauer geflogen kam und mich voll am Kopf erwischt hat. Die Narbe habe ich immer noch.«

»Eine Botschaft von Gott«, sagte ich.

»Eine Warnung«, stimmte Lena mir zu.

»Nun ja, ich wurde jedenfalls bewusstlos, und es war so, wie man es von Menschen kurz vor ihrem Tod erzählt – mein ganzes Leben blitzte vor mir auf. Der erste Pub, in den ich mit sechzehn oder siebzehn gegangen bin, etwa in Darrens Alter; El Vino's Weinbar in der Fleet Street, wo ich die Kunst der kreativen Reportage gelernt habe; Cocktails im Chicago Matchbox; die Queen Victoria Bar, wo ich direkt nach meiner Hochzeit ein paar Drinks genommen habe. Es rauschte alles an mir vorbei – einfach so –, und dann kam ich wieder zu mir. Verdammtes Cricket.«

»Ich wusste gar nicht, dass du mal verheiratet warst«, sagte Lena.

»Ich kann mich ehrlich gesagt auch kaum daran erinnern«, antwortete Harry.

»Seltsam«, sagte Lena zu mir. »Ich dachte, du wärst mit Harry verheiratet.«

Ich quittierte Lenas kleinen Scherz mit einer hochgezogenen Braue.

»Aber es stimmt schon«, sagte Harry. »Wir können nicht ohneeinander leben. Ich überlege mir sogar, hierherzuziehen, hab schon eine nette Scheune gesehen, die zu kaufen ist. Und dann könnte ich euch immer besuchen kommen.«

»Ja, das würde Lena bestimmt gefallen«, sagte ich.

»Wir könnten zusammen alt werden«, sagte Harry. »Ich habe das mal ausgerechnet. Wenn ich spät in Rente gehe und früh sterbe, habe ich ungefähr genug zusammengespart.«

Ich nickte.

»Wir könnten zusammen Golf spielen.«

»Und dabei diese bescheuerten Pullover tragen, die die Golfer immer anhaben«, sagte Lena.

»Großartiger Sport, Golf«, sagte ich.

Lena schwieg eine Weile. »Ihr wollt mich hochnehmen, oder?«

Nun war es an uns, den Mund zu halten.

»Komm schon, Harry, das kann nicht dein Ernst sein. Es würde mich wahnsinnig machen, wenn du nebenan wohnst. Du bist die Inkarnation des Chaos. Und was Golf betrifft ...« Lena schüttelte den Kopf. Wir hatten eine beängstigend dystopische Vision der Zukunft gezeichnet.

Harry seufzte, beugte sich vor und drückte Lena einen Kuss auf die Wange. »Natürlich war das ein Scherz, Lena. Glaubst du, ich will hier rumsitzen und dem Kerl dabei zusehen, wie er ohne Journalismus Entzugserscheinungen kriegt und sich tagelang schweißgebadet und wie am Spieß brüllend hin und her wirft in seinem Cold Turkey?«

»Na, dann bin ich ja beruhigt«, sagte Lena, »denn ich habe auch eine Ankündigung für die Zukunft: Ich bin schwanger.«

Mir war, als wäre ich von einem Bus überfahren worden. Oder hätte einen Cricket-Ball an den Kopf bekommen.

»Großartig!«, sagte Harry. »Endlich pflanzt sich jemand fort. Du kriegst deinen eigenen kleinen Ossi.«

»Ja, es ist wunderbar, Schatz.« Ich stand auf, um Lena zu umarmen, und dachte: Ja, es fühlt sich richtig an.

»Jetzt haben wir unser drittes Herz«, sagte Lena und erlaubte sich ein Lächeln.

Und dann übernahm natürlich Harry das Kommando. »Okay, wie wollen wir ihn nennen? Erich?«

»Egon?«, schlug ich vor.

»Mir gefällt Erich besser«, sagte Harry und machte sich in der Küche auf die Suche nach Sekt. Er konnte nur Rotkäppchen auftreiben.

Lena stand auf und nahm drei Gläser aus dem Schrank, während Harry die Flasche öffnete.

»Ich hab Neuigkeiten für euch beide. Es ist ein Mädchen. Und den Namen suche ich aus. Ab sofort haben hier die Frauen das Sagen.«

Roger Boyes

How to be a Kraut

Leitfaden für ein wunderliches Land
Mit zahlreichen Abbildungen
Originalausgabe

ISBN 978-3-548-36961-7
www.ullstein-buchverlage.de

Roger Boyes hat die Deutschen lange studiert und weiß: Die »Krauts« sind anders – und waren es schon immer. Ihren Urlaub verbringen sie am liebsten kurzbehost, in ihrer Freizeit wetteifern sie um die Meisterschaft im Mülltrennen, und im Beruf gehen sie mit Vorliebe einer Disziplin namens Besserwisserei nach. Oh dear!
Mit lakonischem Humor und scharfer Beobachtungsgabe entlarvt Boyes all jene Marotten und Absonderlichkeiten der Deutschen, die sie so unverwechselbar machen. Ein unentbehrliches Handbuch für alle, die glauben, Deutschland bereits zu kennen.

»Eine Auflockerungs-Mission für eine verwirrende Nation« *Spiegel Online* über *My dear Krauts*

US271

ullstein

Oliver Kuhn / Alexandra Reinwarth / Axel Fröhlich

Arschgeweih

Das wahre Lexikon der Gegenwart

ISBN 978-3-548-37207-5
www.ullstein-buchverlage.de

Willkommen in der Generation iPod! Ohne Unterlass generiert unsere Gesellschaft wendige und windige Trends, Promis und Phänomene – und ist selbst ein williger Abnehmer dieses wildwachsenden Unfugs. Aber was darf ich noch gut finden? Sind quer umgeschnallte Freitag-Taschen doof? Müssen normale Menschen mit Delphinen schwimmen? Warum liegen heutzutage Obststückchen auf dem Eis? Von A wie Adoptionstourismus bis Z wie Zungenpiercing: Dieses einzig wahre Konversationslexikon der Gegenwart versammelt alle ofenfrischen Erscheinungen des Zeitgeists.

»Gut beobachtet, unterhaltsam und weit entfernt von jeder Political Correctness.«
Frankfurter Rundschau

»Ein spaßiges Leseerlebnis« *ARD*

ullstein

US300

Jutta Speidel / Bruno Maccallini

Wir haben gar kein Auto ...

Mit dem Rad über die Alpen

Mit vierfarbigem Bildteil. Originalausgabe

ISBN 978-3-548-37318-8
www.ullstein-buchverlage.de

Freiwillig mit dem Fahrrad von München nach Merano! In zehn Tagen und quer über die Alpen! Jutta Speidel und Bruno Maccallini scheuen keine Strapazen. Anfangs läuft alles gut, sie genießen die herrliche Landschaft, die freundlichen Menschen, das gute Essen der Regionen. Doch die Katastrophen lassen nicht lange auf sich warten: Die italienische Telefonitis nimmt ungeahnte Ausmaße an, und Jutta bekommt Hexenschuss. Dauerregen, Radpannen, kein freies Nachtquartier – Bruno hat keinen Bock mehr, die Berge hinaufzuradeln. Aber da prallt italienisches dolce far niente auf deutsche Disziplin und Gründlichkeit. Herrlich komisch erzählen Jutta Speidel und Bruno Maccallini von den absurden, anstrengenden, aber auch schönen Erlebnissen ihrer gemeinsamen deutsch-italienischen »Tour de Force«.

Stephan Orth / Antje Blinda

Sorry, wir haben die Landebahn verfehlt

Kurioses aus dem Cockpit

ISBN 978-3-548-37326-3
www.ullstein-buchverlage.de

Vergessene Triebwerke, Piloten ohne Orientierung, Kühe auf der Landebahn: So manche Durchsage an Bord eines Flugzeugs treibt selbst erfahrenen Passagieren die Schweißperlen auf die Stirn. Hunderte von Lesern haben ihre Erlebnisse aus dem Cockpit an *Spiegel Online* geschickt – die besten und lustigsten Zitate und Anekdoten sind in diesem Buch versammelt. Also schnallen Sie sich an, klappen Sie die Tische hoch, und stellen Sie die Sitzlehnen aufrecht. Denn: »Meine Damen und Herren, das wird ein holpriger Ritt!«

»Sie brauchen nicht nervös zu sein, der Kapitän ist es auch nicht – und der macht den Anflug zum ersten Mal!«

US337